ÉTOILE

Patrick Dupond

Étoile

Fayard

Je dédie ce livre à « mes femmes »

NICOLE, *ma mère,*
SUZANNE, *ma grand-mère,*
MOUCHE, *mon amour,*
MADELEINE, *mon amie,*
NOELLA, *ma partenaire,*
MONIQUE L., *mon Étoile,*
MARTINE, *ma copine,*
MONIQUE C., *mon bras droit,*
LOLA, *ma compagne,*
CLAUDE, *ma marraine.*

MAX, *mon Maître*

et

LUCIEN, *mon deuxième père,*
ALAIN, *mon Alain,*
JEAN-MARIE, *mon deuxième moi,*
AXEL, *mon copain,*
JEAN-JACQUES, *mon ami.*

EN GUISE D'ENVOI

Revenant au jour et au monde après un accident de voiture qui me laissa en morceaux et faillit bien m'empêcher à jamais de donner le « bon à tirer » de ce livre, je mesure, à le relire, combien une courte vie peut contenir de souvenirs, et combien de volumes il faudrait pour en venir à bout. Il est vrai que trente années au service de la danse m'ont permis d'en collectionner une multitude. Grâce à elle, j'ai côtoyé des gens très différents, de tous horizons : des anonymes, des vedettes, des présidents, des touristes inconnus croisés au bout du monde, des adultes et des enfants de toutes cultures, dans tous les pays. Consacré à dix-sept ans « meilleur danseur du monde » aux Olympiades de Varna, en Bulgarie, j'ai été propulsé sur le devant des scènes internationales, j'ai « déboulé » – comme on dit dans le langage de notre art – dans le microcosme du ballet comme un cheval fou. J'étais « l'enfant terrible », « le James Dean du ballet », « le Mike Jagger de la danse classique ». Pourtant, en dépit de cette aura, je n'ai jamais été qu'un élève – et le demeure encore aujourd'hui : un petit garçon qui, chaque jour, tire des enseignements de la vie, tout en étant à l'écoute et aux ordres de son propre corps. Car les danseurs sont à la fois les esclaves et les maîtres de leur corps, tout comme ils sont les serviteurs et les princes du public qui, à travers le monde, les contemple, les applaudit et les entoure.

Oui, je possède une foule de souvenirs qui se bousculent dans ma mémoire, s'entrechoquent, ne demandent qu'à resurgir d'un passé où ils gisent, vivaces et en désordre, faisant alterner ou mêlant amour, jalousie, drame et danger, rêve et bonheur. Du bonheur, surtout, encore et toujours. Rien ne m'a été épargné, j'ai eu mon lot d'aventures et d'avanies, comme n'importe qui. Gaie et triste, facile et coriace, sombre et exaltée, sobre et ivre, authentique et clinquante, solitaire et entourée, telle a été ma vie, et j'en redemande !

J'ai aussi pris récemment conscience que j'étais le dépositaire non seulement de ma propre mémoire, mais aussi de celle de tous les êtres qu'un jour j'ai croisés, qui m'ont appris quelque chose, m'ont fait avancer dans la vie – bref, de tous ceux qui, sciemment ou inconsciemment, m'ont aidé à me forger une identité.

Quand on me demande ce qui me singularise, j'ai l'habitude de répondre en utilisant l'adjectif « insatiable ». Je suis un assoiffé de la vie, je me sens un elfe dans la forêt des sentiments, un farfadet dans la lande du destin – bref, un saltimbanque. Je me définis depuis toujours comme « un acteur qui danse », car la seule étiquette de « danseur », trop restrictive, ne me convient guère. Lorsque je danse, je suis naturellement un « autre », évoluant ailleurs, dans une sphère ordinairement inconnue du reste des humains, à moins d'appartenir à l'étrange tribu dont je fais partie, celle des « artistes ». Ma vraie chance réside là : pouvoir boire à cette source et me sentir fortifié et nourri par une force étrange, hors des vicissitudes quotidiennes du corps, de sa pesanteur, de son fardeau d'années, de maux et de soucis, et pouvoir ainsi accéder à une région plus familière aux âmes, celle où le Vrai et le Beau ne font qu'un.

Même si je suis « différent », je crois que mon aventure mérite pour cela même d'être racontée. Du petit poulbot insolent de Montparnasse à l'homme serein que je crois être devenu, en passant par le saltimbanque de luxe sillonnant la planète, je veux vous entraîner avec moi dans la trajectoire que j'ai vécue, parfois dure et cruelle, souvent heureuse et lumineuse. Elle commence par les premiers pas d'un « bout de chou » devenu en un rien de temps « étoile » – une sorte de « demi-dieu » aux yeux de certains. Un humain comme les autres, pourtant, qui boit son café chaque matin, souffre du décalage horaire, et se demande encore aujourd'hui comment vivre une histoire d'amour « normale » quand, le soir même, sept à huit mille spectateurs impatients et enthousiastes attendent qu'il leur communique son énergie, leur insuffle du bonheur et leur offre ce que tout art véritable se doit de procurer au commun des mortels : un fugace coup d'œil sur l'éternité.

1

Premier public

Du plus loin que je me souvienne, j'ai toujours souhaité plaire à mon entourage immédiat et j'ai toujours fait ce qu'il fallait pour que l'on m'aime ou me trouve intéressant.

Ma mère avait à peine dix-sept ans lorsqu'elle me mit au monde, le 14 mars 1959, à la clinique des Bleuets, dans le XIe arrondissement de Paris[1]. L'accouchement fut plus que

1. Le même jour, presque à la même heure, naissait dans la même clinique une petite Hélène aux yeux bleus qui, plus tard, deviendrait une splendide danseuse avec laquelle je donnerais des spectacles en Italie... Ma jumelle cosmique, en quelque sorte, que j'ai toujours grande émotion à croiser quand la vie nous rassemble. Nous sommes faits de la même étoffe. Sans nous connaître vraiment, nous nous aimons et nous apprécions mutuellement. Nous appartenons à la même constellation, celle des artistes amoureux de leur art. Une constellation heureusement très peuplée !

Des jumeaux et jumelles, j'en ai beaucoup d'autres, même s'ils ne sont pas nés le même jour que moi. Il nous suffit de faire partie de cette même famille d'artistes. Sans nous connaître, nous nous reconnaissons sur-le-champ, intuitivement, et, chaque fois, c'est une heureuse rencontre, peu importe qu'elle soit éphémère ou durable...

difficile, elle souffrit deux jours et deux nuits durant sans savoir au juste ce qu'allait être son enfant. Excédée par ses questions et par ma paresse à voir le jour, la sage-femme refusa de lui dire si ce gros bébé de huit livres à la grosse tête rouge, aux grosses mains rouges et aux grands pieds rouges était une fille ou un garçon.

Nicole, ma pauvre mère, sombra dans une inconscience réparatrice pendant plusieurs jours, en somme m'abandonna avant même de pouvoir me voir et me toucher. C'est dire les rapports singuliers qui furent les nôtres dès les premières heures de mon existence.

Plaire, séduire, faire rire, divertir, enchanter : j'ai l'impression de n'avoir jamais vécu que pour cela. Déjà, vers l'âge de trois ou quatre ans, un rite dont j'étais le centre se déroulait tous les dimanches. Invariablement, après le déjeuner pris dans l'immuable compagnie de mon grand-père paternel et de sa femme, de ma grand-mère maternelle et de son mari, de ma mère, de mon père, puis, un peu plus tard, de mon beau-père, on me juchait sur la table de la salle à manger, débarrassée du couvert, et l'on passait un disque de rock'n roll sur le mange-disques vermillon qui faisait la fierté de ma mère. Sur l'air de *Twist again* – je l'ai encore dans les oreilles ! –, je dansais jusqu'à m'écrouler d'épuisement. Encore aujourd'hui, j'ai gardé un souvenir très présent du plaisir qui m'envahissait alors, un plaisir presque trop intense, intolérable comme peut l'être parfois la jouissance physique. En transes, je dansais sans m'arrêter jusqu'à... m'oublier dans ma culotte !

Je revois le visage empourpré de mon grand-père Paul, les yeux verts pétillants de joie de ma grand-mère Lucienne, les longues mèches blondes derrière lesquelles me couvaient deux pupilles noires de biche amoureuse, celles de ma mère, les belles mains rugueuses de Papa, ce cercle de famille au milieu duquel je tourbillonnais de bonheur au point, comme aujourd'hui encore, d'en avoir le vertige.

Tel fut mon premier public : en platine massif !

Il faut dire qu'avec le recul je comprends que j'étais, à ce moment, le sommet d'une pyramide de passions trop fortes pour ceux qui avaient eu à les éprouver, mais qui, malgré tout, à travers moi, restaient unis dans la certitude qu'un grand amour ne meurt jamais. Par-delà les divorces, les séparations, les querelles ressassées ou passagères, tous les acteurs de ma vie familiale ont continué de se voir, de se parler, de se toucher jusqu'au jour de leur mort.

C'est ainsi : nous sommes comme ça, chez les Dupond.

Voilà peut-être un début d'explication à ce que les critiques appelleront plus tard le « côté irrésistible » du danseur. En attendant, voilà sûrement pourquoi mes carnets de petites classes – CE1, CE2, CM1... – étaient truffés d'annotations telles que : « Petit garçon rapide et doué, mais dissipé et désordonné, et pourtant tellement *attachant*... »

L'épithète n'était-elle pas un peu excessive, de la part d'une maîtresse d'école ? Mais il faut savoir que Monique – c'était son prénom – et moi (à quatre ou cinq ans) vivions une histoire passionnelle dont je porte encore aujourd'hui les stigmates ! Nous étions comme chien et chat, et l'un de nos jeux favoris consistait en effet à nous griffer mutuellement le visage dans des accès subits de rage et d'amour mêlés, ce qui, au regard des directives et circulaires de l'Éducation nationale, peut, je le reconnais, paraître assez étrange... Ces rapports bizarres me convenaient parfaitement, et je dois avouer que cette façon d'appréhender les êtres et les choses me caractérise encore aujourd'hui : houspiller et bousculer les gens, telle est ma manière de leur dire que je les aime ou qu'ils m'intéressent...

D'après ma mère, ce qui me singularisait avant tout, vers cet âge, c'était l'énergie inépuisable qui m'habitait. Je ne dormais presque pas, trois ou quatre heures de sommeil me suffisaient pour récupérer. C'est ce trop-plein d'énergie qui allait, au fil des années, devenir le pire cauchemar de mes parents, parfois aussi le mien.

La question qui s'imposa ainsi de très bonne heure à ma mère fut : « Que lui faire faire ? »

Il fallait trouver enfin quelque chose d'assez puissant pour épuiser l'énergie de ce petit diable aux yeux bleus dont le métabolisme ne répondait à aucune norme connue. J'étais au demeurant déjà réfractaire à tout ce qui était désigné comme normal. Disons-le crûment : déjà, le normal m'emmerdait profondément !

Maman finit par envisager de me faire examiner et me conduisit un jour aux Enfants malades. On me fit passer toute une batterie de tests dont les résultats mirent en évidence que ce n'était pas moi, mais Nicole, ma mère, qui souffrait de trop d'amour inassouvi !

J'étais assez content de moi, ce matin-là, et je me souviens des regards en coin que je lançais aux adultes, sur le chemin du retour rue du Château, à Montparnasse, où nous habitions.

À dater de ce jour, je me sentis conforté dans ma condition d'enfant surdoué et fier de l'être. Plus rien ne me faisait peur, surtout pas les grandes personnes, et j'étais prêt à affronter ce qui allait m'arriver en pleine figure : ma rencontre avec la danse !

2

Chef de bande rue de l'Ouest

Avant de parler de mon « entrée en danse » – car on pénètre dans cet univers comme on entre en religion –, il faut que j'explique qui j'étais au sein de notre petite communauté du quartier Montparnasse.

Avant tout, le chouchou de ces dames : la boulangère, la pharmacienne, la bouchère, la charcutière, et même la femme du bougnat m'adoraient, en dépit de tout ce que je leur faisais voir !

J'étais chef de bande. Nous, les enfants de la rue du Château, de la rue de l'Ouest et de la rue Raymond-Losserand, nous avions toujours du temps libre après l'école et nous nous étions organisés pour nous trouver des occupations assez divertissantes, à la hauteur de notre réputation de petits parigots. J'étais donc le chef de la « bande à Dupond », et, du haut de mes sept ans, j'avais choisi deux lieutenants dont le rôle consistait principalement à me fournir en alibis afin de « couvrir » mes mensonges. L'un s'appelait Philippe Barreau, il est aujourd'hui ébéniste d'art ; l'autre était Jean-Claude Hickilly, le fils du sculpteur devenu fameux depuis lors.

Forts de notre « organisation », nous nous évertuions à faire vivre et vibrer notre petit quartier. Il y avait, je m'en souviens, à côté du 106 où j'habitais, un vrai bougnat qui sentait bon le poussier d'anthracite et le gros rouge mélangés, et dont le zinc était constamment occupé par des figures locales. Leur immuable rituel commençait sur le coup de sept heures du matin par un petit muscadet « bien frais, s'il vous plaît ». Inutile de préciser dans quel état, de muscadet en chiroubles et de double apéro en pousse-café, ils se retrouvaient vers les seize heures, lorsque ma bande et moi sortions de l'école.

Un de nos plaisirs favoris était d'acheter avec notre maigre argent de poche un ou deux pétards à la boutique La Tentation. Mon rôle consistait ensuite à entrer le plus discrètement possible chez le bougnat, à me poster à quelques centimètres d'un de ces piliers de bar et à allumer la mèche. L'explosion avait pour effet de faire sortir ces éponges à pinard de leur hébétude et de leur faire déverser des flots d'injures et de menaces à notre encontre. Quels frissons et, surtout, quelles franches rigolades !

Un autre jeu plaisant consistait à piquer ses clés à la tête de Turc de la classe en fouillant dans son cartable pendant les cours, et, une fois dehors, à les lancer le plus haut possible vers les balcons de la rue de l'Ouest. Ce qui se concluait immanquablement par l'accrochage du trousseau à quelque barreau ou bastingage du troisième étage d'un immeuble, le garçonnet gémissant d'angoisse à l'idée de la raclée qu'il allait prendre lorsque ses parents le trouveraient sans clés devant sa porte. Mais, tout aussi invariablement, le chef de bande, dans sa grande mansuétude, grimpait par la gouttière jusqu'au balcon, décrochait le trousseau et redescendait sous les vivats admiratifs du reste de la troupe.

Tout cela n'était pas bien méchant et aurait pu se prolonger quelques années, sans doute jusqu'à déboucher sur une délinquance plus ou moins vénielle si, un beau jour, la gouttière ne s'était rompue entre les deuxième et troisième étages. Chacun se retrouva finalement fort embarrassé au poste de police, à se tordre les doigts pour trouver une explication plausible dédouanant autant que faire se pouvait tous les protagonistes à la fois.

Il faut dire que cette vie d'enfant des rues était tout de même équilibrée à maints égards par la musique omniprésente dans laquelle nous baignions à la maison.

Depuis ma naissance, j'étais un enfant très colérique, voire un peu épileptique, et la seule solution qu'avait trouvée ma mère pour apaiser mes accès de fureur tout aussi puissants qu'instantanés était de me coucher sur son grand lit, dans l'obscurité la plus complète possible, et de me laisser là en compagnie d'un disque de Ray Charles, ou Bach, ou Mahler, ou Piaf, ou Brel. Ainsi, c'est dès l'âge d'un mois et quelques que j'avais été bercé en permanence par la musique, car, chez nous, les postes de radio ou les tourne-disques ne s'arrêtaient que quelques heures durant la nuit. Je revois la petite radio blanche suspendue à côté de la douche où me lavait ma mère, et j'entends encore les éclats des querelles qui opposaient mes parents au sujet du choix de tel ou tel programme, l'un voulant écouter les infos, l'autre ne pouvant rater pour rien au monde une mesure d'*Amsterdam*, de Jacques Brel.

Ainsi allait ma vie parisienne. Parallèlement et fort heureusement, d'ailleurs, il y avait ma fabuleuse grand-mère, la mère de ma mère, à

Saint-Cado, dans le Morbihan. Pour les vacances scolaires et certains week-ends prolongés, j'allais régulièrement rendre visite à Mamie, et c'est sûrement à ses côtés que j'ai découvert qui j'étais en réalité.

Non contente d'être excellente cuisinière, Lucienne avait des dons de psychologue qui lui permirent de déceler que son petit-fils ne demandait qu'une seule chose dans la vie : apprendre.

Apprendre le nom des fleurs, celui des légumes, et comment ils poussent, et l'alternance du soleil et de la pluie, et reconnaître les puissants et grisants arômes de cette belle et austère lande bretonne, les animaux et leurs mœurs, les oiseaux et leurs chants, les insectes, tout ce petit monde qui dessine les monts et merveilles de l'enfance.

Discerner les différentes senteurs qui hantaient sa cuisine était l'un de nos jeux favoris. Très vite, à ses côtés, j'appris à identifier l'odeur du pain grillé et celle du café brûlant du matin (elle avait compris que l'arôme envoûtant d'une tranche de pain carbonisée avait la faculté de réveiller la maisonnée et de tirer tout son monde de la chaleur douillette des draps de lin pour le conduire à la cuisine prendre le petit déjeuner).

Le « test des odeurs » à proprement parler consistait pour moi à deviner quels ingrédients elle avait utilisés pour confectionner son fumet de poisson, son bouillon de légumes ou son fond de veau. Pour me rendre la tâche plus difficile et me faire perdre, elle trouvait toujours le moyen d'ajouter à ses préparations une algue nouvelle ou une herbe inconnue. Ce petit jeu occupait notre temps et créait entre nous cette tendre et complice intimité de la plupart des grand-mères avec leurs petits-enfants.

Je ne me souviens pas, en revanche, qu'elle se soit jamais plainte, elle, de mon énergie débordante. Car, en Bretagne, je n'étais plus le même. Et si d'aventure je devenais un peu trop agité et envahissant, il y avait la mer froide (quinze degrés maximum) à proximité. C'était, aux dires de Mamie, un excellent remède pour « détorchonner » l'enfant de la ville et calmer ses ardeurs ! Je n'avais qu'à me le tenir pour dit.

Enfin, un dernier ingrédient entrait invariablement dans la composition de toutes ses recettes et achevait de nous unir : la musique de Mozart.

3

Mort de Sipholard le Craspidec

En 1966, me voilà donc chef de bande et heureux de l'être, dispensant autour de moi un bien-être relatif. Sans l'opiniâtreté de Nicole, ma mère, cette vie parisienne relativement paisible, entrecoupée de séjours en Bretagne, aurait pu se prolonger indéfiniment.

Mais, à cette époque, nous n'étions pas très fortunés et le but commun de Lucien, mon beau-père, et de Maman consistait à vouloir grimper les degrés de l'échelle sociale afin d'assurer à leur fils « Sipholard le Craspidec » (c'était moi !) un bon départ dans la vie.

C'est Lucien qui m'avait affublé de ce surnom. À cet âge, à mes pieds, une paire de chaussures ne restait neuve que trente-cinq minutes environ, un pantalon intact et fraîchement repassé ne l'était plus au-delà de dix, sans parler des chemises ou des polos, souvent tachés avant même d'avoir été portés. Car j'étais vif, bouillant, rapide, pareil à une tornade détruisant tout sur son passage, et, en fin de journée, je ressemblais souvent davantage au Kid de Charlie Chaplin qu'au petit Lord Fontleroy. Au grand dam de Maman, bien entendu.

Sipholard désignait donc le petit « siphonné », la bombe humaine, et Craspidec le crasseux aux origines bretonnantes !

Pour canaliser mon énergie, ma mère eut l'idée de m'inscrire au club de football de la communale de la rue de l'Ouest. Je fus émerveillé par la tenue : short aux couleurs vives et chaussures à crampons. J'étais ravi, et cela dura... dix minutes !

En réalité, je témoignais si peu d'intérêt pour le ballon rond que je me retrouvai rapidement dans les « cages » où je ne risquais pas de perturber l'entraînement. Pour mon malheur : lors d'un match de sélection « Poussins », à force de faire les pieds au mur dans les filets, j'encaissai deux ou trois buts. Je crois même que, pour couronner le tout, après avoir été vertement réprimandé par l'entraîneur, et voulant trop bien faire, je marquai un superbe but contre mon propre camp ! Oublié donc, le football, terminé !

À Rio, des années plus tard, après un spectacle où j'eus la joie et la surprise de voir débarquer dans ma loge une boule de muscles surmontée d'un large sourire – le « roi Pelé » –, mon histoire de pieds au mur déclencha l'un des fous rires les plus tonitruants de l'histoire du football brésilien !

Ma mère, ne capitulant pas, troqua la belle panoplie colorée contre une espèce de pyjama blanc que nous dûmes aller chercher dans une boutique spécialisée, place Denfert-Rochereau. Le dimanche suivant – les « activités » avaient toujours lieu le dimanche matin –, je me retrouvai assis en tailleur sous l'un des préaux de l'école, au milieu d'une trentaine de gamins accoutrés comme moi et écoutant très attentivement un bel homme, lui aussi en pyjama blanc, tenir des propos ésotériques sur les poids et contrepoids, les prises et contre-prises, les ceintures jaune, orange, marron, de toutes les couleurs ! Si bien que, passionné par son discours, je m'endormis vite sur le tatami qui avait pour moi l'unique mérite de n'être point trop inconfortable.

Nouvel échec !

Maman ne s'avoua pas vaincue et sut m'encourager à retourner au cours, le dimanche suivant. Ce jour-là, je reçus un choc et vécus une expérience qui allaient déterminer le reste de ma vie. Commencèrent en même temps un conte de fées et l'histoire d'une carrière.

Sur mon tatami, ce deuxième dimanche, j'étais donc à nouveau plongé dans une douce somnolence lorsqu'une musique lointaine parvint à mes oreilles et me tira de ma rêverie. Étrangement, j'en reconnaissais toutes les notes. Cette musique me bouleversait, si bien que je quittai en douce le cours de judo pour chercher à savoir d'où elle venait.

De l'autre côté du préau, il y avait une salle plus petite ; mû par une irrépressible curiosité, j'en poussai la porte pour découvrir ce qui s'y cachait.

La vision que j'eus ne fut pas banale : une quinzaine de fillettes en collants et tunique noire étaient accrochées à des bancs d'école dressés en l'air et qui tenaient lieu de barres. Le sol carrelé avait des nuances vertes, bleues, marron. Au fond de la pièce, près du mur, une dame plutôt corpulente, elle aussi en tunique noire, battait la mesure avec un bâton.

La musique qui m'avait attiré jusque-là s'échappait d'un banal mange-disques, mais la beauté du son, à laquelle se mêlait un étrange sentiment de magie unissant cette femme, la musique et les petites filles, fit naître en moi une émotion si vive que les larmes me vinrent aux yeux.

Le petit diable que j'étais alors venait d'être cueilli par une émotion qu'il connaissait déjà sans pouvoir l'expliquer – celle qu'il ressentait lors des séances de transes dominicales sur la table de la salle à manger familiale. La musique ? C'était des *Études* de Chopin. Le pianiste qui les interprétait ? Arthur Rubinstein. C'en était trop pour un seul homme !

Je filai à la maison pour retrouver ma mère et la tirai jusqu'à l'école pour lui faire part de ma découverte. La discussion qui s'ensuivit – dont je me souviens comme si elle datait d'hier –, je la retranscris ici telle quelle, car elle est à l'origine de l'histoire que j'ai entrepris de vous raconter :

PATRICK : Maman, qu'est-ce que c'est ?

NICOLE : Un cours de danse, voyons...

PATRICK : Mais la danse, c'est un métier ?

NICOLE : Évidemment que c'est un métier !

PATRICK : Dis, tu crois que je peux le faire ?

NICOLE : Oui, bien entendu. Mais à une seule condition.

PATRICK : Laquelle ?

NICOLE : Eh bien, tu peux devenir danseur, si tu le veux vraiment, mais, pour ça, il te faudra être le meilleur.

PATRICK : Le meilleur ? Le meilleur de quoi ?

NICOLE : Le meilleur de l'école, le meilleur de France, le meilleur du monde ! Pour réussir dans ce métier, il faut être meilleur que *tous* les autres, c'est aussi simple que ça !

PATRICK : Ah bon ? C'est tout ?

NICOLE : Oh, bien sûr, si tu ne réussis pas à être le meilleur de tous, tu peux toujours faire partie d'un corps de ballet... mais je ne veux pas de ça pour toi ! Il faut que tu sois le meilleur, ou bien ce n'est pas la peine. Autant ne rien faire du tout !

PATRICK : Eh bien, je serai le meilleur ! C'est ça que je veux faire comme métier : être le meilleur danseur.

Depuis cet épisode, lorsqu'un adulte me demandait, en me pinçant affectueusement la joue, quel métier j'envisageais de faire plus tard, je répondais invariablement : « Le meilleur danseur du monde ! »

Grâce à cette découverte, je fus inscrit au cours de danse dominical. Nous retournâmes donc place Denfert-Rochereau pour échanger définitivement le kimono contre une nouvelle panoplie, un collant et des chaussons – identiques à ceux des filles : des pointes ! Le dimanche suivant, je me retrouvai accroché à la barre de fortune en compagnie des petites ballerines.

À compter de ce jour, je ne fus plus le même petit garçon. Mon énergie, autrefois anarchique, débordante et indisciplinée, était désormais concentrée vers ces deux heures d'intense bonheur. Soudain, ma conduite et mes bulletins scolaires se firent le reflet d'une tout autre personnalité. Sipholard le Craspidec était mort : Patrick le danseur venait de naître.

4

Naissance de Patrick le danseur

Rue de l'Ouest, cette transformation ne passa pas inaperçue : le chef n'était plus le même. Il évoquait de nouveaux copains que personne ne connaissait : Chopin, Beethoven, Mozart... La bande en fut toute décontenancée.

Lorsque la nouvelle se répandit dans la cour de récréation, ce fut comme un maelström. Dupond faisait « de la danse avec les filles » ! Une histoire de dingue... Les insultes et les remarques désobligeantes fondirent sur moi de toutes parts : lavette, poule mouillée, tapette, tantouze, pédale, etc. Un jour, à bout, j'interpellai au milieu de la cour le nouveau meneur de la bande et lui balançai : « Dis donc, le chefton, regarde ce qu'elle peut faire, la pédale ! Je parie que t'es pas cap' ! »

Sur ce, j'exécutai un grand écart. Sous les acclamations impressionnées du reste de la troupe, le nouveau chef s'essaya à son tour à l'exercice et se releva aussitôt en hurlant de douleur. Sourires gênés, gloussements, tout le monde se mit en passe de m'imiter. En cinq minutes, la cour se transforma en un immense studio de danse à ciel ouvert. À présent, le chef, c'était à nouveau Patrick le danseur, et tout ce petit monde devrait lui emboîter le pas et épouser la danse !

La fête de fin d'année scolaire fut marquée par une impressionnante démonstration des garçons qui, de figures acrobatiques en exercices de souplesse, laissèrent plus d'un parent perplexe quant au devenir de leur rejeton. Pour moi, cet épisode marquait un premier triomphe de la volonté.

Je me souviens que j'eus à ce moment la très nette impression de ne plus toucher terre, comme si mon corps n'avait plus été qu'une sorte de relais de cette joie spontanée qui rejaillissait alentour, dont j'étais à la fois le réservoir et le déversoir !

Ce fut ma toute première émotion d'artiste, sans doute l'une des plus belles que j'aie jamais connues. Durant les trente années qui suivirent, je n'ai fait que rechercher cette même joie, je l'ai traquée partout, car j'avais compris ce jour-là qu'elle me construisait. Elle était mon sang, mon souffle, ma mémoire, ma vie. C'est elle qui me définit encore aujourd'hui bien davantage qu'une technique, un style ou l'appartenance à une école.

Premier succès et nouveau virage dans ma vie. Car, au cours de cette fête, mon professeur de danse, une femme à l'honnêteté, à l'intelligence et à l'humilité peu communes, s'entretint avec mes parents en tête à tête. Ayant décelé chez moi un potentiel, une flamme et une volonté hors du commun, elle leur conseillait de me trouver un enseignant de haut niveau. Elle-même se sentait dépassée et ne pouvait plus assumer ma formation, qui réclamait une attention quotidienne démultipliée. Selon elle, j'avais quelque chose d'exceptionnel qui me permettait de transcender les mouvements, je jouissais d'un plaisir rare et communicatif qui transformait de simples exercices de barre en magnifiques spectacles. Cette qualité n'était pas courante, disait-elle, c'était un don qu'on ne pouvait laisser perdre et se gâter. Il fallait canaliser cette énergie, la protéger, l'utiliser pour que s'accomplisse ma destinée : devenir artiste-interprète.

L'intervention de mon professeur et son constat, en dépit de son indéniable franchise, posait de nouveaux problèmes : où trouver cet enseignant de haut niveau ? comment ? mais, surtout, *combien* ? Combien ces cours prestigieux coûteraient-ils ? Car, à l'époque, la famille ne roulait pas sur l'or. Si Nicole n'était plus dame-pipi à la Coupole – son premier métier – mais vendeuse au BHV, et si Lucien, d'abord représentant, était devenu responsable commercial à la GFF (Générale française frigorifique), la vie était loin d'être rose tous les jours en cette année 1967.

Comme toujours, Nicole relèvera le défi et mettra en œuvre, comme il se doit dans ces cas-là, toute sa science du système D. Lucien et elle se démèneront, questionneront, interrogeront partout autour d'eux afin de le dégotter, ce fameux enseignant. Jusqu'au jour où, à force de persévérance, le destin se manifestera.

Après le désistement de mon premier professeur, c'est dans un pressing de l'avenue de Versailles que le destin m'interpella pour la deuxième fois. Venus y porter quelque article à faire nettoyer, comme à leur habitude Lucien et Nicole demandèrent à la caissière si elle connaissait un maître de danse pour leur petit garçon. Ayant prêté l'oreille à leur question, une élégante et très jolie cliente leur adressa alors la parole : son ex-mari, ex-danseur étoile de l'Opéra de Paris, donnait en effet des cours de danse à des enfants. Il s'agissait de Tessa Beaumont, ex-épouse de Max Bozzoni, qui allait devenir mon « Maître » et qui le demeure encore aujourd'hui, trente ans plus tard.

J'en avais huit.

5

Premiers pas

Nous voilà donc partis, Maman et moi, sur le chemin du studio de Max Bozzoni, au numéro 53 de la rue Rodier, deux cent cinquante mètres en contrebas de l'avenue Trudaine, métro Anvers. Un peu effrayés par ce quartier à la réputation sulfureuse, mais tellement contents de pouvoir enfin accéder au monde véritable de la danse, nous poussâmes le portail à double battant. Au fond de la cour à gauche, nous franchîmes une porte vitrée, actionnâmes une clochette et, au bout d'un long couloir, allâmes à la rencontre d'un bel homme brun d'un mètre quatre-vingt-dix qui nous attendait à l'entrée du studio. « Mince, me dis-je, c'est Montand ! » De fait, à cinquante ans, Max était le sosie d'Yves Montand. Lui aussi plaisait fort aux femmes. Ma mère, qui me connaissait bien, puisqu'elle m'avait fait, lut dans mes pensées et me ramena à la réalité : « Je sais ce que tu imagines, mais non, ce n'est pas *lui* ! »

Cette première rencontre avec mon Maître fut plutôt violente. Mon sac de danse contenait un collant, une chemise à carreaux et les fameuses pointes. Ni ma mère ni moi ne songions qu'on pût danser avec autre chose aux pieds.

Après m'avoir reçu fort gentiment, Max me demanda d'aller me préparer et de rejoindre les autres élèves. Entre-temps, il expliqua à ma mère que ce premier cours ne serait qu'une forme de test destiné à évaluer mes dispositions « éventuelles » – il insista lourdement sur leur caractère hypothétique – pour apprendre ce métier.

Je réapparus donc dans le studio en tenue, fier comme Artaban, puisque, là encore, j'étais l'unique garçon, n'ayant donc aucune concurrence à redouter. Et les ennuis commencèrent.

Peu après avoir entamé le premier exercice, Max interrompit la pianiste et me demanda, ainsi qu'à ma mère, de le rejoindre. Nous étions tous deux extrêmement gênés.

MAX : Patrick, c'est quoi, ces horreurs que tu as aux pieds ?

PATRICK : Ben, ce sont mes chaussons !

MAX *(à Nicole)* : Mais, Madame, ce sont des pointes pour filles !

NICOLE : C'est tout ce qu'ils avaient, à Denfert.

MAX : Denfert ? Je m'en fous, de Denfert ! Il lui faut des *demi*-pointes, à ce petit... Sinon, vous allez lui casser les jambes !

PATRICK : Mais regardez ! Je peux faire plein de trucs avec...

MAX : Ici on danse ! On ne truque pas. Désolé !

NICOLE : Peut-être pourrions-nous...

MAX : Non. Dès demain, vous allez chercher des demi-pointes chez Repetto, voici l'adresse, je pourrai alors le faire travailler correctement...

PATRICK *(les larmes aux yeux)* : Viens, Maman, il a raison ; les autres, elles ont toutes des demi-pointes...

NICOLE : Bon... Bien... Merci. Au revoir !

Le cours reprit. Je disparus vers les vestiaires pour me changer, dans un état proche de la crise, à la fois honteux et frustré. Sitôt rhabillé, je tirai ma mère par la manche et nous sortîmes dans la rue, en direction de la maison, murés dans un pesant silence. Une fois installés dans le métro, Nicole me demanda enfin si ça allait, et ma réponse fusa, immédiate et cinglante, comme mûrie depuis des siècles :

« Il m'emmerde, ce vieux con ! La danse, c'est fini, c'est tous des cons ! Ils avaient raison, à l'école, je n'y retournerai *jamais* ! »

Une histoire réglée, la danse ! Comme souvent, ma vivacité nouvelle me poussait à tourner brutalement, sans réfléchir plus avant, une page de ma vie. Tout simplement parce que le triomphe attendu n'avait pas eu lieu.

Bien des années plus tard, ce trait de mon caractère constituera l'une de mes grandes forces en même temps qu'une importante source de heurts, de haines et de conflits.

Durant les trois ou quatre jours qui suivirent ce malheureux épisode, la maison fut plongée dans une sorte de torpeur anxieuse faite de questions sans réponses. Ma mère culpabilisait, elle se mangeait littéralement les doigts, se demandant ce que j'allais devenir et quelle autre activité j'allais pouvoir exercer. Lucien, de son côté, voyait l'épisode comme un échec personnel à mettre au compte d'une paternité qu'il ne voulait décidément pas revendiquer. Quant à moi, prostré dans un complet mutisme, je ruminais indifféremment ma colère et ma honte en faisant des cauchemars où je me voyais en petit garçon souriant juché sur des demi-pointes...

Au bout de quatre jours, n'y tenant plus, je finis par demander à ma mère de m'accompagner chez Repetto choisir les fameux chaussons. Et nous refîmes le trajet jusque chez Max, « juste pour voir ».

Je me souviens encore aujourd'hui du sourire de Max lorsqu'il m'aperçut au bout du couloir. Ce sourire – celui du patriarche attendant le retour de l'enfant prodigue... et prodige ? – était d'une telle bonté, l'expression d'un tel bonheur qu'il me fit immédiatement fondre et rendre les armes. Pour un peu, je me serais précipité dans ses bras en hurlant : « Papa ! » Bien que cela puisse paraître excessif, c'est pourtant bien ce qui se passe lorsqu'un jeune danseur découvre son Maître.

Max venait de rencontrer son vrai fils, et moi le père que je n'avais jamais eu.

6

Max et les petits rats

Avant même d'entamer les exercices, la première phrase que me dit Max dans ce studio où je travaille encore aujourd'hui fut :

« Tu sais, Patrick, pour bien danser, il faut bien vivre. Je vais t'apprendre à vivre ; tu verras, c'est assez amusant ! »

En vérité, ce premier cours fut une audition à huis clos. Nous étions seuls dans le studio, Max et moi ; Maman était restée dans le couloir à la demande du Maître.

Ce fut un moment incroyable, tendu à l'extrême, quasiment hors du temps.

Les résultats de ce premier cours d'évaluation ne furent guère encourageants. Et m'orientèrent vers une voie que ni Maman ni moi-même n'avions envisagée. Max nous expliqua en effet que, malgré une sensibilité musicale rare, une concentration étonnante chez un enfant de mon âge et une résistance à l'effort hors du commun, je présentais une série de défauts rédhibitoires pour un danseur.

Mes pieds, par exemple, étaient beaucoup trop plats et grands ; mon ventre « énorme » apparaissait, lui, comme un handicap physique autant que visuel ; mes fesses traînaient encore à la Concorde quand ma tête se trouvait à l'Étoile... Bref, j'étais complètement tordu, et si la souplesse était d'ordinaire une qualité, pour moi qui étais en caoutchouc, elle devenait ici un handicap : j'étais beaucoup trop souple, et par conséquent tenais à peine droit sur mes jambes, qui plus est en étant totalement incapable de m'élever au-dessus du sol.

Devant nos mines dépitées – j'en étais tombé par terre ! –, Max eut, comme à son habitude, un sursaut d'humanité et déclara qu'à chaque chose malheur est bon : j'allais sans doute devoir rechausser mes pointes pour travailler la cambrure de mes pieds. Mais en cachette !

Je poussai un soupir de soulagement silencieux, comme s'il s'agissait là d'une victoire remportée face à ce grand bonhomme qui m'impressionnait beaucoup. Ce que je ne savais pas encore, c'est que ces pointes allaient devenir un insupportable instrument de torture et que je finirais par les clouer au mur du vestiaire de l'Opéra pour ne plus jamais avoir à les chausser !

Au début, Max voulut que je suive ses cours trois fois par semaine. Puis, très vite, il exigea que ce fût tous les jours, à l'exception du dimanche.

Visiblement, Nicole et Lucien avaient passé avec lui un accord secret dont j'ignorais la teneur, car, quelque temps plus tard, lorsque Nicole insista pour payer la semaine de cours, j'entendis Max lui répondre très explicitement : « Nicole, essayez de comprendre qu'aux autres élèves ce sont des cours payants que je dispense. À Patrick, c'est un héritage que je lègue. Il n'y a pas de petite monnaie pour le payer. Gardez votre argent pour lui offrir un beau collant de laine à Noël, il l'appréciera. » C'était tout Max : généreux, pragmatique et totalement dévoué.

Si sa pudeur, son intégrité et sa grande prudence, acquise au contact du monde de la danse, l'avaient poussé à freiner notre enthousiasme dès le premier cours, il avait néanmoins décelé en moi la flamme qui permet à de rares élus, bien dirigés, d'abattre des montagnes de préjugés, d'efforts et de douleurs. Pour permettre à la promesse qu'ils portent en eux d'éclore et de devenir réalité.

Secrètement, mon Maître et mes parents s'étaient donné un an pour me préparer à l'examen d'entrée à l'école de danse de l'Opéra. Une série d'épreuves m'attendaient, dont je n'imaginais pas la difficulté...

7

Madame Claude Bessy

J'« entrai » donc chez Max en octobre 1967, et, immédiatement, il décida de me faire travailler la technique – les pirouettes, les sauts, les simples, les doubles, etc. – plutôt que le style ou la « propreté » du mouvement. Car ce qu'il avait perçu en moi, c'était d'abord une absence totale d'appréhension face à la difficulté technique. J'étais en effet de ces enfants qui sautent d'un plongeoir haut de trois mètres sans l'ombre d'une hésitation, y trouvant même la source d'une jubilation qui tient de l'inconscience face au danger. En somme, je n'avais peur de rien.

Un jour, je travaillais rue Rodier avec une quinzaine de petites filles quand déboula une superbe blonde portant une fourrure blanche et chaussée d'impressionnantes bottes rouges : Claude Bessy. C'était une des ex-femmes de

Max – hé oui, il aimait les blondes ! –, mais surtout une célèbre danseuse étoile française. Elle surgit donc à l'improviste dans le studio (j'ai su depuis que tout cela était une mise en scène fomentée par Max...). Effusions, câlins, conversation mondaine et allusions intimes : le petit groupe d'élèves, rouge de confusion et d'admiration, ne perdait pas une miette des échanges entre les deux « monstres » de la danse. Max redevenait sous nos yeux le prince charmant qu'il avait été quelques années auparavant sur l'immense scène de l'Opéra. À mes yeux, il acquit immédiatement dix centimètres supplémentaires et je réalisai soudain qu'il appartenait à l'« Olympe », et que mon admiration pour lui était sans bornes. Après que les deux héros eurent conversé quelques instants à voix basse, la beauté blonde s'approcha de moi et, sans prévenir, me lança :

« Alors, il paraît que tu sais danser, toi ? »

Interloqué, je bafouillai un ridicule « voui, M'dame » au moment où Max nous rejoignait. Aux anges, le sourire ravageur, il demanda à Claude Bessy si elle avait déjà vu un gamin de huit ans faire deux tours en l'air. Elle éclata d'un rire quasi tonitruant, exhalant un violent : « Ça, jamais ! »

Max me fit alors un clin d'œil, et ce fut comme s'il avait allumé la mèche d'une fusée sur laquelle j'aurais été assis. Sans réfléchir, encore sous le coup du « Ça, jamais ! », je me plantai au milieu du studio et exécutai sans élan deux tours dans les airs. Un peu à l'image du grand écart exécuté comme une provocation dans la cour de l'école de la rue de l'Ouest quelque temps auparavant...

Dans le silence presque palpable qui régnait dans le studio, je me rendis compte de l'effet produit par mon saut. Me regardaient une Claude Bessy médusée, un Max goguenard et des fillettes ébahies qui semblaient se dire : « Il danse comme un grand ! » Pendant toute la durée du cours, Claude Bessy demeura assise sur le petit banc de bois et je ne sus jamais ce qui se dit à mon sujet par la suite.

Je sais seulement que, deux ans plus tard, elle était la directrice de l'école de danse de l'Opéra de Paris et que ces deux tours en l'air seraient pour longtemps mon sauf-conduit, et une sorte de dédouanement *a priori* pour toutes mes frasques à venir.

Le brave Max avait décidément tout prévu...

Comme mes parents commençaient à s'inquiéter de ma possible entrée à l'école de danse de l'Opéra de Paris – j'allais sur mes dix ans et la limite d'âge était fixée à onze ans et demi –,

Max eut recours à l'un de ses innombrables stratagèmes. Un soir, après l'un des cours, il leur annonça qu'il avait besoin, avant de se prononcer définitivement sur mes aptitudes et mon futur, de me voir évoluer sur une scène pour vérifier *de visu* et *in situ* mon potentiel exact. Lui-même directeur d'une petite troupe de danseurs et organisateur de spectacles, il avait dans l'idée de m'intégrer à une série de représentations en région parisienne, prévues d'avril à fin juin 1968. Le premier de ces spectacles devait se dérouler dans le célèbre théâtre d'Aubervilliers où Ariane Mnouchkine jouerait en alternance sa dernière création, *Les Clowns*.

Voilà comment, à neuf ans, je fis partie de la distribution d'un ballet intitulé *Une fleur sur Vénus*, pièce qui prenait place dans un ensemble composé de trois œuvres, dont l'une, *Liszt*, était dansée par Claude Bessy et Michaël Denard, tous deux étoiles de l'Opéra de Paris.

C'étaient mes premiers pas dans le monde « officiel » de la danse. Cours, répétitions, contacts avec les professionnels, nouvelles tenues, première « gaine », première « coquille » de danseur... Pour entr'apercevoir Claude et Michaël répéter, je serais même allé jusqu'à ramper par terre. En fait, j'étais ivre ! Sur un nuage... Je planais à cent mètres du sol !

J'en profitai aussi pour tomber éperdument amoureux de Brigitte Néel, une danseuse de la troupe. Brigitte était une très jolie fille qui prenait ma défense et me consolait dès que Max m'engueulait, ce qui n'était pas rare. J'étais sous le charme, sa voix et ses paroles réconfortantes apaisaient mes chagrins d'enfant. De ce rapprochement naquit chez moi une sorte d'amour filial : dans ce monde cruel, Brigitte devint un peu ma mère protectrice. Aujourd'hui, quoique toujours aussi belle, elle n'est plus danseuse ; elle s'occupe des castings des émissions de Michel Drucker. Nous nous voyons souvent et la passion que je nourrissais pour elle à l'époque est restée intacte.

Bref, le contexte aidant, je devenais progressivement un petit homme qui danse !

Le rôle que je tenais dans *Vénus* était relativement simple : je jouais un petit garçon qui se réveille un matin sur une planète inconnue, habitée par de cruelles amazones. Par la seule force de son amour, il fait pousser de magnifiques fleurs pour les offrir à ces terribles guerrières, ramener sur la planète une paix salvatrice et faire de ce bouquet un symbole de l'amour universel.

A priori, rien de bien complexe ! Mais, pour moi, l'enjeu était de taille : danser et jouer tout à la fois, il fallait être à la hauteur. Le pari fut tenu et me procura un franc succès – au-delà, je crois, de la simple estime.

Après cette prestation, Max avoua à mes parents que la flamme qu'il avait perçue chez moi était encore plus vivace que ce qu'il avait imaginé. À son avis, j'étais né pour embraser les théâtres, et il fallait m'inscrire sans délai à la grande académie : l'école de danse de l'Opéra de Paris.

8

Sous les pavés, la scène...

Mon ascension dans le monde de la danse fut soudain interrompue. L'Histoire – les événements de Mai 68 et leur charivari – venait entraver ma propre histoire : chamboulements, pseudo-guerre civile, barricades, manifestations, grève générale, de Gaulle sur la sellette, mes parents pendus aux informations... Nicole se souvint alors qu'elle était tête de file des syndicalistes du Crédit foncier, et passa à l'action.

Pour moi, fini la danse ! Les spectacles organisés par Max furent annulés pour cause d'occupation des théâtres, mon école mise à sac par des manifestants. Profitant du désordre général et galvanisés par la transe révolutionnaire, nous, les petits élèves, nous vengeâmes de nos maîtres et maîtresses et chahutâmes si bien leur autorité que nous étions à deux doigts de leur faire avaler de force le contenu de nos encriers ! Le scandale fut tel qu'il se solda par le renvoi des mutins. Nous, les jeunots, devenions des hors-la-loi à l'égal des adultes... J'aimais ce vent de folie qui, par la force des choses, me faisait oublier à quel point j'étais « en manque » de danse.

Dès lors, mon emploi du temps quotidien de garçonnet de dix ans épousa celui d'une mère toute dévouée à sa révolution : ballotté, traîné, trimbalé de réunions en meetings, assis pendant des heures dans les sous-sol d'un café de la rue Daunou, condamné à y écouter des harangues et des débats révolutionnaires sans fin. Je serrais les mains de jeunes gens débraillés, barbus, hirsutes, meneurs et chefs de bande bientôt célèbres comme Daniel Cohn-Bendit ou Alain Krivine...

L'Histoire était en marche, même si je n'y comprenais goutte. Abruti de fatigue, je sirotais des diabolos-menthe à longueur de journée. Et je n'étais pas peu fier d'avoir pour mère une révolutionnaire !

Le soir, une fois réintégré le foyer familial, c'était l'orage permanent. Car Lucien était un gaulliste convaincu, et Maman, le pavé à la main, aurait été prête à tuer pour défendre ses idéaux politiques. Autant dire qu'à cette époque on ne s'occupait plus guère de moi et que je jouissais d'une oisiveté salutaire : ma destinée de danseur était devenue une broutille aussi accessoire que facultative parmi les nouvelles préoccupations des adultes qui m'entouraient. Le soir, je restais consigné à la maison pendant que Maman allait s'adonner à son nouveau jeu préféré : être sur les barricades, dont je ne comprenais pas qu'elle voulût m'écarter. Jusqu'au jour où notre Nicole nationale revint l'œil poché d'un magnifique coquard décoché selon elle par quelque CRS digne de la SS. Cet épisode mit fin à « notre » engagement sur le front révolutionnaire. Au terme d'une discussion orageuse dont il sortit vainqueur, Lucien décida qu'il convenait de déménager dès la fin août vers un quartier plus « civilisé »... Nous partîmes donc pour Neuilly-sur-Seine.

Les vacances scolaires succédant à toute cette agitation, la Bretagne m'apparut comme un havre de paix. Mais la rentrée s'annonçait indécise : nous étions passés de Montparnasse à Neuilly, deux univers aux antipodes l'un de l'autre.

Dans ma nouvelle école, je n'étais plus le chef de quoi que ce soit. Au contraire, on m'examinait comme une bête curieuse. Car je portais un secret que je ne pouvais révéler à personne. Une chose était sûre, qui se savait et alimentait ma réputation sulfureuse : ma mère avait « trempé » dans « les Événements ». Et en restait fière.

Dès le premier trimestre, je repris tout naturellement le chemin des cours de Max. En secret et en silence, cependant, car, à Neuilly, dans un collège de garçons, la danse était mal considérée et aurait rapidement fait jaser. Jusqu'au jour où, au cours d'une altercation avec un de mes camarades de classe, je crachai le morceau : « Oui, je prends des cours de danse tous les soirs avec un très grand professeur ! Oui, je vais entrer à l'Opéra ! » Déjà que j'avais une tête qui ne revenait à personne ; là, ce fut le bouquet ! Un flot de haine et d'ostracisme fondit sur moi comme un vol de corneilles sur un champ de blé mûr !

Tout le monde s'y mit, les élèves comme les professeurs. Des insultes enfantines aux allusions ambiguës et perverses des adultes : « Quel âge a-t-il, ton maître ? Et il aime enseigner la danse à des petits blondinets comme toi ? Et toi ? Tu aimes ça, qu'un monsieur te donne des cours particuliers ? » Etc.

Je me souviens d'un enseignant dont j'étais devenu le souffre-douleur et qui prenait un vif plaisir à me tourmenter. Son jeu consistait à me traîner depuis le fond de la classe, où j'avais été relégué, jusqu'au tableau noir en me tirant par l'oreille. Hilarant ! Au second décollement de cartilage, il devint évident que je devais rejoindre au plus tôt une école qui me conviendrait davantage et correspondrait mieux à mon univers : une école pour apprentis danseurs. Tout en me jurant bien, si jamais je réussissais mon entrée à l'Opéra, de me venger cruellement de ce prof tortionnaire... Vengeance qui fut terrible et à l'occasion de laquelle on se remémora que « Tape-dur » avait été autrefois l'un de mes surnoms, rue de l'Ouest...

9

Cour Diaghilev

En février 1969, je fus convoqué à la visite médicale préliminaire qui autorise ou non l'accès au stage de trois mois précédant l'examen d'entrée officielle à l'école de danse de l'Opéra de Paris. C'était la première des multiples sélections qui feraient de moi, plus tard, un danseur professionnel. Cette « épreuve » nous mettait tous dans un état d'excitation fébrile, car elle se déroulait dans le saint des saints de la danse, le Palais-Garnier.

Ce fut ma première visite dans ce lieu mythique qui deviendrait plus tard « ma maison », et j'en conserve encore aujourd'hui un souvenir exalté, magique, car ce fut aussi ma première prestation devant des juges professionnels.

La convocation précisait que nous devions nous rendre, ma mère et moi, dans la cour Diaghilev qui se trouve devant les grands magasins du boulevard Haussmann. La magie opérait déjà : en sortant de la bouche de métro, place de l'Opéra, nous devions faire le tour complet de l'édifice et, tout à coup, je pris la mesure du temple que je m'apprêtais à conquérir ! C'était proprement gigantesque, comme d'escalader l'Himalaya ! Je me sentis soudain aussi à la hauteur qu'une puce face à un éléphant...

Je m'arrêtai de longs instants pour jauger le « monstre », et mes jambes, devenues toutes molles, manquèrent de se dérober sous moi. C'est donc tout fébriles que nous arrivâmes dans la fameuse cour Diaghilev où l'on pria immédiatement les parents de déguerpir, leur demandant de revenir chercher leur progéniture d'ici une petite heure.

Ces deux mots : « cour Diaghilev », allaient rester associés dans mon esprit à certaines des contrées les plus légendaires de l'histoire de la danse. J'appris plus tard qui se cachait derrière ce nom à jamais associé à ladite cour. J'appris surtout que c'était grâce à ce Russe entreprenant, imaginatif, génial et insolent (épithètes dont on m'affublerait moi-même plus tard...) que l'Opéra de Paris s'était ouvert à d'autres créations que celles imposées par l'académisme. Serge Diaghilev aura sans doute été l'un des premiers, au début du siècle, à bousculer une institution qui en avait grand besoin ! Né à

Saint-Pétersbourg en 1872, il avait fondé, avec le jeune Stravinski et Léon Bakst, la revue *Le Monde de l'art*. Premier à organiser une exposition de peintres impressionnistes français en Russie, il avait révélé au public russe la musique française contemporaine (Milhaud, Debussy, Ravel, Dukas). À Paris, selon la même alchimie – mélange réussi de talents très disparates –, il fit imploser tout l'univers artistique. Devenu impresario, il monta *Boris Godounov* en 1908, avec le célèbre Fédor Chaliapine dans le rôle titre. Volant de succès en succès avec sa nouvelle troupe de danseurs (Pavlova, Rubinstein, Nijinski, etc.), il investit les plus prestigieux théâtres. Dès lors, sa vie se confondit avec les célèbres Ballets russes, dont il fut le maître d'œuvre incontesté et avec lesquels il obtint un véritable triomphe. Bien sûr, une telle réussite n'est jamais du goût de tous. Le scandale n'était jamais loin : cela faisait beaucoup trop de nouveauté d'un seul coup ! Quoi qu'il en soit, avec lui, un grand vent de modernité avait emporté la danse... Modernité qui n'allait pas sans une certaine forme de sauvagerie, tranchant sur la tradition parfois un peu gnan-gnan de l'Opéra (on lui doit par exemple l'apparition sur scène de couleurs vives). De son époque date aussi l'habitude prise par l'Opéra de Paris de recevoir des artistes invités qui, à l'image d'un Roland Petit ou d'un Maurice Béjart, parmi bien d'autres, continuent d'arracher la danse à des pesanteurs parfois plus administratives qu'artistiques. En 1966, Serge Lifar fit apposer dans la cour de l'Opéra, rue Scribe, une plaque qui porte tout naturellement le nom de celui qui rehaussa le prestige de la danse classique et lui permit de s'extraire de tous les carcans. Depuis lors, cette cour est tout un symbole. Pour le futur danseur, c'est l'antichambre du rêve, l'endroit où la mutation commence, où la chrysalide entame sa métamorphose en papillon.

Je me souviens qu'il y avait dans cette cour deux belles portes vitrées capitonnées de cuir, surmontées d'un fronton de bois peint dans le même ton que le cuir, frappé chacun d'un titre en lettres d'or. Sur celui de gauche, on lisait : « ARTISTES », sur celui de droite : « ADMINISTRATION ». Je me souviens aussi du sentiment de fierté qui m'envahit lorsqu'un petit homme grassouillet à la belle chevelure blanche nous fit entrer, filles d'abord, garçons ensuite, pas plus d'une cinquantaine ce jour-là – par la suite, j'appris qu'il y avait généralement trois ou quatre sessions de présélection – par la porte « ARTISTES ». Voilà qui me parut d'excellent augure.

J'appris plus tard que l'homme à la belle crinière blanche était la terreur des danseurs du corps de ballet. C'était Gérard Mulis, le régisseur général, surnommé « le Cerbère ». Heureusement pour moi, il devait partir à la retraite peu de temps après, et nos pas n'eurent donc pas à se croiser de nouveau.

Quand on pénètre dans l'Opéra Garnier par cette fameuse entrée des Artistes, on passe d'abord par un double sas de portes battantes, puis on laisse à gauche un escalier de bois vertigineux qui grimpe allégrement jusqu'au faîte du toit, pour emprunter un couloir aussi large qu'une avenue. Là palpite le cœur du théâtre. Des décors sont hissés jusqu'aux cintres, des coups de marteau résonnent, des machinistes s'interpellent, des chanteurs vocalisent dans des pièces invisibles, des pianos égrènent des notes mélancoliques pour soudain s'épanouir en gerbes d'arpèges et en cascatelles de trilles frénétiques. Cette somptueuse cacophonie, c'est la symphonie unique de l'Opéra de Paris. Immédiatement, je sus que j'étais chez moi !

Filles et garçons furent alors séparés ; nous pénétrâmes dans une grande salle carrée garnie de bancs et de porte-manteaux, puis on nous pria de nous préparer pour l'examen. Fébriles, trente petits bonshommes déballèrent leur attirail de danseurs. Certains possédaient déjà un matériel de professionnels, d'autres le strict minimum : un slip, des chaussettes et un maillot de corps. Pour ma part, je me situais entre les deux catégories, avec un polo noir, un collant noir et des demi-pointes, noires elles aussi. La couleur noire pour l'ensemble de mes accessoires avait été chaudement recommandée par Max pour ses vertus amincissantes.

À l'appel de nos noms, nous pénétrâmes dans une pièce plus exiguë, éclairée par quelques grosses boules lumineuses de style Napoléon III. Je me retrouvai devant une longue table derrière laquelle se tenaient cinq ou six personnes. Parmi elles, je reconnus tout de suite, sur la gauche, la très belle dame blonde qui avait fait une apparition chez Max : Claude Bessy. Au centre de la table trônait la présidente du jury, une femme aux cheveux blancs bien coiffés, rondouillette elle aussi, les yeux noirs, l'air pas sympathique, pensai-je en essayant de ne pas trop la fixer. À sa gauche était donc assise Claude Bessy, et à sa droite un médecin en blouse blanche ; aux deux extrémités se trouvaient deux autres personnes qui, je crois, étaient des danseurs représentant le corps de ballet.

La femme aux yeux noirs et à la mine antipathique était Geneviève Guillot, directrice de l'école à l'époque. Elle me demanda d'approcher.

« Comment t'appelles-tu ?

– Patrick Dupond.

– Quel âge as-tu ?

– Dix ans le mois prochain.

– Depuis combien de temps prends-tu des cours ?

– Un an, Madame. »

À ce moment, je vis Claude Bessy sourire.

« Qui est ton professeur, s'il te plaît ?

– Max Bozzoni.

– Il fait les garçons, maintenant, celui-là ? »

Elle avait proféré ces derniers mots en haussant les sourcils.

« Je l'aime beaucoup.

– Sans doute. Allez, fais un plié à la seconde. »

Elle m'avait coupé net dans ma réponse. Je m'exécutai sur-le-champ, puis suivit une série de petits exercices de barre d'une simplicité enfantine. Je me disais que tout cela n'était vraiment pas très compliqué, lorsque Geneviève Guillot lança en plein exercice : « Il est gros ! » Mais Claude Bessy de répliquer : « Ouais, mais il est mignon ! »

LE DOCTEUR : Jolies proportions ; pour moi, ça passe.

GENEVIÈVE GUILLOT : Oui, mais il est gros !

Je vis qu'elle soulignait mon nom sur la liste, le barrant presque. La transpiration commençait à mouiller le polo qui me collait à la peau du dos, puis ce fut mon collant qui devint gênant, semblant entraver tous mes mouvements. Je restai coi quelques instants, jusqu'à ce que Geneviève Guillot lance en me fixant : « C'est fini, tu peux sortir. »

À cet instant, j'étais persuadé qu'elle avait décidé de ne pas me prendre dans l'école. Peut-être avais-je tort, je ne le saurai jamais. Je jetai alors un regard désespéré vers Claude Bessy qui, décodant le message, s'adressa à moi sous le regard étonné de quelques membres du jury :

« Attends un peu, reviens une seconde. Il paraît que tu sais faire un tour en l'air ?...

– Oui, Madame.

– Alors vas-y, qu'est-ce que tu attends ? »

Aussitôt, je me postai face à Geneviève Guillot et exécutai mes fameux deux tours en l'air, avec l'énergie du désespoir, ce qui eut pour effet de me déstabiliser un peu, mais fit littéralement fondre mes juges. À l'exception de Claude Bessy qui me lança : « Ça, c'est deux, pas un... ! »

Premier succès, première engueulade !

Dix minutes plus tard, je me retrouvai dans la cour où Maman m'attendait, impatiente. J'essayai de lui raconter ce que je venais de vivre, mais la seule chose intelligible que je parvins à articuler fut : « J'ai raté deux tours en l'air ! »

Une semaine plus tard, nous recevions une lettre de l'Opéra : j'étais admis en stage de préparation à l'école de danse.

10

Les stars ne font pas tomber les pommes !

Pour moi, la vraie vie, celle vers laquelle chaque parcelle de mon petit corps était tendue depuis le jour de ma naissance, commença en avril 1969. Une seule et même idée devait la gouverner, je le comprends mieux aujourd'hui : « gagner la course ». Apprendre et devenir danseur aura été pour moi – comme pour tous ceux qui choisissent cette voie – une lutte de tous les instants. Pour gravir les échelons hiérarchiques, pour s'accommoder d'un corps souvent récalcitrant, d'une volonté qui, par intermittence, donne des signes de faiblesse : une course contre le temps, tout simplement. Car ce qu'il faut avoir sans cesse à l'esprit – là réside toute la valeur de l'enseignement de Max –, c'est que chaque jour qui passe est un jour de carrière perdu, chaque cours raté une possibilité de progrès gâchée, et que chaque connaissance acquise la veille peut s'évanouir le lendemain faute d'une attention et d'une discipline exemplaires.

Dès l'âge de dix ans, je me mis donc à penser, apprendre, réagir, réfléchir et prévoir comme l'aurait fait un adulte. Pendant cette période, Max ne cessait de me répéter qu'un jour mon corps refuserait tous les efforts que je lui imposais, qu'un jour peut-être le public se détournerait lui aussi de moi. Danser exige la jeunesse : il faut être souple, aérien et fort – physiquement et psychologiquement. Max aimait aussi à répéter que les victoires remportées sur soi-même entre dix et quinze ans sont les plus importantes.

Ces premières années d'apprentissage forgèrent, pas après pas, mon identité de danseur. Jusqu'au jour où je cesserais de danser, et bien au-delà encore. Il n'est que de voir ce que sont devenus une Yvette Chauviré, un Max Bozzoni, une Claude Bessy, tous ces « grands », pour comprendre que la danse est beaucoup plus qu'un métier borné par l'âge officiel de la retraite, et qu'elle relève jusqu'au bout d'un art de vivre.

Donc, à partir d'avril 1969, ma vie changea. J'avais le droit de quitter l'école communale tous les jours à quinze heures pour rejoindre mon stage de formation à l'Opéra, et je jouissais ainsi d'une liberté extraordinaire. J'étais libre vis-à-vis de mes professeurs, impressionnés par ce certificat de l'Éducation nationale qui m'autorisait à sécher leurs cours. Mes camarades, eux, regardaient avec envie celui qui, de cancre mis au rancart au fond de la classe, était devenu cet être capable d'aller et venir à sa guise sous l'œil impuissant des professeurs. Ils ne comprenaient rien à ma nouvelle situation : j'étais ravi.

Chaque jour de la semaine, je prenais donc le métro à la station Sablons pour me rendre à l'Opéra, chargé d'un sac très lourd contenant mon matériel scolaire ainsi que toutes mes affaires de danse : chaussons, collants, chaussettes, maillot de corps, guêtres de laine pour l'échauffement, etc.

Daniel Franck, notre professeur à l'Opéra, avait été danseur dans le corps de ballet. À cause de problèmes physiques, il avait dû mettre prématurément fin à sa carrière. Ce n'était pas un vieux monsieur. Max, qui l'avait côtoyé, me raconta à son sujet des dizaines d'anecdotes qui furent à l'origine des conflits que j'eus par la suite avec lui.

Vers dix-huit heures, le cours s'achevait et la plupart des vingt-deux petits garçons de ma classe, épuisés par un emploi du temps surchargé, rentraient chez eux reprendre des forces. Moi, insatiable, je courais rejoindre Max dans son studio pour lui montrer ce que j'avais appris dans la journée. Il en profitait pour corriger, améliorer, et surtout amplifier les difficultés techniques, fidèle en cela au célèbre précepte en vigueur dans notre métier : qui peut le plus peut le moins ! Vers vingt et une heures, Lucien et Maman venaient me chercher et, surtout, s'informer auprès du Maître des progrès accomplis par le petit, et nous rentrions à la maison où, généralement, je m'écroulais de fatigue.

J'étais soumis à une discipline de fer, mais, rétrospectivement, je crois que j'adorais relever ces défis quotidiens. La perspective de l'examen d'entrée du mois de juin m'excitait, me galvanisait. « Enragé » comme je l'étais, cette volonté de vaincre devint vite une ligne de conduite.

Il me faudrait attendre encore quelques années pour comprendre que cette attitude n'était pas toujours forcément la meilleure, et que la vie n'était pas seulement faite de rapports de forces. Mais, pour l'heure, j'étais une pelote de nerfs, une petite boule de feu qui n'aspirait qu'à éblouir son monde.

Le stage de trois mois se déroula sans incidents notables. Je me pliais à toutes les recommandations et contraintes inlassablement réitérées : discipline, ponctualité, obéissance, docilité, propreté, résistance, etc. Au point que ma nature profonde en fut transformée.

Un jour que nous grimpions jusqu'aux studios de danse situés sous les toits – à l'époque, l'école était aménagée dans les combles du Palais-Garnier –, une petite fille blonde fit tomber dans l'escalier la pomme qui devait lui tenir lieu de repas – régime et emploi du temps surchargé obligent. Au moment où elle se penchait pour la récupérer, et avant que j'aie pu moi-même la rattraper, sa voisine lui écrasa violemment la main en lui décochant : « Idiote, quand on veut être danseuse, on n'a pas deux mains gauches ! » Toutes deux avaient neuf ans. La victime acquiesça en silence, essuyant une grosse larme sur sa joue. Moins d'un an plus tôt, j'aurais rué dans les brancards et rudoyé la jeune mégère. C'est dire combien j'avais changé. Je n'ai jamais su si l'une ou l'autre fit jamais carrière à l'Opéra. Mais je n'oublierai jamais la féroce et cruelle vérité de cette anecdote : un danseur n'a pas le droit à l'erreur. Chez les « stars », on ne fait pas tomber les pommes !

Je venais de prendre conscience et sans doute de faire mien un certain état d'esprit, celui qui guide les jeunes danseurs avides de gloire et de reconnaissance, prêts à tout pour arriver... La « méchanceté » régnant dans les cours de danse est notoire. Entre danseurs, on se lance des piques à la pelle, du genre : « Tiens, tu es en forme aujourd'hui ? C'est pas comme hier, tu avais l'air d'une vraie loque, hein ?... On a même cru un instant que tu étais tombé malade... Une maladie assez grave ! Mais je suis heureux de voir que tu es vivant. Et je te souhaite vraiment bonne chance, parce que, ce soir, le rôle que tu dois danser, c'est pas de la tarte... Vu ta condition, je ne voudrais pas être à ta place... » Et bien d'autres amabilités à l'avenant !

Le jour du fameux examen arriva. Il consistait en un cours d'une demi-heure environ qui se déroulait devant un jury composé pour l'essentiel des mêmes personnes qui, trois mois auparavant, nous avaient acceptés au stage.

Pendant tout le mois de juin, Daniel Franck nous avait fait répéter la quinzaine d'exercices que nous aurions à exécuter. De mon côté, j'avais retravaillé ces mouvements mille fois avec Max. Le test se déroula dans un immense studio, situé juste au-dessus du grand lustre et réplique exacte de la scène de l'Opéra, la salle Bailleau. Cette salle correspond à la coupole que l'on voit depuis n'importe quel point surélevé de la capitale et qui caractérise si bien le majestueux édifice. Une dizaine de rangs de fauteuils reproduisent les conditions exactes d'un spectacle, mais ce lieu sert surtout aux répétitions « à l'italienne » d'ouvrages lyriques, ainsi qu'aux prégénérales des ballets mettant en scène la quasi-totalité du corps de ballet. C'est dire les dimensions impressionnantes d'un tel espace.

Sans avoir gardé un souvenir très net de cette épreuve, je me souviens qu'une fois entré avec mes vingt-deux petits camarades, accompagnés du pianiste et de Daniel Franck, je fus à nouveau saisi de cette sorte de transe qui m'habitait dans les moments d'une rare intensité : mû par une énergie hors du commun, j'exécutai toutes les figures sans effort particulier, mon corps ne faisant que répéter des mouvements appris par cœur. À l'issue de cette prestation, nous nous retrouvâmes tous, élèves et parents, dans la fameuse cour Diaghilev pour attendre la proclamation des résultats. La liste des onze reçus fut affichée sur la porte « ARTISTES ». Mon nom figurait tout en haut. Cela me parut tout à fait naturel.

Max, mes parents et moi nous retrouvâmes à l'Entracte, en face de l'Opéra, où je sirotai un Orangina pour fêter ma victoire. Désormais, il me fallait être bien conscient de la situation : j'étais devenu élève de l'école de danse de l'Opéra de Paris ! Autant dire que nombre de nouvelles aventures m'attendaient...

11

Métro, studio, dodo

Septembre 1969. J'ai dix ans et dix mois : l'année scolaire commence inexorablement cour Diaghilev.

Ce jour-là, je me réveillai sur le coup de six heures et demie et préparai aussitôt un énorme sac de danse contenant tout mon matériel neuf. L'odeur de cuir des demi-pointes demeure encore aujourd'hui pour moi un parfum magique, comme l'est pour les écoliers celle que dégage leur trousse pleine de crayons neufs au mois de septembre. Un parfum d'inconnu qui laisse augurer des bonheurs encore inédits, des drames, peut-être, des efforts, certainement. J'étais grisé par toutes ces perspectives excitantes.

Une fois ma douche prise, j'avalai un petit déjeuner frugal et, après avoir embrassé mes parents, me retrouvai dans la rue, vers sept heures quinze, marchant en direction de la station de métro. Commençait alors un périple immuable, lot de tous les enfants danseurs, qui durerait quatre ans.

Huit heures : cour Diaghilev, double porte vitrée, escalier monumental gravi au pas de course en guise d'échauffement ; six niveaux conduisent sous les toits à l'étage du « patinage » – nom donné en hommage à un ballet sur une musique de Meyerbeer, qui évoque des patineurs artistiques. Nous nous enfonçons alors dans le fameux « couloir des cent mètres » qui, presque un siècle auparavant, valut à tous les enfants danseurs le fameux surnom de « petits rats de l'Opéra ». Le romancier Théophile Gautier, habitué du lieu – il a écrit le livret de *Gisèle* –, voyant tous ces petits danseurs et petites danseuses vêtus de gris souris – la couleur réglementaire – trotter à toute allure dans ce couloir pour se rendre à leur studio, eut le bon goût de faire l'analogie entre les jeunes artistes en herbe et une horde de petits rongeurs cavalcadant sous les combles. Une autre étymologie, moins poétique celle-ci, renvoie aux enfants de familles pauvres pour lesquels l'entrée à l'Opéra représentait un salut certain et une indéniable marque d'ascension sociale.

Me voici donc à mon tour petit rat, galopant avec tous les autres sous le regard bienveillant et silencieux de trois surveillantes, trois anciennes danseuses, trois figures exceptionnelles qui vont accompagner tous leurs petits élèves jusqu'à l'entrée dans le corps de ballet : Madame Sioza, rondouillarde et frisée, autoritaire, était la chef ; Madame Saint-Germain, toute petite, ses jambes sèches toujours juchées sur des talons de vingt centimètres de haut, était une gentille femme qui se mettait à pousser des cris de moineau effarouché quand nous bravions son autorité ; enfin, Mademoiselle Boulanger, esprit philosophe qui semblait avoir tout vu, tout vécu, nous aimait, je crois, comme ses propres enfants ; elle fut souvent ma confidente et ma directrice de conscience dans les moments de doute ou de grosses bêtises. Toutes trois avaient elles-mêmes appartenu au corps de ballet de l'Opéra. On avait volontairement oublié quand. Car, pour une danseuse, il est indécent de citer des dates. Les danseuses n'ont pas d'âge, ce sont des elfes immortels : c'est ce que l'on apprend dès les premiers jours à l'école de danse.

Une fois parcouru le couloir de cent mètres, et après avoir grimpé encore deux étages, nous nous retrouvions sous la haute charpente du navire Garnier où se situent les cinq studios de danse, ainsi que les quatre classes dotées d'un tableau noir pour l'enseignement général.

Notre emploi du temps était établi à la minute près :

8 h 15 : vestiaire, tenue de danse ;

8 h 30 : cours avec Daniel Franck ;

10 heures : cours d'éducation générale (français, maths, histoire, etc.) ;

11 heures : vestiaire ; rhabillage en tenue de ville ;

12 heures : rassemblement dans la cour Diaghilev après avoir trotté en sens inverse du chemin parcouru le matin à l'arrivée ;

12 h 15-12 h 30 : transfert à pied, avec sacs ou besaces, vers le CEG de la rue de Suresnes, derrière la Madeleine ;

13 heures-13 h 30 : déjeuner rapide à la cantine ;

13 h 30-19 heures : enseignement général selon un cursus très poussé, car, outre les matières générales, les élèves doivent maîtriser l'anatomie, l'histoire de la danse – autant dire celle de l'humanité ! – et la diététique, indispensable à leur équilibre physique.

Car la directrice du CEG, Mademoiselle Wiaut, se targue, avec Geneviève Guillot, directrice de l'école de danse, d'obtenir des résultats équivalant à cent pour cent de réussite aux examens tels que le certificat d'études, le BEPC et, plus tard, le baccalauréat. L'établissement a une politique très stricte : pour bien danser, il faut impérativement réussir dans l'enseignement général. On ne veut ni ne peut y accepter des danseurs ou danseuses « bêtes » ou ignares. Pour entrer dans le corps de ballet, le BEPC est obligatoire. L'échec au brevet, même pour un Nijinski en puissance, signe la fin de l'engagement dans la compagnie. La course et la compétition, encore et toujours...

Libérés vers dix-neuf heures, les enfants rentraient chez eux fourbus, la tête pleine des événements du matin à l'Opéra, le cartable chargé de nouveaux devoirs à accomplir, de livres à lire, de disques à écouter. Bien souvent, cette heure sonnait néanmoins pour les autres la libération et le premier vrai moment de détente de la journée. Mais moi, de mon côté, je pensais au futur !

Chaque soir, en quittant la rue de Suresnes, je filais rejoindre Max dans son studio. Cet endroit était devenu ma seconde maison. Si je fais le compte, j'ai assurément passé beaucoup plus de temps accroché aux barres de la rue Rodier que dans la douceur douillette de mon petit lit, rue des Huissiers, à Neuilly.

Je me changeais à toute allure après avoir dévoré en cachette une viennoiserie qui me permettrait de tenir le coup. Max se moquait gentiment de moi. Je me précipitais à la barre et prenais alors mon second cours de danse de la journée en compagnie d'autres enfants, essentiellement des petites filles, ou d'adultes amateurs, des femmes pour la plupart. Je répétais devant Max les exercices appris le matin, qu'il corrigeait, allant parfois jusqu'à critiquer la technique des professeurs de l'Opéra. À la fin du cours, lorsque tous les élèves se changeaient, il m'enseignait les *soli* du grand répertoire classique et me faisait travailler les rôles des grands danseurs étoiles. À partir de dix ans, j'ai donc commencé à étudier et maîtriser des exercices réservés d'ordinaire à des danseurs aguerris, beaucoup plus âgés que moi. C'est ce qui explique sans doute pourquoi, cinq ans plus tard, c'est pratiquement sans appréhension que je me présenterais devant un jury international pour exécuter cinq des variations les plus difficiles du répertoire. Et pourquoi je remporterais sans effort apparent cette redoutable épreuve.

Il était presque vingt-deux heures lorsque je finissais de travailler avec Max et que Lucien, toujours fidèle, et Nicole, toujours attentive, venaient me chercher. Sous le porche du 53, rue Rodier, immanquablement, pendant près d'une demi-heure, Max se livrait à un compte rendu précis. Tous les soirs, ma danse était décortiquée et analysée afin que, le lendemain, les progrès fussent davantage visibles. Max et mes parents étaient très exigeants, ils voulaient toujours plus. Et plus ils demandaient, plus je donnais. Car j'étais orgueilleux et l'échec était un mot qui ne faisait pas partie de mon vocabulaire. Mon credo, c'était la réussite. C'est pourquoi j'écoutais tous les soirs avec la même humilité et la même attention, mais parfois aussi avec la même lassitude, car c'étaient toujours les mêmes défauts qui m'étaient reprochés. Mais, petit à petit, le message pénétrait mon cerveau, puis mon corps, j'acquérais jour après jour du pouvoir sur ce corps récalcitrant qui finissait par m'obéir et me donner ce que je lui demandais.

J'étais en train de devenir danseur.

12

Coup de Trafalgar à l'Opéra

Je ne peux pas dire que mes relations avec Daniel Franck, mon professeur à l'Opéra, aient été mauvaises. Mais elles pâtissaient d'un déséquilibre dont je n'étais pas seul responsable. Au temps où mon Maître Max était danseur étoile, il connaissait bien Franck, qui faisait lui-même partie du corps de ballet. De là venaient sans doute nos problèmes relationnels. Enfant vif, élevé dans un esprit de compétition, très sensible aux points forts comme aux faiblesses de mes interlocuteurs, je compris vite que la relation privilégiée que j'entretenais avec Max provoquait chez Daniel Franck un sentiment à peine voilé de jalousie et de frustration. De plus, comme je pouvais être un véritable emmerdeur, je n'avais de cesse de contredire ses enseignements ou de contrevenir à ses ordres. Par exemple, nous répétions inlassablement un exercice de pirouettes. Nous avions ordre d'exécuter au mieux *une* pirouette. Évidemment, je ne pouvais m'empêcher d'en faire au moins deux, voire trois, ce qui avait pour effet de décourager mes petits camarades et d'exaspérer Daniel. Surtout si lesdites pirouettes étaient réussies ! Dans ces cas-là, de deux choses l'une : soit il éclatait de rire, surpris mais ravi de voir l'un de ses élèves pousser plus loin l'exercice ; soit il se mettait en colère contre ce morveux qui osait lui remontrer que son cours était trop lent.

Dans l'enseignement du matin, tout était en effet trop lent pour moi. C'était d'ailleurs notre grand sujet de discorde. Se sentant responsable des progrès de chacun de ses élèves, il refusait de se plier aux desiderata particuliers d'un seul, tout « Patrick Dupond élève de Max Bozzoni » fût-il.

Daniel avait une dette envers Max, je le savais depuis le premier jour. D'une certaine manière, je le mettais mal à l'aise en lui remémorant le danseur « moyen » qu'il avait été, soutenu à l'époque par Max. Nos disputes à propos de pirouettes étaient plutôt drôles et légères. Daniel disait : « Les garçons, je veux voir une pirouette im-pec-cable, et je préfère un seul tour bien fait à deux bâclés. » Invariablement, je corrigeais à voix haute ou en marmonnant : « Eh bien, moi, je préfère quatre tours bien faits à un seul moche ! » Toujours plus, toujours mieux : telle était ma devise, celle de Max et de mes parents. Nous campions, eux et moi, sur cette attitude qui, nous n'en doutions pas, se révélerait payante. Mais, pour l'heure, il me fallait obéir. Si je ne pliais pas, j'allais devoir assumer le prix de ma rébellion.

L'année s'écoula tant bien que mal à l'Opéra. Sous le porche et chez Max, en revanche, nous riions parfois de bon cœur. Mon Maître essayait de tempérer ma fougue, mais ne s'inquiétait guère pour moi. En fait, il n'avait pas pris la mesure du problème que j'étais en train de créer à l'Opéra. Nous baignions, les uns comme les autres, dans la douce certitude que j'étais le meilleur, très en avance techniquement sur les autres, et nous focalisions toutes nos pensées sur l'examen de promotion final qui devait avoir lieu à la fin juin 1970.

À la mi-mai, la directrice, Geneviève Guillot, fit ce qu'elle appelait un « tour des classes ». Pendant une semaine, elle assista à presque tous les cours des élèves des divisions cinq, quatre, trois, etc., jusqu'à la classe d'engagement dans le corps de ballet. Elle devait ainsi déterminer le niveau des difficultés techniques qui seraient imposées à tous les petits rats pour cette épreuve.

Ce concours de promotion est réputé pour être redoutable. Il offre trois issues. La première option, de loin la plus enviable, est le passage dans la classe supérieure. La deuxième, moins gratifiante, mais pas déshonorante pour autant, consiste au redoublement, avec obligation de progrès l'année suivante, les membres du jury ayant une mémoire infaillible. Enfin, la dernière, dramatique, est le renvoi pur et simple. Le message est alors on ne peut plus clair : l'adaptation ou les progrès de l'enfant durant l'année écoulée n'ont pas été probants. Celui-ci est exclu et libère ainsi une place pour un autre enfant qui se présentera cour Diaghilev, trépignant d'impatience, peut-être mû par une envie plus grande, peut-être plus passionné, plus courageux, possédant peut-être plus de charisme ou de capacités physiques, que sais-je encore ? Elle équivaut à ce que nous appelons pudiquement la « sélection naturelle », qui est absolument effrayante, car elle sonne souvent le glas d'un rêve, l'échec d'une ambition, et aussi la fin d'une certaine sérénité, le retour de la peur du lendemain. Car l'école de danse de l'Opéra étant l'une des deux meilleures au monde avec celle de Saint-Pétersbourg, quatre ou cinq années passées dans ce creuset offrent presque toujours la certitude d'une carrière réussie.

Être renvoyé de cette école équivaut ainsi souvent à un désastre personnel. Imaginez un enfant contraint de quitter son monde, ses amis, et surtout de renoncer à ses aspirations profondes ! Beaucoup, dégoûtés ou meurtris à tout jamais, abandonnent purement et simplement ; d'autres, plus tenaces, persévèrent coûte que coûte, vaille que vaille. Car on peut aussi réussir et s'accomplir *sans* l'Opéra...

Le vrai drame, c'est lorsque, après cinq, six ou sept ans d'apprentissage, au moment d'entrer dans le corps de ballet, une grande partie des « engageables », faute de moyens financiers, est renvoyée de manière totalement inique. Dans ces circonstances, évidemment, personne n'est responsable : il n'y a pas de crédits, un point c'est tout ! Un type de problèmes qui, d'après ce que j'entends dire, est toujours d'actualité...

Longtemps le taux de dépressions nerveuses et de tentatives de suicide chez les jeunes filles recalées faute de places fut anormalement élevé. Heureusement, dès les années soixante, de grands chorégraphes comme Maurice Béjart ou Roland Petit prirent les choses en main. Ils créèrent des structures – les ballets du Marquis de Cuevas, ceux des Champs-Élysées – destinées aux danseurs qui souhaitaient s'épanouir et vivre de leur art en dehors de l'Opéra, comme eux-mêmes l'avaient fait auparavant.

Mais c'est dire l'importance de cet examen, « vital » à bien des égards, où, en l'espace de quelques minutes, un élève doit convaincre un jury de sa valeur et de son aptitude à rejoindre la prestigieuse institution.

Un mois avant la date redoutée, Daniel Franck annonça qu'il allait nous enseigner les trois variations qui constitueraient les épreuves éliminatoires. Une excitation générale envahit le studio où l'atmosphère devint électrique : chaque jeune garçon se mit à spéculer sur son avenir et à tirer des plans sur la comète. Subitement, nous nous retrouvions au cœur de la compétition. Le même état d'esprit guidait chacun de nous : « Que le meilleur gagne, et marche ou crève ! »

Le soir de la nouvelle, je déboulai chez Max pour lui montrer les fameux exercices. Un mois durant, nous répétâmes ces séries de mouvements, inlassablement, jusqu'à ce que mon corps devînt capable de les exécuter sans même que mon cerveau en fût conscient. Je repris certains passages des centaines de fois afin que, le jour J, mon corps acceptât d'offrir enfin tout ce que j'exigeais de lui. Ces séances de préparation à un ballet, nous les appelons « répétitions », et il faut entendre ce terme au sens littéral : faire et refaire jusqu'à épuisement, et au-delà encore, afin d'améliorer les mouvements et de parfaire la danse. C'est de cet acharnement, souvent dans la douleur, que naît la beauté. Car je ne connais aucun danseur capable d'interpréter « naturellement » et « spontanément » un mouvement juste. Seul le travail permet d'atteindre à la perfection.

Quand le jour J arriva, j'étais fin prêt.

De ce matin-là je n'ai gardé aucun souvenir, hormis un réveil en fanfare et la fébrilité des derniers préparatifs dans les vestiaires. Je me revois plutôt serein, joyeux, ne sachant contenir mon excitation.

Au lieu d'être paralysé par l'angoisse, comme la plupart de mes camarades, j'ai ce jour-là l'étrange sensation d'exister pleinement pour la première fois de ma vie. Car je sais que c'est précisément dans l'attente de ce moment que j'ai vécu, travaillé, souffert dans ma chair. Cet examen représente pour moi la plus belle des récompenses : on me donne enfin une scène et un public. « Être le meilleur », c'est ça !

J'étais conscient que ma jubilation énervait fort mes camarades. Avant l'échauffement obligatoire à la barre, je m'éclipsai aux toilettes. À mon retour, je découvris, stupéfait, mes précieux chaussons cloués au banc ; ces chaussons que j'avais « cassés » avec soin, bichonnés, choisis méticuleusement pour qu'ils dissimulent au mieux mes trop grands pieds ! Le message était clair : « Dupond, tu nous énerves ! Calme-toi, sinon nous te clouons toi-même au banc et tu ne passeras pas l'examen ! »

Ma réaction fut immédiate et théâtrale : dans un éclat de rire tonitruant, j'allai chercher Daniel Franck, lequel ne parut pas trop surpris... Je le priai de faire une annonce solennelle devant le jury pour expliquer pourquoi j'allais me présenter les pieds nus devant lui. L'embarras était à son comble, et Daniel Franck se mangeait nerveusement les doigts. Le scénario que je proposais le ridiculiserait définitivement aux yeux du jury et ferait passer toute la classe pour une bande de teignes infâmes et jalouses. Car toute l'école savait que j'étais l'un des meilleurs.

Dix minutes plus tard, nous commencions l'échauffement, moi en chaussettes « aimablement » prêtées par un Daniel Franck de plus en plus embêté. Je demeurais fier et arborais un air narquois, car moi seul savais qu'il y avait une solution à cette situation apparemment inextricable. J'avais en effet prévu le coup et conservais une paire de chaussons de rechange dans mon sac. Je les enfilai à l'abri des regards et les dissimulai sous mes chaussettes, comme si de rien n'était. Ce n'est qu'au tout dernier instant, lors de l'ultime répétition des variations, et juste avant de nous rendre salle Bailleau, devant le « peloton d'exécution », que je révélai mon stratagème. Mes camarades s'exclamèrent devant mes pieds merveilleusement chaussés. Leur surprise et leur dépit étaient indicibles. J'allai des uns aux autres en paradant, avec au fond du regard une flamme et une assurance qui semblaient leur dire : « J'avais tout prévu, je vais vous bouffer tout crus dans cinq minutes, et vous regretterez votre geste ! »

L'examen se déroula très vite, comme en un éclair, selon un scénario identique au concours précédent. Nous accédâmes à la grande rotonde par un immense monte-charge et nous nous installâmes à la barre pendant qu'un régisseur aboyait : « Classe de cinquième division, professeur Daniel Franck ! » Lui, invisible du jury, se tenait dans un coin à droite, juste derrière le pianiste, à cette place traditionnellement dévolue au professeur qui bénéficie ainsi d'une vue générale sur le concours et peut, en cas de défaillance, encourager du regard ou d'un geste l'un ou l'autre de ses élèves. Pour moi, il n'y eut aucun faux pas, tout alla très – trop ? – vite : je fus immédiatement « en transes » et je repris seulement conscience dans la cour Diaghilev où m'attendaient mes parents, inquiets et impatients. « Facile » fut le seul mot que je prononçai, et nous allâmes nous replier vers notre base stratégique, l'Entracte, où devait bientôt nous rejoindre un Max inhabituellement agité et impatient.

L'attente des résultats fut longue et pénible. Les élèves attendaient avec leurs parents, certains au bord de la crise de nerfs. Des vies étaient en jeu... Ce jour-là, je compris à quel point c'est parfois le sort d'une famille entière qui peut être transformé par le succès ou l'échec d'un gamin. Je mesurais pour la première fois l'investissement et l'engagement affectifs de l'entourage de chaque petit candidat.

Vers dix-neuf heures trente, Gérard Mulis vint afficher les résultats. Cette année-là, exceptionnellement, en face de ma classe, il y avait deux listes au lieu d'une. J'attendis un peu que la cohue se dissipe, que les premiers cris de joie ou de désespoir fusent, puis, à bout, je me jetai dans la mêlée pour atteindre les listes. Ce que j'y découvris me pétrifia, et, aujourd'hui encore, y repenser me donne des sueurs froides. Sur la feuille de gauche, on lisait :

« *Résultats de l'examen de promotion 1970* :
1er : Patrick Dupond.
2e : Tristan Lansonneur.
3e : Jean-Marc Vossel. »
Etc.

Sur la feuille de droite, précise, concise, une véritable gifle administrative qu'il me fallut bien quelques minutes pour comprendre :

« À la demande de Geneviève Guillot, après intervention de Daniel Franck, et après lecture des notes et annotations prises par le professeur au cours de l'année, il a été décidé de déclasser Monsieur Patrick Dupond à la seconde place pour cause d'insubordination et d'indiscipline notoires. Le classement doit donc se lire comme suit :

1er : Tristan Lansonneur.

2e : Patrick Dupond.

3e : Jean-Marc Vossel. »

Etc.

Seuls les trois ou quatre premiers élèves classés étaient promus et engagés dans la classe supérieure.

C'était hallucinant : à gauche j'étais le meilleur, à droite j'étais deuxième par suite d'une intervention du professeur. De mémoire de danseur, cela ne s'était jamais vu. Là encore, le message était clair : « Tu es sans doute le meilleur de ta classe, mais nous t'avons à l'œil et nous ne te lâcherons pas ; rien ne te sera pardonné ! »

La réaction de Max devant ce coup de Trafalgar fut formidable. Il nous entraîna très vite, mes parents et moi, loin du brouhaha des familles, des amis, des professeurs. Il savait que, dans ces moments-là, on ne se donne pas en spectacle, et qu'il faut surtout se taire. Car ce que vous dites est toujours amplifié, déformé, réinterprété, et ne cessera de vous poursuivre l'année suivante, quoi que vous fassiez. C'est d'ailleurs une règle à l'Opéra de Paris : celui qui se tait atteint plus vite et aisément au but, cancans et rumeurs étant généralement le fait de ceux qui n'avancent pas ou peu.

De retour à l'Entracte, dans un ultime conciliabule, nous essayâmes d'analyser la situation pour la énième fois. Au bout du compte, Max n'était pas trop déçu : la contradiction affichée entre les deux résultats tendait à prouver que j'étais bel et bien le meilleur de ma classe. Et il réussit à me faire admettre l'idée qu'une petite claque est parfois salutaire. Au surplus, la situation avait au moins le mérite de démasquer mes « ennemis », qui étaient aussi les siens. Il faudrait jouer serré, et utiliser une « tactique » qui n'avait rien à voir avec les doubles tours et autres cabrioles.

Ce soir-là, je pris conscience de la vraie nature de l'Opéra, et, plutôt que de m'endormir sur mes nouveaux lauriers, j'entrai « en politique »...

13

Jean-Marie, frère et confident

L'année scolaire suivante, quatre événements majeurs influencèrent ma vie de petit rat : la nomination de Claude Bessy à la tête de l'école, l'arrivée de Jean-Marie Didière, ma participation comme enfant danseur dans *Sud*, d'après Julien Green, et, enfin, les cours au studio Wacker avec Daniel Franck, à l'extérieur de l'Opéra. Autant d'événements qui contribuèrent à redorer mon image et à gommer celle de gosse insupportable qui me collait à la peau.

Dès le mois de septembre, Daniel Franck convoqua mes parents pour leur communiquer des informations « vitales » *(sic)* à mon sujet. Il leur fit comprendre que lui seul était responsable de mon déclassement à l'examen. Nous ne nous « comprenions » pas bien, leur expliqua-t-il, contrairement à ce qui se passait avec Tristan Lansonneur. Ce dernier travaillait à l'extérieur de l'Opéra avec Daniel Franck et ils se « comprenaient » donc beaucoup mieux. *Grosso modo*, Daniel Franck leur suggérait qu'il était indispensable que leur fils prît des cours particuliers avec lui, « sagesse » qui permettrait d'éviter à l'avenir les désagréments de l'examen précédent. Le scénario n'était pas très fin : c'était de la « politique », pas de la danse. Comme Max l'avait prévu.

J'allai donc prendre un ou deux cours par semaine avec Daniel Franck, au studio Wacker, place Pigalle. Du coup, nous nous « comprîmes » beaucoup mieux : l'argent de mes parents fondait à vue d'œil, mais je devins un exemple pour toute ma classe... *Exit* Tristan Lansonneur !

Mon passage au studio Wacker fut pourtant riche d'enseignements, et pas seulement grâce aux conseils de Daniel Franck. Dans les couloirs étroits et crasseux se côtoyaient pêle-mêle des professeurs de danse russes sans âge, des étoiles comme Chauviré ou Peretti, Gérard Mulis « le Cerbère » – qui y donnait des cours –, des boxeurs, des danseuses de cabaret, des travestis, etc. Cela sentait le music-hall, les ballets russes, la sueur et le talent : c'était un endroit magique que j'aimai d'emblée.

Quand Claude Bessy prit la direction de l'école, ce fut un immense espoir. Vu les liens qui l'unissaient à Max, nous avions cru, mes parents et moi, qu'elle fermerait les yeux sur mes retards, mon insolence, mon côté hors normes. D'autant plus qu'elle avait accepté un an plus tôt d'être ma « petite mère », c'est-à-dire ma marraine. La tradition de l'Opéra veut en effet que chaque jeune élève de l'école de danse se choisisse un parrain ou une marraine : un « petit père » ou une « petite mère ». Ce rôle, une fois accepté, ne comporte aucun engagement, ni financier ni moral. Il consiste seulement en un accompagnement. Le lien est d'ordre affectif. Il peut être très intime et étroit, ou distant et superficiel. Aucune règle n'impose quoi que ce soit aux aînés choisis par les petits. Pour ma part, j'étais transi d'admiration devant Claude Bessy. Mais croire qu'elle allait me favoriser et me rendre la vie plus facile était bien naïf de notre part et revenait à mettre en cause son honnêteté et sa rigueur. À peine installée dans son fauteuil de directrice, elle fit savoir qu'en dépit de ses relations avec Max et de son statut de marraine – mais aussi parce qu'elle-même, en son temps, avait pâti de son propre comportement indiscipliné –, elle se montrerait intransigeante et inflexible avec moi : rien ne me serait pardonné, et la règle serait même encore plus stricte pour moi. Le ton était donné, nous étions prévenus, il n'y avait qu'à se tenir à carreau !

Autre événement majeur : l'arrivée parmi nous de Jean-Marie Didière, quelques jours après la rentrée officielle, en plein cours de français. Sa mère était française, son père camerounais : un mélange d'où il tirait une grande beauté, altière et réservée. Jean-Marie : un métis à l'Opéra de Paris, on n'avait jamais vu ça ! Je me souviens de ses grands yeux noirs, de son regard qui semblait hurler : « Ne me regardez pas, laissez-moi tranquille ! Je suis différent, mais j'ai déjà roulé ma bosse, occupez-vous de vos oignons et fichez-moi la paix ! » Le coup de foudre fut immédiat et réciproque. Instantanément, je me mis à aimer sa « différence » ; il suffit à nos regards de se croiser et un inextinguible fou rire nous prit. À la seconde où il franchit le seuil de la classe, nous sûmes l'un et l'autre que nous deviendrions inséparables, formant une paire d'amis et de complices que nul ne serait près d'oublier. Aujourd'hui encore, Jean-Marie demeure le frère, le confident, celui auprès duquel je m'épanche, lui ombre, moi lumière, ou inversement. Il est l'un des rares qui puissent s'arroger le droit de me critiquer et de qui je puis tout entendre. J'ai atteint les feux des projecteurs à une vitesse fulgurante ; pas lui, sans doute par choix, et, malheureusement aussi, à cause d'un grave accident et d'un claquage au talon d'Achille. Mais nous nous sommes réalisés ensemble et nous restons aussi indéfectiblement liés que deux doigts de la main. Nos rencontres précieuses sont autant de bonheurs qui jalonnent ma carrière. Jean-Marie est toujours un très beau danseur. De par son physique, d'abord, mais surtout grâce à sa personnalité qui lui permet d'interpréter des rôles-charnières comme le Pacha ou le Grand Prêtre dans les ballets de Noureev. D'ailleurs, Noureev l'aimait beaucoup et respectait infiniment sa manière d'appréhender le métier. Aujourd'hui, Jean-Marie a quarante-deux ans et est toujours sujet à l'Opéra. Dans trois ans sonnera pour lui l'heure de la retraite... et je compte bien qu'il accepte alors de prendre la tête de l'école que j'ai la ferme intention d'ouvrir. Car, à mon avis, Jean-Marie est l'un de ceux qui, parmi nous, ont le mieux compris l'essence de la danse.

Il serait trop long d'énumérer tout ce qui, à l'époque, nous liait l'un à l'autre. Comme moi, Jean-Marie ne connaissait pas son père ; comme moi, il avait fait de la scène – il arrivait de l'École des enfants du spectacle et des Tréteaux de France ; comme moi, il vouait un culte à Claude Bessy et à Michaël Denard ; comme moi, il aimait être différent, en avance sur les autres, et libre de ses actes. Nous fûmes tous deux choisis pour jouer un petit rôle dans l'opéra tiré de l'œuvre de Green, *Sud*, mis en scène par Raymond Jérôme. J'étais le petit maître, et Jean-Marie mon esclave. Conformément à l'argument, je devais lui administrer une fausse claque, et je trouvais ça désopilant ; lui n'appréciait qu'à moitié... Le soir de la première, je fus présenté au président de la République de l'époque, Georges Pompidou, et à sa femme, Claude. Je profitai de mon bref entretien avec le premier des Français pour me vanter devant lui de toucher la somme rondelette de cinq francs et quelques par représentation... ce qui ne manqua pas de le surprendre. Une semaine plus tard, je me retrouvai en photo à côté de lui en pleine page de *Jours de France*. Inutile de dire qu'en l'occurrence je me fis vite beaucoup de nouveaux amis !

Je crois me souvenir qu'à la même époque les enfants jouant dans des spectacles de l'Opéra furent considérablement augmentés. J'y ai peut-être été pour quelque chose. Si c'était le cas, j'en serais fier, car ç'aurait été l'une de mes toutes premières actions pour revaloriser le statut des artistes au sein de l'Opéra.

De son côté, Jean-Marie conclut, après la première, qu'il n'avait vraiment pas la vocation à jouer les esclaves, et quitta la production...

L'année s'écoula ensuite paisiblement, rythmée par les cours de danse du matin, l'école l'après-midi, le studio Wacker deux fois par semaine, le studio de Max tous les autres soirs. Je peaufinais ma technique, et, comme toujours, j'essayais de repousser mes propres limites. À l'issue du concours de juin, je fus classé premier à l'unanimité et pris un mois de vacances bien méritées. Je devais me préparer psychologiquement à l'année suivante, avec le professeur Michel Renault, grande étoile française de l'après-guerre. C'était un personnage haut en couleurs, un ami de Max, et surtout le créateur de nombreux ballets à l'Opéra Garnier, sous la houlette de Serge Lifar, maître incontesté de toute une génération d'étoiles. J'avais l'intuition que j'allais rencontrer en lui un allié et que cette rencontre serait aussi pour moi un précieux contact avec l'« histoire vivante » de la « grande boutique ». Impatient de découvrir et d'apprendre, j'avais grand soif de connaissances et d'anecdotes : j'allais être servi !

14

Michel Renault, l'ère glorieuse

1973 fut donc pour moi l'année Michel Renault. D'emblée, nous sûmes à qui nous avions affaire. Dès le premier cours, Michel se présenta comme le plus grand danseur étoile que la Terre eût jamais enfanté ; il avait créé cent ballets, il avait été le partenaire de toutes les danseuses étoiles depuis plus de trente-cinq ans, il avait donné des autographes au « petit » Noureev et à. l'encore plus « petit » Barychnikov, il avait appris aux Soviétiques la technique des portés acrobatiques et non l'inverse, il avait fréquenté les rois, les reines et même le pape, il tutoyait Balanchine et avait enseigné pendant plusieurs années dans sa troupe à New York, il connaissait tous les cabarets de Paris, etc. Bref, c'était une « star », une vraie. Je le dévorais des yeux, j'adorais son extravagance, la profusion d'anecdotes – vraies ou fausses, peu m'importait – circulant à son propos ou que lui-même véhiculait, l'immense notoriété que lui valaient ses trente-cinq années de carrière d'étoile.

Tout ce que nous raconta Michel Renault lors de notre premier cours était vrai, absolument vrai. Danseur à la technique exceptionnelle, il avait été nommé étoile à l'âge de dix-sept ans et fut effectivement le phare de son époque en matière de danse masculine. C'était un grand personnage qui, grâce ou à cause de cette légèreté qui le caractérisait, ne fut jamais respecté ou pris au sérieux comme il aurait dû l'être. En outre – et cela n'arrangeait rien – le grand danseur était aussi un formidable gaffeur. Le pape Paul VI en fit d'ailleurs l'expérience... Beaucoup de danseurs se souviennent du jour où le souverain pontife reçut au Vatican les danseurs étoiles de l'Opéra de Paris. Le protocole voulait qu'à tour de rôle chaque artiste s'avance vers le pape, se présente à lui, et, après avoir été béni par le Saint-Père, se retire délicatement dans une révérence. Quand son tour arriva, Michel Renault s'avança vers le pape, se prosterna presque jusqu'à terre et déclama un peu trop haut : « Michel Renault, dans*euse* étoile ! » On imagine le froufrou parmi les robes vaticanes...

Quoi qu'il en soit, l'ambiance de notre classe restreinte de garçons – les concours éliminatoires avaient considérablement réduit les effectifs – avait changé du tout au tout. Du travail studieux et sérieux avec Daniel Franck, nous étions passés au *show* permanent de Michel Renault. Pour moi, c'était une aubaine : entre l'Opéra et le travail avec Max, une véritable complémentarité commençait à se dessiner. Cette année-là, mes progrès furent fulgurants – en technique comme en insolence, d'ailleurs !

Parmi mes innombrables défauts physiques, mes pieds constituaient l'un des pires et des plus rédhibitoires. Ils étaient, je l'ai dit, trop grands et, qui plus est, plats comme des limandes. Or, pour être danseur, il faut avoir le pied fort et cambré. La longueur de mes pieds – à treize ans, je chaussais un bon quarante et un pour une taille d'un petit mètre soixante ! – interdisait que je m'élève très haut. Je compensais ce défaut en levant les jambes le plus haut possible, ce qui était considéré comme extrêmement vulgaire par les puristes et me valut plus tard les foudres de mes premiers critiques.

Max pensait que la ceinture de plongée était l'accessoire indispensable pour travailler mon saut. Son raisonnement était logique : quand on entrave le corps assez longtemps, par réaction, lorsqu'on le libère, les résultats sont spectaculaires. Je détestais cette ceinture qui pesait au moins trois ou quatre kilos. Lorsque je la portais, non seulement je restais bêtement cloué au sol, mais, par surcroît, elle me mettait à la torture, éreintant mes jeunes vertèbres lombaires encore souples. Pour moi, cette ceinture était un instrument de malheur et me mettait de très mauvaise humeur.

Un jour que j'étais particulièrement énervé et paresseux, Max se mit dans une rage folle. Moins j'en faisais, plus il hurlait. Je lui tins tête jusqu'au moment où, n'en pouvant plus, je lui répondis pour la première fois avec insolence. La ceinture vola dans un coin du studio et nous eûmes une explication orageuse. Pendant que Max m'insultait depuis son fauteuil, au milieu du studio je fulminais et sautais sur place en essayant de démonter un à un ses arguments. Tout alla très vite et dura moins de deux ou trois minutes. Soudain, Max se tut, continuant à me regarder trépigner tout seul. Je m'évertuais à lui dire qu'à cause de mes « péniches » jamais je ne pourrais acquérir la technique du saut. Était-ce son expression, ou la direction de son regard ? Tout à coup, je me rendis compte que j'étais en train d'engueuler mon père adoptif tout en m'élevant à un mètre du sol sans m'en apercevoir ! La colère aidant, sans doute, j'avais « attrapé » le rebond et restais « suspendu » dans les airs avec la très nette sensation de « voler ». En une fraction de seconde, je mémorisai cette sensation, comprenant sur-le-champ qu'elle serait l'un des meilleurs atouts de ma carrière. Max m'arrêta alors et me dit très calmement : « Tu vois que tu peux le faire, cet exercice, c'était pas la peine de t'énerver... Allez, on recommence, on va voir si tu sais le refaire ! » Je refis l'exercice, et rebelote ! J'étais devenu une vraie balle de ping-pong, à tel point qu'en l'air j'avais du mal à me maîtriser. Qu'importe ! La joie d'avoir compris, saisi le secret du « vol » humain, me donnait littéralement des ailes. Et, ce soir-là, je sautai jusqu'à plus soif.

Cette anecdote reste gravée dans ma mémoire. Les révélations de ce genre sont les plus grands bonheurs que m'aient apportés mes années d'apprentissage. Je ne suis d'ailleurs pas le seul à en avoir fait l'expérience. Des années plus tard, alors que nous répétions *Roméo et Juliette*, Rudolf Noureev, Monique Loudières et moi-même, une scène presque identique se produisit. Rudolf adorait Monique, mais l'avait ce jour-là choisie comme tête de Turc – à mon grand soulagement, car, sinon, c'eût été moi ! Après des insultes et une dispute qui durait depuis déjà une bonne demi-heure, Monique craqua. Tout en dansant, elle se mit à hurler que cette chorégraphie était impossible, qu'elle n'était pas un animal, mais un être humain qui exigeait d'être respecté, que c'en était trop, etc.

En pleine crise de larmes, elle exécuta sans efforts toutes les difficultés qu'elle estimait « insurmontables », sous le regard hilare d'un Rudolf Noureev qui voyait sa chorégraphie prendre vie par le truchement de son interprète féminine excédée et blessée. Cet épisode se déroulait dans le studio Zambelli, la rotonde de répétition la plus ancienne de l'Opéra. Le fantôme de la grande Carlotta avait encore frappé !

Justement, cette même année 1973, Michel Renault offrit à tous ses élèves d'aller voir danser la star du moment, Rudolf Noureev. Le grand danseur se produisait avec le Royal Ballet de Londres dans *La Belle au bois dormant* avec la légendaire Margot Fonteyn comme partenaire. Pour Michel, il était impensable de rater une telle occasion de voir le couple mythique. Lui qui avait vu danser Noureev dans les années cinquante pensait qu'il était déjà presque trop tard pour qu'il « donne mille pour cent » de son talent. L'Opéra ne pouvant prendre en charge le déplacement, Michel paya de sa poche toutes les places, le dîner et les taxis. Il ne cessait de répéter qu'il se considérait comme un « attrapeur » d'occasions rares. C'était son credo. Celle-là, il ne voulait pas que nous la laissions passer. Il croyait en la chance, il fallait savoir la saisir le plus rapidement possible, et à tout prix, quand elle montrait le bout de son nez. C'est un conseil que j'ai toujours suivi et qui, avec moi, a toujours porté ses fruits.

Cette soirée fut mémorable. Bien que *La Belle* ne soit pas mon ballet favori, je fus totalement ébloui. Au premier acte, dès l'entrée de « Dame Margot », ce fut l'incrédulité totale. Avant le spectacle, Michel nous avait rabâché qu'elle avait plus de cinquante ans, qu'elle était fatiguée, mais que, galvanisée par son partenaire, et portée par une école, un style, un travail impeccables, elle nous étonnerait sûrement. « Étonnement » est un mot bien faible pour décrire ce que je ressentis. Alors que j'attendais une vieille dame, je vis une jeune fille de dix-huit ans à peine, fraîche comme une rose, légère comme une libellule ; une danseuse épanouie, maîtrisant son art à la perfection, et qui, de toute évidence, prenait un plaisir intense et un immense bonheur à briller sur la scène du Palais des Sports. Le très fameux « Adage à la rose », où la princesse Aurore danse avec les quatre princes qui la courtisent en lui offrant des roses, fut un véritable moment d'anthologie. Margot évoluait dans les airs, elle tenait en équilibre sur une pointe pendant des secondes qui semblaient des heures, et le temps était comme suspendu.

À la fin du premier acte, je hurlai debout avec toute la salle.

Au deuxième acte, le Prince fait son entrée au milieu d'un « troupeau » d'autres jeunes nobles chasseurs, et, en une fraction de seconde, je reconnus le talent de celui qu'immédiatement je surnommai « la Bête ». Il me faisait penser à un tigre par sa façon d'appréhender le sol, de tenir son cou, de porter son buste arrogant et puissant à la fois. Mais, avant même que le projecteur eût détecté l'étoile, nous fûmes électrisés par sa présence. Sans encore avoir dansé, Rudolf Noureev s'imposait comme un triomphateur, un prince impitoyable et vainqueur de tous les combats ; j'étais subjugué.

Le deuxième acte n'est pas, pour le prince Florimond, l'occasion de montrer sa brillante technique, c'est l'acte de la découverte amoureuse et de l'harmonie magique qui illumine un couple qui s'aime. Et comme ils s'aimaient, ces deux-là, quelle leçon c'était de voir deux danseurs vibrer ainsi à l'unisson, ne jamais se quitter d'une respiration, rebondir comme un seul corps sur les mélodies de Tchaïkovski ! C'était l'art du pas de deux, l'union de deux belles âmes – un émerveillement.

Troisième acte : changement de style et de décor. Les deux étoiles étant en très grande forme, le public parisien allait en avoir pour son argent ! Jusque-là, j'avais été ébloui par la présence et le magnétisme félin de Rudolf, mais il y manquait cette étincelle qui rend fou et donne l'impression de suffoquer lorsqu'un artiste ou un athlète dépasse les limites de l'humainement possible. Je n'avais encore rien vu. Dans sa variation du pas de deux du mariage, Noureev enchaîna les difficultés techniques aussi naturellement que s'il visitait une galerie de tableaux, et, surtout, conclut avec son célèbre « manège » : figure époustouflante où le danseur tourne autour de la scène à une vitesse supersonique, mais que Noureev avait corsée davantage encore en accélérant les quatre dernières mesures, pour s'immobiliser finalement dans une position de « cinquième » absolument parfaite. Une leçon de brio, mais aussi de maîtrise de la danse classique, avec, dans les yeux et le sourire, un je-ne-sais-quoi de royal et divin à la fois qui semblait dire : « Pauvres mortels, en voulez-vous encore ? »

Si Michel Renault n'avait pas été là, je me serais sans doute précipité sur la scène comme une groupie de rock'n roll.

Cette nuit-là, j'eus très mal aux paumes des mains à cause des tonnerres d'applaudissements que nous avions réservés au couple mythique.

Ce fut la première et dernière fois que je vis Rudolf Noureev aussi beau et aussi en forme. Très vite, il ne fut plus le même. Un soir, bien des années plus tard, dans la chambre d'un palace de Vienne, alors qu'il se savait condamné, il me fit promettre de ne jamais l'oublier. Non, Rudolf, je ne t'ai pas oublié et ne t'oublierai jamais ; pour moi, tu brilles toujours au firmament ! Quant à l'émotion que tu m'a donnée, elle continue de m'habiter.

15

Premières blessures, premières victoires

Nouvel examen. Cette année-là, j'étais très sûr de moi à cause de ma bonne entente avec Michel Renault et de l'amitié qui liait ce dernier à Max. J'envisageais donc l'épreuve avec la quasi-certitude qu'une fois encore je serais le meilleur de tous. Erreur, mille fois erreur ! Il faut être sûr de soi, certes, mais il faut savoir rester vigilant, jour et nuit – ce que je ne fus pas.

L'examen ouvrait l'accès à la classe d'engagement, dernière étape avant de devenir danseur professionnel et membre du corps de ballet de l'Opéra.

Fidèle à lui-même, Michel était tout surexcité. Grâce à son enthousiasme communicatif, les cours ressemblaient davantage à la préparation d'un spectacle qu'à celle d'un austère examen.

Pour ma part, débordant d'énergie, voulant toujours mieux faire, je nageais dans l'euphorie. Une rumeur se répandit alors dans tout l'Opéra : la deuxième division de Michel Renault était la meilleure classe de garçons qui eût jamais existé. À tel point que les autres professeurs s'arrangeaient souvent pour venir assister à la fin des cours où nous nous faisions un honneur de leur offrir une démonstration de nos talents – moi en tête, évidemment.

La rumeur enfla à tel point qu'une dizaine de jours avant ledit concours, Claude Bessy, alertée – et sans doute inquiète que, comme à l'habitude, j'en fisse trop –, décida, fait exceptionnel, de venir observer notre classe afin de juger si, oui ou non, nous étions si talentueux.

À l'Opéra, une rumeur est une malédiction. Le simple fait d'être prêts quinze jours avant tous les autres élèves, et, de surcroît, d'accomplir des prouesses nettement plus techniques que la classe supérieure, était assez inhabituel pour que nous constituions une sorte d'attraction « cosmique » à l'échelle de l'Opéra. Nous étions dix génies avec, à leur tête, un danseur étoile en puissance – moi ! – qui voulions et pouvions rivaliser avec les plus grands !

Claude Bessy désirait en avoir le cœur net. Elle débarqua donc un beau matin alors que nous nous entraînions dans le foyer de la danse, derrière la scène. Ce studio abrite sans doute les âmes, en tout cas les portraits encadrés à l'or fin de toutes les grandes danseuses étoiles depuis 1739. C'était aussi le lieu où, à une certaine époque, des messieurs de la haute bourgeoisie française venaient « choisir leur danseuse », accessoire indispensable à tout homme riche qui se respectait. Dans la hiérarchie du corps de ballet – quadrilles, coryphées, sujets, grands sujets, premières danseuses, puis étoiles –, les premières avaient le droit de porter seulement des fleurs dans les cheveux et leur chaîne de cou, les deuxièmes avaient droit au port de la bague, et ainsi de suite jusqu'aux premières danseuses solistes à qui l'on accordait le droit au port de perles fines, les diamants étant exclusivement réservés aux étoiles. Les danseuses étaient donc à la fois les maîtresses officielles de ces messieurs, et leurs « vitrines » au sens propre...

C'est dire si ce studio est chargé du souvenir de maintes ambitions ; mais aussi de bien des angoisses, car c'est l'endroit où se retrouvent, depuis des générations, tous les danseurs avant le lever du rideau.

Nous étions donc dans ce lieu mythique et magique quand Claude Bessy arriva. Elle demanda à Michel Renault si nous pouvions exécuter tout le programme du concours, car elle était curieuse de voir ses « étoiles » en action ! Devant son œil inquisiteur, certains furent pris de trac. La « chef » ne s'en laissait pas conter, on ne l'avait pas à l'épate, et, lorsqu'elle n'était pas satisfaite de quelqu'un ou de quelque chose, elle le disait bien haut, et on avait intérêt à filer droit.

Sachant qu'elle m'avait à l'œil et serait encore plus intransigeante avec moi, j'aurais dû me montrer prudent. Comme à mon habitude, je ne le fus pas. Contrairement aux autres élèves, paralysés par la présence blonde au regard bleu mi-furieux, mi-amusé, j'étais excité comme une puce, je débordais d'énergie et j'étais fin prêt : je fis mon show, et plutôt deux fois qu'une. Je voulais qu'elle soit fière de moi et je tenais surtout à lui arracher un compliment, ce qui n'était guère facile. Tant et si bien qu'à mon dernier passage je conçus la folie de tenter un « triple », c'est-à-dire trois tours en l'air, difficulté jamais réalisée à ce jour par un élève de mon âge, ni même par un danseur professionnel. Je partis en l'air comme une fusée mais, à l'atterrissage, un sinistre craquement au pied gauche m'arracha un hurlement. Claude et Michel furent sur moi en un instant, mais, quand je tentai de me relever, j'eus la sensation qu'on m'enfonçait un pieu dans la plante du pied et j'explosai en bruyants sanglots, comme un enfant que j'étais, persuadé que mon rêve et ma vie étaient finis. Cinq minutes plus tard, j'étais chez le masseur de l'Opéra, Jean-Paul Serini, qui était aussi celui de l'équipe de France de football. Une radiographie détermina l'origine de la douleur. Le verdict était sans appel : double fracture du métatarse. À dix jours du concours ! Je devrais rester à l'arrêt au moins trois semaines.

C'était compter sans ma détermination. Le lendemain, affublé d'une béquille et d'un « élastoplâtre » – un plâtre mou –, j'allai voir Jean-Paul Serini en le suppliant de faire un miracle. Il me massa et m'expliqua qu'à mon âge ces fractures pouvaient fort bien se consolider en une semaine, mais à condition de suivre les traitements adéquats.

Le jour même, je commençai des séances d'ultra-violets, recommandés pour la cicatrisation des os, un traitement au calcium effervescent et un régime essentiellement composé de produits laitiers et de viande rouge ou blanche.

Je ne sais ce qui se passa – était-ce mon envie de réussir, ou l'adrénaline sécrétée à l'idée que je ne pourrais pas passer le concours ? – mais, six jours plus tard, je marchai à nouveau sans trop de peine et décidai de reprendre doucement l'entraînement.

Max et mes parents étaient heureux de me revoir à la barre. Mais, pendant cinq jours, ils m'exhortèrent à la plus grande prudence et au respect de mon corps. Une rechute, en effet, aurait été fatale et aurait mis définitivement un terme à ma carrière. Qui plus est, j'avais deux ans d'avance, il n'y avait pas le feu !

Sauf qu'il y avait le feu ! Il était en moi. Il me consumait jour après jour, seconde après seconde. Je savais que j'étais le meilleur et je ne supportais pas l'idée de devoir attendre ou renoncer. Jusqu'à présent, je n'avais jamais renoncé à rien, c'était la seule règle de conduite que je m'étais fixée : je devais être le premier –, un point, c'est tout !

Deux jours avant le concours, je revins à l'Opéra pour la répétition pré-générale, puis, le lendemain, pour la générale. Le mot d'ordre de Max, Michel, Claude, Nicole et Lucien était d'y aller comme « sur des œufs », et de ne pas pousser trop fort sur ce pied gauche encore sensible qui risquait à tout moment de se rompre à nouveau. Au jour J, j'étais étonnamment calme, je me préparai en toute sérénité, habité par une glaciale détermination : arriver au terme de la compétition, quoi qu'il arrive.

Nous fîmes notre entrée tous ensemble, puis un premier enchaînement. Tout se passa bien pour moi. Ensuite, nous devions danser deux par deux. Quand ce fut mon tour, je m'élançai comme un fou, mû par l'énergie du désespoir et de l'espoir mêlés. Je surmontai les difficultés techniques avec facilité et sans souffrance.

Je pensais être totalement guéri. Mais, en un instant, tout bascula. Une fulgurante douleur transperça à nouveau mon pied, qui m'arracha un rictus et sans doute un faux mouvement, car il y eut un frémissement dans le jury. Claude Bessy s'était redressée sur son siège, inquiète. Une fraction de seconde plus tard, revenu du choc douloureux et constatant l'émoi du jury, je décidai de continuer, vaille que vaille. Je ne voulais pas que le concours fût interrompu à cause de moi : mon honneur et ma réputation étaient en jeu.

Impossible de dire où je puisai l'énergie nécessaire ; toujours est-il que j'achevai ma prestation. Après le salut final, je m'écroulai dans les coulisses, incapable de marcher. On me porta et je me changeai en silence, convaincu d'avoir échoué, déconfit et penaud, déçu par ce corps qui m'avait lâché alors que j'allais donner le meilleur de moi-même. C'est en larmes que je retrouvai mes parents dans la cour Diaghilev. Entre deux sanglots, je leur racontai ce qui s'était passé, comment mon pied avait recraqué en pleine variation. Ils me ramenèrent immédiatement à la maison où m'attendaient ma béquille et le « plâtre mou ».

Mes parents mirent Max au courant de la situation. Comme j'étais très déprimé et qu'ils avaient peur, il fut entendu que Max irait seul aux nouvelles. Vers vingt heures, le téléphone sonna rue des Huissiers. Max annonça le résultat : j'étais classé deuxième et admis dans la classe supérieure. Du coup, la douleur se fit moins pénible, et je suppliai mes parents de me conduire à l'Opéra où m'attendaient Max et Michel Renault.

Quand j'arrivai, toute la classe était là. Je « courus » féliciter Jean-Claude Ciappara, classé premier, et surtout embrasser Jean-Marie, troisième, lui aussi admis dans la dernière classe de l'école de danse.

Tout à coup, le futur me semblait resplendissant et je me moquais éperdument de ne pas être le premier. J'adorais Jean-Claude et me réjouissais pour lui ; Jean-Marie aussi serait avec moi ; et le visage de Max exprimait le soulagement et la sérénité qu'on voit parfois chez les vieux bonzes japonais ou les maîtres bouddhistes de l'Inde profonde.

Quelques jours plus tard, Claude Bessy commenta les péripéties et le résultat d'un bref et laconique : « Il m'a fait peur, ce petit con, mais il est passé, c'est le principal ! » Remarque qui prouve que, malgré tous les masques de dureté que nous nous donnons parfois, nous autres danseurs, nous sommes tous affublés d'un cœur vaste et généreux. Avec ses airs d'ange purificateur, Claude Bessy n'échappe pas à la règle, ce pourquoi je l'adore !

Quoique soulagé, je passai plusieurs semaines à soigner mon pied, car la fracture s'était effectivement aggravée pendant le concours. J'étais contraint à un mois d'immobilisation complète et de soins. Je retrouvai donc ma chère grand-mère Suzanne au cœur d'une Bretagne lénifiante. Un mois de thalassothérapie, de fruits de mer, de soleil et d'amour familial eut raison de cette blessure que j'oubliai le plus vite possible. L'orage était passé, devant moi brillaient le soleil et la perspective d'entrer prochainement dans le corps de ballet de l'Opéra, en professionnel.

C'était le début du rêve.

16

Professionnel à quinze ans

L'année suivante fut plus... rugueuse !

La flamboyance de Michel Renault fit place à l'enseignement beaucoup plus austère et rigoureux de Gilbert Mayer, ancien grand sujet de l'Opéra. D'emblée, je fus convaincu que, s'il pouvait me faire progresser, Gilbert ne m'« accepterait » jamais comme le meilleur élève de sa classe, en grande partie parce que j'« appartenais » corps et âme à mon Maître Max.

En outre, la rigueur et le cartésianisme de Gilbert Mayer, même s'ils m'étaient bénéfiques sur le plan de l'enseignement, ne me rendaient pas heureux. Les cours étaient redevenus des séances de travail, et le sens du spectacle, les anecdotes, toute la chaleur théâtrale de Michel Renault me manquaient terriblement.

Néanmoins, Gilbert Mayer était issu de l'école Ricaud, lequel avait été le professeur de

Max et de Michel. Sur le terrain de la technique pure, au moins, nous parlions le même langage. Cette année-là, donc, le matin je « nettoyais » ma danse à l'Opéra sous la direction de mon nouveau professeur, alors que le soir, au studio de la rue Rodier, je laissais mon art s'épanouir.

Bien sûr, j'eus quelques prises de bec avec Monsieur Mayer. Lorsqu'il demandait trois pirouettes, par exemple, j'en faisais cinq. Des petits sauts ? Je bondissais comme un cabri. Ce qui avait le don de l'exaspérer et de dissiper toute la classe. Un jour que nous nous disputions assez méchamment, j'eus l'audace et le tort de lui faire remarquer qu'il n'avait jamais été étoile, et que mon maître, lui, était le grand Max Bozzoni. C'en était trop !

Le lendemain matin, j'étais convoqué chez Claude Bessy qui me sermonna vertement en me signifiant à quel point je la décevais. Le surlendemain, une lettre d'avertissement arrivait à la maison : à la troisième, le renvoi pur et simple s'imposerait.

Je ne me le fis pas dire deux fois. Dans le même temps, Max m'envoya prendre des cours chez Raymond Franchetti, alors directeur du Ballet de l'Opéra, et je rencontrai chez lui un Gilbert Mayer beaucoup moins tendu qu'à l'Opéra. L'initiative de Max eut pour effet de calmer le jeu et de rendre les gens plus favorables à mon égard. C'était encore de la « politique » !

Le studio de Raymond Franchetti était un bel endroit où se croisaient des « anciens » du studio Wacker, fermé depuis lors, des étoiles de l'Opéra, des stars débarquant tout droit de New York, comme Roland Petit, Zizi Jeanmaire, Violette Verdy... L'ambiance était très « spectacle », et j'adorais ça. Dans son studio, Raymond se comportait comme un bon père de famille, donnant des surnoms à ses élèves réguliers. Jean-Marie, c'était « Clair de lune », ce qui me fait encore pouffer aujourd'hui ; moi, « Tourbillon »... Pourquoi pas ?

Enfin, le jour fatidique du concours, je fus classé... premier ! Le problème de mon engagement proprement dit se posa alors concrètement. Âgé de quinze ans et six mois à la rentrée de septembre 1974, il était *a priori* impossible que je fusse intégré dans le corps de ballet. Mais, comme j'avais été premier, et comme de toute évidence j'étais prêt, Raymond Franchetti et Claude Bessy convinrent que je participerais aux répétitions du corps de ballet dès septembre, tout en continuant à fréquenter les cours de l'école de danse jusqu'au 14 mars, jour de mes seize ans. À ce titre, l'Opéra fit une démarche auprès du ministère du Travail et je fus gratifié d'une dispense « exceptionnelle », due à mes « indiscutables » qualités de danseur, afin de pouvoir travailler « officieusement » pendant sept mois.

Pour moi, c'était une occasion formidable ! J'étais enfin professionnel, et avec beaucoup d'avance. J'allais pouvoir travailler, me montrer, briller. Mais cette situation eut des conséquences dramatiques sur mes relations avec Gilbert Mayer, que j'eus tôt fait de considérer comme un petit professeur insignifiant et subalterne, oubliant qui il était en réalité. Erreur fatale !

Dès la rentrée de septembre, l'ambiance fut orageuse. J'étais au cours sans y être, j'avais de nombreux fous rires avec Jean-Marie, l'insouciance de ma jeunesse et la certitude d'un futur contrat me procuraient une distance et un détachement qui frisaient l'insolence, voire l'insulte envers Gilbert Mayer. Plus il essayait de me tenir et plus j'étais fuyant, déconnecté, plus je m'en foutais. C'était désastreux. Au cours de ces sept mois, je reçus davantage de blâmes et d'avertissements que durant tout le reste de ma carrière. En d'autres termes, je « déconnais à plein tube », tant et si bien qu'on me signifia que si mon comportement ne s'améliorait pas, je ne serais tout simplement pas engagé dans le corps de ballet. La menace était assez claire pour que je ravale mon impatience et ma rage de vaincre. Je fis donc amende honorable.

J'étais prêt, désormais, pour le « grand saut » !

17

Mes maîtres

Avant d'aller plus avant dans ce que furent mes premiers pas dans le monde professionnel de la danse, je veux dire quel genre de danseur je suis.

Comme je l'ai déjà raconté, j'ai été formé par Max Bozzoni qui, outre son rôle de professeur, incarna aussi pour moi le père de substitution. Il m'a appris à écouter, à respirer, à respecter les autres, mais aussi à me respecter. Bref, il a été un « maître » dans tous les sens du terme. Comme il le dit très tôt à mes parents, il me léguait un héritage.

Je suis donc l'enfant de Max et l'héritier de dizaines de générations de grands danseurs classiques français, mais je suis aussi un enfant de Mai 68 et des chocs culturels qui ébranlèrent le monde de l'art durant le dernier tiers du XXe siècle. Oui, des chocs, j'en ai connu, et je me dois aujourd'hui de les relater, car ils m'ont « construit » tout autant que les sept années de patient dévouement de Max.

Rencontre déterminante : celle de Maurice Béjart. Lorsque je le croise pour la première fois, j'envisage de tout laisser tomber pour le suivre et vivre avec celui que je considère alors comme un gourou ! Car le premier choc, c'est le *Boléro* de Ravel, interprété par Claude Bessy, ma directrice et marraine, sur une chorégraphie de Béjart. Je me souviens : elle est juchée sur la table orange, hiératique, d'une blondeur presque diaphane, surmontée d'une coiffure en forme de totem africain. Et, tout d'un coup, elle devient la femme, toutes les femmes à la fois. Son interprétation du *Boléro* est d'une force à couper le souffle. Bien des années plus tard, étudiant la civilisation celte, je ne pourrai m'empêcher de faire l'analogie entre la Déesse Mère, créatrice de toutes choses, et cette Claude Bessy-là. Pour moi, elle est tout à la fois Diane chasseresse, Brigitte Bardot, et un chef guerrier haranguant ses troupes avant le combat !

Je ne me rappelle pas la date exacte de ce spectacle, je crois d'ailleurs que je ne souhaite point m'en souvenir, car de ces vingt minutes d'éternité je tiens à conserver la sensation d'avoir été emporté comme par une vague d'une puissance cosmique. Je me souviens en revanche qu'après le spectacle j'étais tremblant, pantelant, fébrile, épuisé. La force de ce *Boléro* reste aujourd'hui encore gravée, intacte, dans ma mémoire, même si, plus tard, j'ai eu moi-même le privilège d'interpréter l'œuvre plus d'une centaine de fois à travers le monde.

À propos de ce ballet, je repense à une anecdote qu'ont connue la plupart des interprètes de ce véritable morceau de bravoure physique et intellectuelle...

En 1971, Claude Bessy, en tant que maître intérimaire, avait demandé à Maurice Béjart, qu'elle admirait, de venir créer son *Boléro* à l'Opéra. Si *Le Sacre du printemps* était déjà entré au répertoire, ce n'était pas encore le cas de ce fameux ballet. On était en 1971, les événements de Mai 68 étaient récents, et l'Opéra traversait une période difficile. Après avoir été fermé, son personnel plus ou moins mis à la porte, on était en pleine phase de restructuration et on commençait à réengager du monde. En attendant une réouverture complète, les représentations se tenaient au Palais des Sports où avait été créé *L'Oiseau de feu*.

Lorsque Maurice Béjart vint à l'Opéra mettre la touche finale aux répétitions de ses ballets, dont le *Boléro*, j'avais appris et répété le morceau avec Jacqueline Rayet, autre grande interprète célèbre, étoile de l'Opéra, très à l'aise dans la danse dite « contemporaine »...

Ici, puisqu'il est question de technique, je dois préciser pourquoi, à cette expression de danse *contemporaine*, je préfère celle de danse *intemporelle*. On est toujours le contemporain de ses contemporains. De mon point de vue, danse *contemporaine* qualifie la technique, non la chorégraphie. On parle souvent de danse *contemporaine* par opposition à la danse *moderne* dont l'un des plus fameux représentants serait Martha Graham. Cette danse-ci se situe très près du sol et joue beaucoup sur la partie centrale du ventre, le *contract belly*. C'est un nouveau vocabulaire offert à la danse, on en pense ce qu'on veut, on peut le trouver riche ou pauvre, mais il a cette particularité d'être détaché de toutes les autres références, en particulier celles de la danse classique telle qu'on l'enseigne à l'Opéra. En usant des termes *danse intemporelle*, j'entends d'abord ne pas coller d'étiquette sur aucune danse. Une danse n'est ni baroque, ni zoulou, ni contemporaine, ni néo-contemporaine, ni afro-jazzo-bruto... Tout cela ne veut rien dire : la danse, c'est la danse ! Un cha-cha-cha ou un tango que l'on danse avec sa grand-mère est un acte de danse, au même titre que *Le Lac des cygnes*, une danse vaudou, une danse du feu, une danse de carnaval ou une danse du ventre ! C'est un corps qui s'exprime avec autre chose que des mots. L'expression *danse contemporaine* ne veut donc rien dire pour moi et je m'inscris en faux contre les pseudo-théoriciens qui essaient de nous écraser sous leurs concepts vides et artificieux ! Je le répète : la danse, c'est la danse – du mouvement, de la parole sans texte. La danse ne supporte pas d'adjectif...

Pour ce *Boléro*, nous avions donc répété de façon très consciencieuse et précise, en prenant soin de respecter toutes les directives de « Maître Béjart ». Quand il arriva au Palais-Garnier ce fut l'effervescence. Pour cette version du *Boléro*, Maurice avait décidé qu'il n'y aurait que des garçons sur la table, alors que le ballet avait été créé par deux femmes, Claude Bessy et Jacqueline Rayet. Les rôles étaient distribués : deux étoiles, Jean-Pierre Franchetti et Charles Jude, et un premier danseur, moi-même, à peine âgé de dix-neuf ans.

Quand Maurice Béjart me vit, pensant sans doute que ma jeunesse impliquait un manque certain d'expérience et de maturité, il voulut commencer la répétition par moi, celui qui, à l'évidence, nécessiterait à ses yeux le plus de travail. J'étais décontenancé car, logiquement, la hiérarchie voulait qu'on fît débuter la répétition par les étoiles. J'aurais dû passer en dernier, et encore, s'il était resté du temps. Mais Maurice se moque de la hiérarchie ; pour lui, seul compte le travail bien fait.

J'étais donc arrivé au foyer, derrière la scène, persuadé que cette première répétition serait pour moi une simple séance d'observation. Comme à mon habitude, et dans cette perspective, j'avais donc négligé de m'échauffer et avais englouti un petit déjeuner pantagruélique.

Me voici donc juché sur la table, très embêté, absolument pas prêt, totalement froid et déconcentré. Jacqueline Rayet essaie de me rassurer. Toute répétition devant un chorégraphe est une forme d'audition, car, s'il le veut, il peut vous ôter le rôle sur-le-champ en constatant que vous n'êtes pas « au point ». Roland Petit ou Jerome Robbins ont de cette manière « jeté » des danseurs deux ou trois jours avant une première, après plus d'un mois de répétitions quotidiennes. Si injuste que cela puisse paraître, telle est la règle. Le chorégraphe est le maître absolu en ce qui concerne ses œuvres ; il a tous les droits.

Avant que la musique ne commence, Jean-Pierre Franchetti et Charles Jude, me sentant paniqué, s'approchent de moi gentiment. Ils savent que je ne suis pas prêt. Jean-Pierre, qui a déjà dansé ce ballet-épreuve, me recommande d'y aller « mollo mollo » pendant les dix premières minutes, et de ne mettre la gomme qu'à la fin... Bien sûr, j'écoute, mais je ne comprends rien, mon cerveau est déconnecté, hors circuit.

Le ballet démarre. Maurice est assis au fond, contre le miroir, ses yeux bleu acier me transpercent, j'ai l'impression qu'il ne voit pas mon corps, mais scrute à l'intérieur de mon corps.

Évidemment, fidèle à moi-même, je « mets la gomme » dès les premières mesures, et, au bout de deux minutes – le ballet en compte dix-sept –, je souffle comme un bœuf, transpirant à grosses gouttes, une crampe au mollet gauche. Chacune de mes respirations ressemble au râle d'un mourant. Maurice ne dit mot ; il regarde, impassible, cependant que, galvanisé par la trouille, je m'accroche, me reconcentre, essaie de contrôler ma respiration et finis par accorder mon rythme à celui de la musique. Tant et si bien que, pour la première fois, je vais jusqu'au bout du ballet sans m'arrêter. À la fin, comme l'exige la chorégraphie, je m'effondre sur la table...

Je me réveille cinq minutes plus tard à l'infirmerie où j'ai été transporté dans un triste état. Lorsque le médecin me demande comment je me sens, je n'ai que le temps d'attraper la première bassine à portée de main pour rendre un somptueux petit déjeuner à peine mâché !

Je suis rentré au studio et, les jours suivants, j'ai beaucoup travaillé avec Maurice. Pour ressembler à Jorge Donn, sublime interprète de Béjart, je me suis laissé pousser les cheveux et les ai décolorés ; mais le chorégraphe exige que j'aie les cheveux bruns coupés très courts et plaqués. Je m'exécute.

D'une certaine manière, j'avais eu tout faux, mais Maurice avait sans doute apprécié l'acharnement que j'avais mis à danser, et qui avait révélé mes limites. Car lui aussi est un homme des extrêmes et, chaque fois que nous travaillons ensemble, depuis toutes ces années, il a toujours fait reculer un peu plus mes limites. Et moi, je ne demande pas mieux !

En tout cas, si vous êtes danseur et qu'un jour vous êtes confronté au *Boléro*, suivez mon conseil : allez-y tout doux, tout doux pendant au moins les cinq premières minutes, sinon, immanquablement, vous tomberez, comme moi après bien d'autres, dans les pommes. Songez-y !

Puis il y eut un autre choc : Michaël Denard dans *L'Oiseau de feu*. Dans ce ballet, Michaël était hallucinant de beauté. Je me rappelle que même ses cheveux ressemblaient à des plumes de feu. Il *était* l'oiseau. Tous, les hommes comme les femmes, étaient amoureux de lui. Il était le soleil, mon soleil, mon bel oiseau. Lorsqu'il mourait à mi-ballet, au terme d'une bataille, je pleurais à chaudes larmes, et je pleurais davantage encore quand, un peu plus tard, il renaissait de ses cendres. Pour moi, *L'Oiseau* fut un coup de foudre. Je découvrais un danseur qui n'était que lumière et qu'on avait envie d'adorer comme une idole ancienne dans un temple multimillénaire. C'était la beauté à l'état pur qui irradiait de son corps lorsqu'il interpréta *L'Oiseau* pour la première fois à Paris. Ses bras, ses yeux, ses jambes, son corps tout entier étaient métamorphosés, toute son énergie déployée incitait le spectateur à vouloir s'envoler avec lui qui ne touchait plus terre – c'était magique !

Michaël devint mon idole. Pendant des années, je ne ratai aucun de ses spectacles. Mes carnets d'autographes sont remplis de ses gentilles signatures, toujours au feutre violet. Cette couleur devint d'ailleurs un temps ma couleur fétiche. J'étais un vrai fan, une groupie invétérée : je l'aimais tant que j'aurais tué pour lui...

Peu de temps après *L'Oiseau*, je vis *Le Sacre du printemps* avec Jacqueline Rayet et Cyril Atanassoff : nouveau coup de poing ! À mes yeux, Cyril est un immense interprète. Ce qui le caractérisait dans *Le Sacre*, et qui pour moi était nouveau, c'était la façon dont il s'imposait en tant qu'homme plutôt qu'en tant que danseur. Son *Sacre* était une démonstration en actes de la virilité, c'était l'avènement d'Adam, du « premier homme ». Grâce à lui, je découvris que, sur scène, on peut « être un homme », et qu'une interprétation réussie peut se passer des artifices de la danse classique. À l'inverse de celle de Michaël, la danse de Cyril ne provoqua pas chez moi un fanatisme aveugle, mais plutôt une forme de respect extraordinaire, respect pour un homme plus fort et plus puissant que tout autre. Ce fut une révélation. En mon for intérieur, je me jurai d'essayer d'atteindre à la même vérité de jeu, crue, sans fard ni falbalas. Cyril déployait une énergie primitive peu commune qu'il offrait sans réserve à son public au moment où il était le plus vulnérable, presque nu sur scène. « Monsieur » Atanassoff avait une « masculinité » qui faisait de lui un être à part, mais c'était en même temps un homme tout à fait « normal », parfaitement bien dans son corps : c'est probablement ce paradoxe que Maurice Béjart avait voulu exacerber en le choisissant pour danser ses ballets. Quoi qu'il voulût faire, il le faisait parfaitement. En l'espace de quelques spectacles, ma vie et ma vision de danseur s'en trouvèrent bouleversées.

Oubliés, les concours de sauts et de pirouettes ; oubliées, les compétitions infernales ; oubliée, la hiérarchie : seuls comptaient désormais pour moi la recherche de la beauté, la domination de ma force vive, mon envol vers la lumière, et ma réalisation sur scène et dans la vie.

Une grande part du talent de Maurice Béjart consiste à déshabiller le corps du danseur, à le débarrasser de sa carapace pour exposer son âme, dévoiler sa richesse et sa folie intérieures, exploiter les moindres de ses ressources, repousser toujours plus loin ses limites. Afin d'embarquer le spectateur dans un voyage vers des régions où le langage est universel, où règne une lumière de vérité qui éblouit sans aveugler.

J'ai vu récemment une de ses dernières créations, en hommage à Lady Diana et à Gianni Versace. Sorti du théâtre, j'ai senti que le magicien Béjart m'avait ensorcelé comme la toute première fois. Ce ballet évoque le rapport des humains avec la mort. Après le spectacle, en dépit de la gravité du sujet, je me retrouvai en paix avec moi-même comme si Maurice avait guéri en moi quelque blessure ancienne, restée mal cicatrisée. Son ballet avait sur moi l'effet d'un baume, d'un remède que je n'attendais plus.

Trop ému, je n'eus pas la force d'aller le saluer après la représentation. Quand l'intensité des sentiments est trop forte, les mots risquent de sonner faux et je leur préfère de loin le silence et la beauté du souvenir. Les discours plats ennuient plus qu'ils ne flattent.

Puis il y eut Vassiliev. Je découvris le couple mythique qu'il formait avec Maximova dans le non moins mythique ballet *Don Quichotte*. Ce qui se passa ce soir-là fut extraordinaire. Pendant tout le premier acte, je fus pris de fous rires. Ses dons de comédien, son sens du comique, ses mimiques, son regard, la vivacité de son esprit : tout me faisait tordre. C'était un clown magnifique et je découvrais que, quand le rôle le permet, un grand ballet classique peut faire crouler de rire une salle. Voilà qui était nouveau et important pour le petit danseur que j'étais.

Le deuxième acte fut, pour Maximova, son épouse et complice, l'occasion de briller à son tour. J'étais de fort bonne humeur et passais décidément une délicieuse soirée.

Au troisième acte, le clown se transforma en danseur noble avec le très célèbre pas de deux, morceau de bravoure dont je ferais plus tard à mon tour mon « bâton de maréchal ». Vassiliev paraissait très calme, très sûr de lui, comme apaisé après toutes les farces qu'il avait précédemment fomentées. Son jeu d'acteur devenait d'une extraordinaire clarté et je commençais à entrevoir la force de l'amour qui unissait ces deux êtres lorsque arrivèrent le pas de deux final du troisième acte et le solo de Basile. À ce moment-là, je pris une claque, *physiquement* : le danseur se transforma sous mes yeux en « locomotive volante ». C'est la première image qui, sur l'instant, me vint à l'esprit, et elle est aujourd'hui toujours aussi juste et vivace. Juste avant le début du solo, Vassiliev s'arrête sur le plateau, l'air grave, mais laissant néanmoins deviner un petit sourire en coin ; puis, dans une fulgurante accélération, le voilà qui s'envole, comme s'il ne pesait rien. C'était un danseur à part, très bien bâti, et jamais je n'aurais imaginé qu'il pût voler aussi haut et aussi vite à travers les airs. Il enchaîna les difficultés techniques qui tiraient des « Oh » et des « Ah » émerveillés au public médusé. Lui ne se départissait pas de son petit sourire en coin, comme si cette virtuosité était une toute dernière farce qu'il nous jouait, semblant dire : « Vous en voulez encore ? Très bien, j'en ai de reste dans ma besace ! »

Ce soir-là, je me jurai de ne rater aucun des spectacles donnés par la troupe du Bolchoï de Moscou avec Vassiliev et Maximova. Deux ou trois soirs plus tard, j'assistai à l'épique *Spartacus* où, à nouveau, le couple fut hallucinant de dextérité technique, avec des portés à la limite des possibilités humaines, des sauts et des envols à couper le souffle. Avec aussi, pour moi, cette nouveauté : un couple déchirant par sa justesse de jeu. Ma voisine me fournissait en mouchoirs, tellement je pleurais à chaudes larmes devant les drames qui empêchaient le couple de s'aimer.

Au terme de ces représentations du Bolchoï au Palais des Congrès, j'avais trouvé une nouvelle idole, mon modèle. Je comprenais si bien l'art de Vassiliev que nous aurions pu être frères jumeaux. Je sus que, durant toute ma vie de danseur, il serait ma référence, car nul ne surpasserait à mes yeux ce mariage parfait entre l'homme, l'acteur, le danseur, le partenaire et le technicien. Synthèse que d'aucuns cherchent à atteindre toute leur vie durant, mais à laquelle seul un petit nombre accèdent parfois – et encore : au terme de leur carrière.

Une ou deux années plus tard, ma route croisa celle de Mikhaïl Barychnikov : ce fut encore un choc, mais d'un tout autre genre. Le danseur exilé dont le monde entier murmurait qu'il était un nouveau dieu de la danse vint se produire au théâtre des Champs-Élysées pour quelques soirées exceptionnelles. J'étais là le soir de la première. Fort d'un art que je commençais à maîtriser, curieux de voir un autre prodige de la technique dite classique, j'écarquillai les yeux. Le pas de deux de *Don Quichotte*, dans lequel Vassiliev m'avait tant impressionné, était au programme. Je doutais que quiconque pût, après lui, me surprendre. Barychnikov dansa, vola, virevolta, rebondit comme si des fils invisibles lui permettaient de ricocher dans l'espace sans toucher terre. Personne n'avait encore jamais rien vu de tel. En moins d'une minute, la salle était debout. J'étais abasourdi.

Après la stupeur et l'émerveillement devant un tel phénomène, un sentiment d'immense découragement et d'impuissance me submergea. J'étais désespéré, car il était évident que jamais je n'atteindrais un tel degré de perfection. Le lendemain, ma décision était prise : j'annonçai à Max mon intention de laisser tomber la danse. Loin de me stimuler, ce que j'avais vu m'avait anéanti. J'étais miné au point de vouloir renoncer à mon beau rêve.

Max me conseilla d'aller voir et revoir celui dont la prestation m'avait tant impressionné et perturbé. Pour essayer de comprendre sa technique, peut-être pour lui « piquer » quelques trucs. J'acceptai à contrecœur, car cela s'apparentait pour moi davantage à une torture masochiste qu'à de l'éducation artistique. Mais j'avais toujours confiance en Max : je l'écoutai et m'exécutai.

De fait, au bout de quatre ou cinq représentations, je finis par décoder partiellement les petits secrets du génie, et un état d'intense fébrilité se substitua rapidement à l'abattement de la première rencontre. Je me mis à travailler ma danse de façon beaucoup plus rigoureuse que je ne l'avais fait jusqu'alors. Barychnikov était un exemple de « propreté » stylistique et acrobatique, il alliait une parfaite maîtrise dans les airs à un strict respect des lignes de son corps. Jamais trop haut, jamais trop bas, toujours tendu, il déployait les trois quarts de son énergie à peaufiner ses mouvements, radicalement à l'opposé de la quasi-nonchalance d'un Vassiliev ou d'un Atanassoff. Ce nouveau concept me séduisait, car il était chez moi synonyme de formidables progrès techniques à accomplir.

La critique parisienne, bien qu'admirative devant le style unique de Barychnikov, lui reprochait pourtant une certaine froideur, un détachement presque « mathématique ». Moi, je ne me rendais compte de rien de cela, trop occupé que j'étais à disséquer, justement de façon mathématique, la pure technique du danseur.

Jusqu'au soir où quelque chose d'autre se produisit. C'était l'un des derniers spectacles de la mini-saison parisienne. Ce soir-là, je découvris, ébahi, un tout autre interprète que celui que je considérais jusqu'alors comme une magnifique machine à danser. C'était un véritable artiste qui se produisait enfin, un écorché vif qui, en fait, « se *shootait* à la technique ». J'en fus bouleversé. Là où tout un chacun percevait une pure et simple démonstration, je lisais un message, j'entendais un cri aussi puissant que dramatique.

À l'époque, je n'en soufflai mot à personne, craignant sans doute de passer pour un fou ou un illuminé, mais je sais bien que c'est là que réside le vrai talent de Barychnikov. Cette intuition se confirma quelques années plus tard lorsque Roland Petit chorégraphia *La Dame de pique* pour lui et Jacqueline Rayet. Le ballet fut assassiné par la critique et le public, mais, pour moi, Barychnikov se révéla alors un fantastique acteur dramatique. Quand, à la suite d'une blessure, je dus le remplacer, à l'Opéra de Rome, dans ce même ballet, je suivis scrupuleusement chaque intention de jeu qu'il avait tenu à mettre dans son personnage. Il m'inspira d'ailleurs pour d'autres rôles, car il se trompait rarement dans ses choix, et, encore aujourd'hui, j'admire son parcours, risqué et généreux à la fois, teinté d'une certaine mélancolie qui lui est propre et qu'on ne peut que respecter.

Des chocs, il y en eut bien d'autres, en différents domaines : la découverte de Simone Signoret, par exemple, chez qui j'admirais le talent de la comédienne, mais aussi la force de la femme, l'intégrité des opinions, la droiture des prises de position. Souvent, lorsqu'il me faut prendre une décision, je songe à elle. Comme je regrette de ne l'avoir jamais croisée !... Parmi mes autres « phares » : Jacques Brel, Édith Piaf, Aretha Franklin, James Brown, Ray Charles, Karajan, Bernstein... Des artistes qui, leur vie durant, ont dispensé à leur manière du bonheur et de la paix, qui m'ont accompagné dans mes moments de joie comme de désespoir, dont les œuvres me donnent la force d'affirmer que je suis encore vivant et que la beauté du monde existe. C'est à partir de telles rencontres, toutes plus déterminantes les unes que les autres, que ma carrière s'est construite. À

Maurice Béjart s'ajoutèrent ainsi Alvin Ailey, John Neumeier, Alwin Nikolais, George Balanchine et, bien sûr, Roland Petit. C'est avec ce dernier que je fis mes premiers pas de professionnel, et l'épisode ne fut pas banal !

18

Roland Petit

Lorsque je rejoins le corps de ballet, en septembre 1975, je suis précédé d'une solide réputation d'emmerdeur. Personnellement, je pencherais plutôt pour celle d'insoumis : c'est clair, la loi faite pour les autres ne me convient pratiquement jamais. Réputation aussi établie que ma maîtrise d'une solide technique qui, elle, fait ma force.

Quelques mois d'adaptation furent nécessaires à ma nouvelle vie qui, je dois bien l'avouer, fut d'abord chaotique, marquée par toute une série de bourdes. Quoique je fusse totalement innocent, on s'empressa de les mettre au compte d'une prétendue insolence. En réalité, j'étais si fier, heureux et impressionné d'être parvenu là où j'étais que je commettais gaffe sur gaffe sans m'en apercevoir. Ainsi, dans la même semaine, je claquai la porte au nez de Hugues Gall – grand patron du ballet – et croisai dans les couloirs un Cyril Atanassoff que, rouge de confusion et muet d'admiration, j'oubliai de saluer... Insolence, engueulade ! Cyril informa d'ailleurs Max que si je refusais encore de lui dire bonjour, ce serait sa main dans ma figure ! Et vlan pour l'admiration... Il m'arriva aussi de faire irruption dans un studio de répétition en éclatant de rire et en faisant un boucan de tous les diables, troublant la concentration de deux étoiles en train de répéter une difficulté technique... Pire encore : un jour que je remplaçais un danseur malade pour une répétition en costumes, j'oubliai de coiffer la perruque qui m'était destinée, ce qui fut pris pour une bravade. Une fois de plus, je fus puni et blâmé au tableau de service, lieu d'affichage de toutes les informations autour duquel circulaient aussi tous les potins de la compagnie.

Bref, pour mon malheur, mon arrivée se fit en fanfare. Bien vite, je dus apprendre qui était qui, quels étaient les usages. J'avais l'impression d'être admis à la cour du Roi-Soleil et, par maints aspects, la hiérarchie et les intrigues de l'Opéra n'avaient rien à envier à celles de Versailles...

Roland Petit fut mon sauveur du moment. Je lui avais tapé dans l'œil lorsque nous nous étions rencontrés, deux ou trois ans auparavant.

Nous étions allés, Max et moi, voir une des dernières représentations de *Notre-Dame de Paris*, dansée par son créateur (il y jouait le rôle de Quasimodo). Dans sa loge, Max m'avait présenté en termes flatteurs, disant en toute simplicité que j'étais « un futur grand interprète de ses ballets ». Quelques mois plus tard, Roland avait fait le tour des classes de l'Opéra pour juger du niveau des élèves et m'avait à nouveau remarqué. En danseur, cette fois. Il est vrai que j'avais aussi tout fait pour attirer son attention.

Quand il arrive à l'Opéra, en 1975, pour monter sa *Symphonie fantastique*, Roland Petit est avide de jeunes talents. Dans le tableau de la Valse, il fait la part belle à Olivier Patey, coqueluche du Ballet de l'Opéra. Au centre de la scène, celui-ci exécute des pirouettes tantôt seul, tantôt avec des partenaires féminines. Le tableau est fort bien construit. Olivier en est l'étoile, alors qu'officiellement il n'est encore que coryphée. Pour l'Opéra, c'est déjà une petite révolution.

Trois semaines après le début des répétitions, Roland décide brusquement de m'installer à l'avant-scène, côté cour, pour que j'exécute moi aussi un bel enchaînement de pirouettes. C'était le génie – et le vice ? – de Roland : s'il avait voulu susciter une émulation ou une rivalité entre les deux surdoués du ballet, il n'aurait pas mieux tapé dans le mille. Nous étions, Olivier et moi, tombés dans le panneau, pour le plus grand bonheur de Roland et des mauvaises langues de la compagnie. Ce qui n'était qu'un jeu devint vite un époustouflant concours de pirouettes.

Le soir de la première, le 18 mars 1975, je remportai un franc succès. Quatre jours exactement après mon entrée officielle dans le ballet, j'étais, pour quelques minutes, le roi de la scène du Palais-Garnier. Je distançais Olivier alors qu'un an auparavant je le guettais à sa sortie de scène pour qu'il m'accorde un autographe... La roue tourne !

Ce que m'offre à cet instant Roland Petit : me retrouver à seize ans sur le devant de la scène, on me le fera payer très cher. Car je ne suis que quadrille stagiaire, et l'Opéra n'a nulle intention de me faire brûler les étapes hiérarchiques, bien au contraire ! En somme, j'ai commis l'erreur de me faire remarquer par un chorégraphe de renom et, par la même occasion, du public. Entrée fracassante, certes, mais ce n'est qu'en mai 1976, plus d'un an après, que Roland Petit me confiera un premier vrai grand rôle dans *Nana*, avec Karen Kain et Cyril Atanassoff...

19

Quatorzième pilier et chapeau à plumes

14 mars 1975 : je suis donc officiellement engagé comme quadrille stagiaire au sein du corps de Ballet de l'Opéra de Paris. Rien de bien surprenant, puisque j'ai été classé premier de ma promotion, que cet engagement est un fait acquis et que Roland Petit m'offre un moment de gloire sur les planches, quasiment en position d'étoile !

Comme toujours, j'étais au comble de l'excitation. À seize ans, j'allais gagner ma vie, pouvoir louer un studio, m'acheter des fringues : c'était Byzance ! Si j'étais si fébrile, c'est que, dans ma grande naïveté, je pensais aussitôt vêtir l'habit de lumière et monter sur scène avec tous mes camarades. Hélas, c'était ignorer les règles, les droits et devoirs du quadrille stagiaire ! Il n'est pas là pour grimper sur scène. Comme son nom l'indique, pendant une année entière, il est en stage et, comme tous les nouveaux engagés, il est en quelque sorte mis à l'épreuve.

Sa fonction consiste à se tenir toujours prêt à remplacer au pied levé n'importe quel danseur dans une quelconque production. Par conséquent, il doit assister à toutes les répétitions, suivre tous les cours de danse, apprendre tous les rôles du corps de ballet, seulement « pour le cas où »...

Pendant trois ou quatre mois, j'essayai de me satisfaire de cette vie d'apprenti, sachant qu'à la moindre erreur, à la moindre insolence ou incartade, au moindre soupir déplacé, je pouvais être licencié de l'Opéra sur-le-champ. Je dus pourtant me rendre à l'évidence : j'étais malheureux comme les pierres. Je ne supportais plus de ronger mon frein, je voulais tout danser, tout de suite. À l'époque, je ne doutais de rien, j'étais convaincu, à seize ans, d'être le génie absolu. Pour mon malheur, personne ne tomba dans l'escalier, et aucune naissance – donc aucun congé de paternité – n'advint ! Je rêvais de brandir, ne fût-ce qu'un soir, le drapeau au fond à gauche, après le quatorzième pilier, avec un chapeau à plumes roses sur la tête... Hélas, mes rêves restaient à l'état embryonnaire. Le corps de ballet se portait bien, merci !

Mais, moi, il fallait que j'explose... J'allai trouver Max pour épancher mon désespoir. Je lui expliquai en une longue diatribe que c'était un vrai scandale, que l'Opéra était en train de m'assassiner, qu'on voulait ma mort ! Comment un danseur aussi exceptionnel que moi, aussi doué, aussi talentueux, pouvait-il rester en coulisses à attendre que X ou Y se torde la cheville ou se claque un tendon ! C'était décidé, je devais quitter cette compagnie, car mon talent méritait mieux. Et d'y aller de ma petite morale : « Apprendre, c'est bien ; danser, c'est mieux ! Car c'est sur scène qu'on fait des progrès. »

Même si ces « principes » relevaient de la pure mégalomanie d'adolescent, sur ce dernier point, je n'avais pas tout à fait tort. Bien évidemment, Max avait anticipé mon désarroi et prévu ces débordements. Il possédait, comme toujours, la bonne réponse. À son tour, il me tint un discours qui, tout en me laissant coi et songeur, eut le mérite de remettre ma petite tête insolente et bouclée à sa juste place, à l'endroit et sur mes deux épaules ! Bien sûr, j'étais un bon danseur ; bien sûr, l'Opéra était peuplé de gros méchants ; bien sûr, le quatorzième pilier me revenait de droit... mais la règle était établie depuis 1735 et elle ne serait pas transgressée, même pour le petit génie que j'étais... D'ailleurs, puisque j'étais si doué, si performant, si pressé de fouler les planches, pourquoi me contenter de Paris, pourquoi ne pas me frotter à l'élite internationale ? Par exemple, le temps d'un grand concours organisé par le Bolchoï à Varna, en Bulgarie ? En attendant, je pourrais continuer à toucher mon salaire, poursuivre mon train-train quotidien à l'Opéra. Ce but me motiverait, me pousserait à travailler encore ma technique et ma danse.

« Moscou », « Varna », « concours international » : tout à coup, le sang se mit à tambouriner à mes tempes. Rencontrer d'autres danseurs du monde entier, eux aussi doués, eux aussi avides, eux aussi techniciens incroyables, bêtes de concours, prodiges de l'Est, héritiers de Noureev – les précédents lauréats s'appelaient Vassiliev, Barychnikov –, la crème des crèmes, ceux de ma race... Enfin, j'allais les affronter, les regarder droit dans les yeux, les voir en action, enfin j'allais savoir si, oui ou non, j'appartenais à cette famille d'étoiles, à cette Voie lactée !

Dans la semaine qui suivit, je remplis un dossier d'inscription – Max avait décidément tout prévu – et, au bout d'un mois, je recevais confirmation de mon inscription au cinquième concours international de danse de Varna, Bulgarie, dans la catégorie junior.

Bien sûr, je m'en souviens, je n'aimais pas du tout ce « junior » ; j'aurais de loin préféré me mesurer aux « grands ». La suite allait prouver qu'une fois de plus j'avais tort.

20

Préparation olympique pour Varna

Varna est un concours de très haut niveau. À titre de comparaison, son équivalent sportif serait les Jeux olympiques : une vingtaine de pays concourent dans trois catégories – junior, senior et couple –, au terme de trois tours éliminatoires, devant un jury de monstres sacrés de la danse présidé par l'illustrissime Iouri Grigorovitch, directeur du Bolchoï. En outre, le concours étant plus ou moins organisé par la nomenklatura soviétique, cela signifie que ces magnifiques Olympiades peuvent faire ou briser là-bas bien des carrières...

Les épreuves se déroulent dans un théâtre de quelque deux mille places, occupées pour moitié par les connaisseurs, critiques, chorégraphes, ballettomanes de tous bords, et, pour l'autre, par les familles et amis qui ont fait le déplacement pour voir leur rejeton évoluer seul sur une scène, autant que pour profiter du séjour sur ce littoral de la mer Noire, villégiature favorite de la très secrète nomenklatura soviétique. Le grand frisson, quoi !

La règle principale du concours de Varna impose que chaque concurrent soit en mesure de présenter cinq solos du grand répertoire classique, assortis d'une chorégraphie originale créée pour l'occasion. Il y a deux passages par tour éliminatoire.

Voilà pour ce qui est de l'organisation du prestigieux championnat. Mais, pour l'heure, fin novembre 1975, je ronge mon frein ; je suis inscrit au concours et dois travailler six monuments du répertoire, d'ordinaire exclusivement réservés aux étoiles.

Après l'Opéra, donc, me voici attelé à apprendre d'impossibles chorégraphies, quand je me trouve rattrapé par le destin.

À peine ai-je annoncé mon intention de participer au concours, à peine ai-je commencé les répétitions, rue Rodier, qu'une série d'accidents et de maladies surviennent au sein du corps de ballet. Je me retrouve quatorzième pilier ! Alors que, deux semaines auparavant, j'aurais tué pour obtenir cette place, aujourd'hui je m'en moque éperdument ! Même si je me remémore l'émoi de toute ma petite famille, venue au grand complet pour entr'apercevoir, l'espace de quatre minutes et demie, la perle des perles, au fond à gauche, tout là-bas : « Oui, Madame, c'est mon fils ! »

Conséquence de cette soudaine bonne fortune : les répétitions avec Max ont lieu le soir après le spectacle, de vingt-trois heures à une ou deux heures du matin ! Mais c'est décidé : il faut être le meilleur. Tel est l'éternel refrain de ma vie.

Je dois dire que mes parents furent à cette époque exemplaires. J'avais à peu près sept mois devant moi pour assimiler, posséder et maîtriser ce que le répertoire masculin compte de plus difficile en matière de ballet. Max nous avait prévenus : la lutte serait acharnée, il y aurait des moments d'euphorie, et d'autres de découragement, le corps refusant parfois d'aller au-delà de ses limites. C'était un jeu dangereux, celui qui consiste à se prendre pour une étoile : nombreux s'y étaient déjà brûlés, grillés, perdus. N'est pas Nijinski qui veut, il ne suffit pas d'avoir un bulletin d'inscription et un billet d'avion dans sa poche pour faire une carrière mondiale. Tout cela se gagne et se paie cher, très cher. Bien souvent, une vie y suffit à peine...

Nicole et Lucien entreprirent donc de faire tout ce qui était psychologiquement et matériellement en leur pouvoir pour me permettre de participer à ces répétitions. Depuis les repas préparés à l'avance, que j'ingurgitais dans le métro sous les yeux intrigués des voyageurs – ne pas perdre de temps était le maître mot – jusqu'aux rendez-vous avec une petite couturière pas chère, à l'autre bout de Paris, qui devait confectionner mes six costumes sur mesure, en passant par la liste des « indispensables » pour le concours : chaussons, chaussons de rechange, lainages pour le soir, chapeaux pour le midi, maquillage, onguents, médicaments en tout genre, vitamine C, anti-diarrhéiques, aspirine, antibiotiques, piqûres, etc.

Nicole s'occupait de l'intendance, rallongeant chaque jour la liste avec Max ; Lucien, en dépit d'un emploi du temps chargé, me raccompagnait chaque soir afin de veiller sur moi, et surtout parce qu'il n'y avait plus de métro à cette heure-là !

Pour chacun de nous, c'était comme une sorte de course contre la montre orchestrée autour de mon corps. En effet, tout était lié à son bon vouloir et à sa résistance ; lui seul était capable de distiller l'espoir ou le doute dans nos quatre esprits enfiévrés par la perspective du concours mythique.

Décembre se passa plutôt bien, janvier aussi. Mais, début février, brutalement, ce fut le drame...

21

Lucien

Jusqu'alors, Lucien, quoique discret, s'était toujours montré vigilant, aux petits soins, surveillant de près mes progrès, mes hésitations, mes doutes et mes victoires. Tout à coup, il décida de mettre les bouchées doubles. Le défi, le mépris de l'ennemi, l'urgence de la perfection à atteindre lui rappelaient sans doute le jeune homme modeste qu'il avait été, et qui, à force de courage, de volonté et de persévérance, avait réussi à gagner ses galons de respectabilité professionnelle et sociale. Nos parcours étaient similaires, et cette ressemblance nous rapprocha. J'avoue que j'ai rarement vu un homme se démener et se dévouer autant qu'il le fit pour un enfant qui n'était pas le sien.

Lucien me ramenait donc tous les soirs. Et, tous les soirs, il me réconfortait, m'encourageait à continuer, me stimulait. Car, comme Max l'avait prévu, il y avait des moments où je doutais de moi, de mon corps, de ma technique. Dans ces moments-là, mes limites me semblaient encore plus insupportables. Mais Lucien était toujours là, fidèle, silencieux, me dispensant un véritable soutien moral. Le soir, je m'en remettais à lui, m'écroulant sur le siège de la voiture qui me ramenait à la maison où je préparerais la « bataille » du lendemain.

D'ordinaire, quand je répétais mes solos, j'étais seul dans le studio avec Max. Lucien se tenait au fond du couloir, dans l'embrasure de la porte, à la différence de Nicole qui, régulièrement, s'asseyait dans le studio, près du miroir, sur le petit banc dévolu aux mères.

Un samedi de février, la répétition eut lieu de dix-huit à vingt et une heures. Lucien me conduisit au studio et, à ma grande surprise, demanda timidement à Max s'il pouvait, exceptionnellement, assister à la répétition et s'asseoir sur le fameux petit banc pour observer les progrès du champion : « C'est plus facile quand on est de face ! » Max accepta en éclatant de rire : tant de patient dévouement méritait bien cette petite récompense !

Ce jour-là, une sorte de miracle se produisit : j'enchaînai les solos, maîtrisant les difficultés techniques avec une aisance rare qui fit frémir mon public. Non content d'avoir déjoué tous les pièges – pirouettes, sauts doubles, grandes batteries, etc. –, j'en rajoutai. Ainsi, dans le solo de *Don Quichotte*, j'inventai spontanément un double tour en l'air après la grande pirouette qui représentait déjà cinq girations au lieu des trois habituelles. Le tout avec ce sourire narquois qui semblait dire : « J'aurais pu en faire deux fois plus, vous savez, si j'avais voulu... »

Bref, je vole. Enfin récompensé de ces quatre premiers mois de travail acharné, je suis aux anges, pas même essoufflé. La répétition n'a duré qu'une heure et demie.

Pendant que je me change au vestiaire, Lucien demande à s'entretenir en privé avec Max. Dans son bureau, lui qui n'a jamais parlé déclare tout de go : « Patrick est le meilleur danseur du monde, je viens de comprendre que, désormais, tout est gagné. J'ai la certitude absolue qu'il va décrocher la médaille d'or, ainsi que des contrats internationaux. J'ai d'ailleurs préparé le voyage en voiture de Paris à Varna pour que nous puissions tous assister à notre triomphe ! » Dans ce « notre », il englobait ma mère, bien sûr, mais aussi Max, son épouse, Martine... et, s'il n'avait tenu qu'à lui, la France entière !

Toujours prudent, Max lui répondit qu'il ne fallait pas se réjouir trop vite, qu'un accident était toujours possible, mais qu'effectivement, ce jour-là, j'avais « balancé » – comme nous disions dans notre jargon – du « super-Dupond » ! Et si je maintenais le cap, la perspective du podium était quasi assurée.

Lucien montra alors à Max l'itinéraire qu'il avait dessiné sur une carte, les étapes qu'il avait choisies de Paris jusqu'à Varna, les hôtels qu'il avait déjà réservés. Il prévoyait de conduire lui-même jusque sur les bords de la mer Noire. Mais c'était un secret, une surprise : je ne devais pas être mis au courant !

Ce soir-là, nous rentrâmes à la maison, tout glorieux, annoncer la nouvelle de mes exploits à Nicole qui s'était mise sur son trente et un pour aller dîner en ville avec Lucien. Nous étions tous réunis, heureux. Nicole et Lucien, endimanchés, sur le point de partir, me donnèrent pour l'occasion la permission de minuit (on était samedi !). De mon côté, je décidai d'aller dîner chez ma copine Marie-Luce.

Pendant le dîner, alors que nous sommes à table, je lève les yeux et aperçois en face de moi, par la baie vitrée qui donne sur le quai de Jemmapes, un visage blafard qui me fixe : c'est Lucien. Je sursaute et m'écrie, effrayé, tendant le doigt :

« Là, c'est Lucien. Il me fait encore une farce, il est sur le balcon... »

La mère de Marie-Luce se lève, va au balcon, revient en pestant contre les pigeons. Je me sens mal à l'aise et n'ai plus qu'une hâte : rentrer me coucher.

À vingt-trois heures, je suis dans mon lit. À trois heures du matin, je me réveille en sursaut. Ma mère est assise au pied du lit. Son regard est vide. Elle me dit d'une voix presque métallique : « Patrick... Lucien est mort... Rendors-toi...

– Merde, merde et merde !... – tels furent mes premiers mots. Comment c'est arrivé ? »

Livide, Nicole récite comme une litanie :

« On rentrait, on roulait vite, je fumais une cigarette... Il m'a demandé de l'éteindre, parce que la fumée le gênait... J'ai râlé et continué de fumer en lui disant de patienter un peu... Alors il a pilé sec, il s'est rangé sur la bande d'arrêt d'urgence ; il m'a regardée et a dit : "T'es méchante !..." Puis il est tombé raide sur le volant. Il y avait du sang qui coulait de son oreille droite. Du sang noir... Il était mort : crise cardiaque. C'est tout. C'est fini. Tout est fini... »

C'était ma première expérience de la mort. Dès les premières lueurs du jour, je décidai d'abandonner Varna, la danse et tout ce qui avait fait ma vie jusqu'alors.

22

Voyage en Bulgarie

Pendant plusieurs semaines, je portai le deuil de Lucien. Je ne sortais quasiment plus de chez moi, les volets de ma chambre restaient clos ; abhorrant l'injustice de la condition humaine, je me murais dans cette rage immobile que connaissent bien ceux qui ont perdu un être cher. Petit à petit, cependant, je revins à la vie bien malgré moi. D'abord parce que ma mère allait encore plus mal que moi : aucun son ne sortait plus de sa bouche, elle était comme frappée irrémédiablement de mutisme. Ensuite parce que Jean-Marie et Max décidèrent que j'étais trop jeune pour tout laisser tomber et être relégué aux oubliettes.

Je me souviens que ce furent d'abord des cris d'oiseaux qui me firent sortir de ma torpeur ; une femelle moineau était venue faire son nid sur le rebord de la fenêtre de ma chambre. Puis ce furent d'incessants coups de fil qui me remirent doucement et sûrement sur le chemin du studio de la rue Rodier.

Un jour, sans grande envie ni enthousiasme, je rechaussai les pantoufles de cuir, le collant et le tee-shirt, et, finalement, m'accrochai à la barre. Max eut alors la bonne idée de me dire à quel point Lucien aurait été fier de moi, fier de mon courage. Il sut trouver les mots qui ébranlèrent mon âme, et je décidai de reprendre l'entraînement le jour même. À partir de cet instant, l'acharnement qui m'habita passa l'entendement ; je redépensai mon énergie sans compter.

Lucien était mort en février ; je venais de fêter mon anniversaire le 14 mars ; je fus repris par la rage de vaincre et l'envie d'aller plus haut.

Ma mère était revenue d'Afrique où je l'avais envoyée se reposer. Elle avait recouvré la parole devant un lézard géant qui s'était glissé sous son lit. Elle se réjouit de me voir travailler à nouveau avec Max et à l'Opéra. Bon gré, mal gré, ma vie trépidante de cheval de course reprit son cours brutalement interrompu. Je ne vis pas passer avril, mai, juin. Nous étions déjà en juillet : le départ s'annonçait, ainsi que les premières représentations des spectacles donnés par l'Opéra dans la Cour carrée du Louvre, événement culturel parisien d'une importance considérable à l'époque.

Une fois encore, le sort me joua un tour.

Épargné à l'Opéra à cause de mon deuil et surtout de mon statut de quadrille, donc presque totalement absent de la scène, ma vie s'organisait assez simplement : les répétitions au Palais-Garnier pendant la journée, les cours de Max en soirée à partir de vingt ou vingt et une heures. C'était très pratique. J'avais assez de temps pour me consacrer à ce qui m'intéressait quasi exclusivement : le concours de Varna. Mais voilà qu'une hécatombe multiplia les coupes claires parmi le corps de ballet. Les danseurs tombaient malades les uns après les autres, et je me retrouvai bientôt titulaire d'un rôle de seigneur de la cour aux premier et troisième actes de *La Belle au bois dormant*, coiffé du magnifique chapeau rose emplumé dont j'avais tant rêvé... Ravi et contrit !

À cause des représentations, je retrouvai mes horaires nocturnes chez Max. Et Lucien n'était plus là pour venir me chercher... Ce rythme à nouveau effréné me fit inévitablement manquer quelques séances de travail programmées par l'Opéra à neuf heures du matin. Ma réputation en souffrit. Je fus convoqué chez Raymond Franchetti, le directeur de la Danse, qui essaya en vain de me dissuader de partir pour Varna. Il était persuadé que l'enjeu était trop important pour moi et que je ferais pâle figure là-bas. De son côté, Gilbert Mayer ne se priva pas non plus de claironner que j'allais me casser la figure et qu'une fois de plus la prétention d'un jeune arriviste dévaluerait l'image des danseurs français... Nous verrions bien !

Sourd à ces récriminations et sombres prédictions, seuls m'occupaient les préparatifs du voyage : pendant un mois, obnubilé par l'épreuve, je fis et refis mes valises cent fois pour être sûr de ne rien oublier. De son côté, ma mère s'était plongée dans le spiritisme grâce auquel elle espérait retrouver Lucien et nous placer sous sa protection... C'était bien inutile, car je savais que Lucien m'accompagnait et me protégerait quoi qu'il arrivât, plus présent en moi que dans les pieds d'une table tournante...

Juillet tira à sa fin, trop lentement à mon goût. Le moment du départ arriva. Il était convenu que Max nous rejoindrait éventuellement en Bulgarie si j'étais sélectionné pour le deuxième tour du concours.

Ma mère et moi débarquons à l'aéroport de Varna avec tout notre barda : valises, sacs à dos, etc. C'est alors que je prends nettement conscience du type d'organisation dans laquelle je mets les pieds.

D'un côté, les danseurs soviétiques et ceux des pays de l'Est, sagement assis, attendent que les dizaines d'accompagnateurs qui les escortent récupèrent leurs bagages, avant de grimper dans des bus spécialement mis à leur disposition. De l'autre, les Américains, les Français, les Italiens, les Espagnols, les Norvégiens hurlent, râlent, suent, cherchent désespérément à attraper un taxi. C'est la panique ! Je me rends compte que tous les danseurs de l'Est nous observent en ricanant, un peu comme une meute de loups observe froidement le troupeau de moutons affolés qui va lui servir de dîner. Je me souviens fort bien de la sensation de douche froide qui me saisit lorsque je me rends compte que cette fête de la danse est d'abord et avant tout une danse du scalp, une compétition à mort au cours de laquelle personne ne se fera de cadeau.

Après nous être installés à l'hôtel, je me rends au bureau du concours pour tirer au sort mon numéro de passage : le 10. Cela signifie que je figurerai dans le premier groupe de concurrents pour le début de la compétition, d'ici deux jours.

Le lendemain matin, les horaires des répétitions sont affichés dans le hall de l'hôtel. Je découvre avec stupeur que les danseurs de l'Est occupent la scène de douze à vingt-trois heures ; tous les autres se partagent l'espace entre minuit et six heures du matin. Pratique ! Même si, d'une manière générale, toute l'organisation est conçue pour faciliter le travail des compétiteurs des pays socialistes, je dois reconnaître que l'ambiance est néanmoins festive. Malgré la tension nerveuse due à l'imminence du premier contact avec un public averti et un jury international, tous les concurrents sont heureux d'être ensemble ; davantage qu'un combat à mort, nous envisageons le concours comme la possibilité de briller avec le plus d'éclat et de retentissement possibles. Dans cette atmosphère, je mesure mieux le sens exact du mot « émulation » : chacun se concentre certes sur sa propre personne, mais cela ne nous empêche pas de nous entraider pour être tous bien notés.

Le fond de la scène du joli théâtre en plein air possède des colonnes recouvertes de vigne vierge donnant sur un jardin. Ses gradins sont construits sur le modèle de ceux des théâtres antiques, et l'ensemble constitue un lieu agréable et chaleureux pour donner des représentations. La scène présente cette particularité que l'entrée des artistes ne peut se faire que par l'avant-scène cour ou jardin, ou par le fond, chemin périlleux qui oblige le danseur à marcher quelques mètres sur un sol caillouteux ; mais, surtout, une fois passé les deux grandes colonnes, l'accès se fait par un chemin bordé d'un muret ; celui-ci laisse voir au public le torse de l'artiste et casse ainsi l'effet de surprise de la plupart des entrées en scène.

La veille du premier tour, je me rendis au théâtre, en compagnie de ma mère, une bonne heure avant ma répétition, car, compte tenu du nombre des concurrents, je ne disposerais de la scène que pendant dix petites minutes. Quand le régisseur bulgare vint me chercher, Maman alla s'installer parmi le public, chaudement couverte – il était alors près d'une heure du matin. Je remis mes deux bandes magnétiques : la variation du prince Albert au deuxième acte de *Gisèle*, et celle du prince Siegfried au troisième acte du *Lac des cygnes*. Je me souviens que le choix de mes variations avait requis beaucoup de temps et de réflexion. Une mauvaise répartition des solos peut tout compromettre dans ce genre de concours où l'ordre et la progression artistique et technique sont considérés comme des éléments capitaux. Dans l'éventualité d'une sélection pour le troisième tour, Max et moi avions décidé de réserver au jury un effet de surprise, d'autant plus que j'étais pour lui un parfait inconnu.

C'est dans cette optique que j'entre en scène pour la répétition de mon premier tour, assez classique. Dans *Gisèle*, l'arrivée du Prince au deuxième acte est une longue marche, très humble et très noble, vers la tombe de sa bien-aimée, morte en partie à cause de lui. C'est une sorte de déambulation solitaire : la pensée du Prince vagabonde vers le souvenir de Gisèle cependant que ses pas le mènent vers l'endroit où elle repose. Comme la plupart des morceaux de bravoure du répertoire masculin, la variation dure à peine deux minutes. J'ai donc très peu de temps pour me présenter à un public étranger et impressionner des jurés à l'œil de lynx.

Avant de danser mon solo proprement dit, je décide donc de faire une entrée silencieuse, dans l'esprit du ballet, pour me mettre psychologiquement et physiquement en situation et afin que mon premier contact avec la salle soit intense.

Pour l'intensité, j'allais être servi !

23

Le « chouchou » victorieux

Le matin de l'épreuve, j'avale un infâme petit déjeuner : un café aussi clair qu'une tisane, accompagné de pain blanc sans sel tartiné d'un beurre tout aussi blafard. Avec deux comprimés de vitamine C en prime, c'est tout ce que je puis avaler jusqu'au soir.

Toute la journée, je suis d'une humeur fébrile ; je fais et défais sans cesse mon sac de danse, vérifiant dix fois ma trousse de maquillage, inspectant à cent reprises mes deux costumes de scène. Vingt fois je suis tenté d'aller au théâtre pour m'échauffer, mais je me souviens du mot d'ordre solennel de Max : garder toutes ses forces pour les quatre minutes fatidiques, ne rien dépenser, ne rien gâcher. Il est des fatigues passagères que l'on regrette toute sa vie !

Le temps passe péniblement jusqu'au moment de jeter mon gros sac sur l'épaule, ainsi que la housse contenant mes deux costumes. J'arrive au théâtre où, deux heures avant la cérémonie d'ouverture, c'est déjà l'effervescence. Après la quiétude toute relative de ma chambre, j'ai l'impression de débarquer dans une basse-cour visitée par un renard. Concurrents et concurrentes hystériques, professeurs de danse éructant en dix langues différentes, habilleuses bulgares hilares, régisseur courant en tous sens, jets de laque, paillettes qui volent : rien qui m'aidera à me concentrer et à préparer calmement *Gisèle* ! Finalement, je trouve un petit coin épargné par l'agitation et le brouhaha, où je peux accrocher mes costumes, déballer mes affaires d'échauffement, et sortir mes instruments de maquillage que je dispose selon un ordre rituel, qui restera le même pendant toute ma carrière.

La tempête qui sévit dans les coulisses n'est pas dépourvue de raisons. En effet, l'un des concurrents espagnols, Jean-Charles Gil, qui doit comme moi passer au premier tour, n'a jamais retrouvé sa valise de costumes à l'aéroport de Varna. Inutile de dire dans quel état de nerfs et d'angoisse il se trouve, une heure à peine avant de passer une épreuve susceptible de faire basculer toute sa vie et sa carrière. Autre motif d'agitation : deux des concurrents, voulant surveiller le travail des autres danseurs, ont veillé tard pour assister aux répétitions de leurs rivaux ; dans le froid des nuits bulgares, ils ont attrapé la grippe et sont actuellement alités. Sur ce, Jean-Charles Gil est pris d'un malaise nerveux qui l'empêchera de concourir. Du fait de ces trois abandons, mon numéro 10 devient numéro 7, chiffre mythique...

Émotion vive, excitation, énervement, attente : nous passons par tous les états possibles et imaginables. Au fond de moi, je sais que la compétition a déjà commencé et que ces états sont précisément les premières d'une longue série d'épreuves qu'il me faudra surmonter pour remporter un titre ou une médaille.

La cérémonie commence enfin : quelques notes de musique, un discours de bienvenue en cinq langues à l'adresse du public et des concurrents confinés dans les loges ou assis dans la salle, et, pour finir, la présentation des différents membres du jury. La divulgation de leur identité, tenue secrète jusque-là, arrache des exclamations et des applaudissements au public impatient. Bien évidemment, la majorité d'entre eux sont issus de pays de l'Est ; beaucoup sont des Soviétiques. Cette année-là, il y a cependant André-Philippe Hersin, critique de danse français et rédacteur en chef des fameuses *Saisons de la danse*, Natalia Makarova, danseuse russe exilée à New York, Alicia Alonso, Sir Anton

Dolin, âgé de quatre-vingt-dix ans... Un jury plutôt équilibré, en somme.

Faute de place dans les coulisses exiguës, les concurrents sont contraints de rester dans les loges ou les travées de la salle jusqu'à ce que le régisseur vienne chercher les dix premiers et que le concours à proprement parler commence enfin.

Pour chaque concurrent, un haut-parleur annonce le pays représenté, le nom, l'âge et la catégorie choisie : junior pour les quatorze à dix-huit ans, senior pour les dix-huit à vingt-cinq ans, couple pour ceux qui ont décidé de se présenter à deux. Afin que tout le monde sache bien qui est qui et qui danse quoi, chaque annonce est faite en cinq langues. Cette ultime attente est peut-être le moment le plus éprouvant : une torture !

Mon tour arrive enfin. Ce qui va se passer ensuite est irréel. Comme convenu, je pénètre par le fond de la scène, enveloppé dans la belle cape de velours noir du prince Albert, dans un silence absolu, attentif et curieux. Je longe sans bruit le muret, complètement habité par mon personnage, comme si j'avais réellement perdu ma bien-aimée à l'acte précédent, puis, parvenu au bout du mur, je tourne la tête, la cape glisse le long de mon corps et je vais me placer en diagonale, juste avant que la musique ne commence. J'ai à peine le temps de lever les bras dans le silence que le public, comme s'il attendait un signal de ma part, se lève et applaudit à tout rompre mon entrée en scène.

Une danseuse américaine qui se trouvait dans les coulisses ce soir-là me rapporta les réactions de quelques-uns de mes adversaires qui, assistant à ce succès spontané, prirent aussitôt des mines dégoûtées : « Il n'a même pas dansé », ricanait l'un. « Il n'a rien fait du tout », s'insurgeait l'autre. « Il a payé une claque, c'est de la triche ; mais qu'est-ce qu'il a de plus que nous ? » s'emportait un troisième. Moi, sur la scène, je pris cette réaction du public pour un bonsoir merveilleux. J'étais heureux, galvanisé par cet accueil. Je m'étais présenté poliment et humblement, j'avais salué mon public et, comme cela, de but en blanc, il me le rendait au centuple !

Mes trois premières cabrioles provoquèrent un tonnerre d'applaudissements. À la fin de la dernière diagonale, j'exécutai une magnifique pirouette enchaînée avec un saut qui me projetait sciemment au sol. Ce soir-là, j'eus ma première *standing ovation*. Le président du jury, Iouri Grigorovitch, dut, paraît-il, faire intervenir le régisseur pour que le concours puisse continuer sereinement. J'étais ivre de bonheur et de succès, je saluai encore et encore... Pour moi, rien n'existait plus que ce public déchaîné. J'étais prêt à danser tout ce qu'il voulait !

Finalement, je quittai la scène pour les coulisses où mon *show* avait provoqué une franche et amicale pagaille. Tous les danseurs voulaient me taper dans le dos, autant pour me féliciter que pour toucher le « chouchou », ce danseur français subitement transformé en porte-bonheur par le simple choix de la *vox populi*, bien plus puissante et plus forte que n'importe quel jury prestigieux.

De retour dans mon petit coin de loge, et retrouvant mes guêtres et mon second costume, j'eus tôt fait de revenir à une réalité bien différente : tout restait encore à faire. J'enfilai le plus calmement possible mon pourpoint de Prince du *Lac des cygnes*, chaussai de nouveaux escarpins et me préparai mentalement pour mon deuxième passage. Le discours en cinq langues recommença, à cette différence près que, chaque fois que le présentateur prononçait « Paterrrrick Doupone », le public applaudissait chaleureusement, ce qui avait le don de m'électriser.

À l'inverse de *Gisèle*, je pénétrai cette fois sur scène en une fraction de seconde. La musique démarra aussitôt. J'exécutai mon solo dans un silence presque palpable et, lorsque j'entamai la dernière diagonale composée de quatre sauts très spectaculaires que Max et moi avions surnommés les « parapluies de la mort », le public oublia sa retenue polie et tous les spectateurs furent à nouveau debout, hurlant leur joie et leur admiration.

Je n'ai pas de mots pour décrire la tête que faisait ma mère à l'issue de ce « spectacle ». Elle qui se remettait à peine de la mort de Lucien avait franchement besoin d'une sorte d'électrochoc pour revenir à la vie. Ces cinq derniers mois, elle les avait traversés dans un étrange brouillard, mélange de spiritisme, d'affliction et de laisser-aller. Elle se laissait ballotter par les événements, davantage victime qu'actrice de la vie qui continuait à s'agiter autour d'elle.

En fait d'électrochoc, elle était gâtée et venait de recevoir de ma part deux cent mille volts en pleine figure ! Ce soir-là, elle parut se réveiller d'un long coma qui l'avait laissée pantelante au bord de la route ; à présent, elle babillait, papillonnait dans la salle du restaurant bulgare, elle était la reine d'une vraie fête. Elle savait que Lucien était là parmi nous et qu'il me protégeait : sinon, comment expliquer cette réaction du public, aussi subite qu'inattendue ?

24

Deuxième tour

Deux jours plus tard, Max, prévenu par Nicole, mais aussi par André-Philippe Hersin, débarqua à Varna dans le but de préparer son poulain à la suite des épreuves et de faire en sorte que ce succès foudroyant ne devienne pas un handicap. On sait que le manque d'assurance peut être fatal à un candidat. Inversement, un concurrent trop rapidement porté au pinacle peut chuter encore plus durement. Certains ne s'en relèvent jamais.

Max retrouva une Nicole presque hébétée par tant de succès et de joie. Sitôt installé à l'hôtel, il se rendit au studio de répétitions, pensant y retrouver son élève la tête froide, en train de se préparer sérieusement à la suite du concours. Au studio, pas de Patrick à l'échauffement. Renseignements pris, il sut que j'étais passé à neuf heures du matin et qu'après une heure et demie d'entraînement, j'étais reparti tout guilleret.

Il est midi. Vu l'heure, lui dit un des danseurs russes parlant le français, comme à mon habitude je dois me trouver à la terrasse du grand café de l'hôtel, pour le plus grand plaisir des fans. Surpris, Max se dirige vers ledit café où il repère de loin un attroupement. Entouré d'une vingtaine de jeunes filles, je suis occupé à signer des autographes et à poser pour la postérité. Le poulain s'est subitement transformé en idole. Max en reste sans voix. L'apercevant à travers la foule, je lui saute au cou, essayant de lui raconter le choc de la première soirée. Il est déjà au courant, mais ne pense, lui, qu'au prochain tour. Nous convenons de passer un peu de temps au studio de répétitions pour peaufiner *Don Quichotte* et *Le Corsaire*, mes deux dernières variations, sans doute les morceaux les plus difficiles à interpréter pour un danseur, si doué soit-il.

Pour le deuxième tour, j'ai retenu le solo du ballet *Études*, d'Harald Lander, et une chorégraphie contemporaine créée de toutes pièces par Max et moi-même sur la musique de *L'Orage* de la sixième symphonie de Beethoven, dite *Pastorale*.

Le premier tour à peine achevé, la fièvre s'est emparée des candidats qui attendent de savoir qui continue et qui est remercié. Cette attente précédant la proclamation des résultats est le moment le plus ingrat à supporter, celui des doutes et des rumeurs. Lorsque la liste des noms est enfin affichée dans le hall de notre hôtel, je reconnais le scénario de la cour Diaghilev, les jours de concours de promotion à l'Opéra : cris de joie, pleurs, évanouissements... Mon nom figure sur la liste des candidats autorisés à participer aux éliminatoires suivantes ; pour l'heure, je n'en demande pas davantage !

Le jour de ce fameux deuxième tour, le temps est précisément à l'orage. Rien pourtant ne saurait entamer la concentration des danseurs et nous nous rendons tous au théâtre pour la préparation, l'échauffement et le maquillage. Évidemment, comme prévu, l'orage éclate au début du « spectacle », pendant le pas de deux de Jennifer Goubé et Bernard Bouché. Nous devons tous battre en retraite.

Déception, frustration : rien n'y fait, les éléments sont déchaînés. Rendez-vous est pris pour le lendemain, au Palais des Sports de la ville de Varna, lieu hautement improbable pour danser.

D'emblée, je déteste l'endroit. Conçu pour des manifestations sportives, tous les murs sont peints en vert, couleur porte-malheur pour les gens du spectacle. Cette superstition remonte au XVIIIe siècle : on s'était rendu compte à l'époque que tous les acteurs et actrices portant cette couleur se voyaient rapidement frappés de maux étranges, avec langueurs et vomissements. On sait depuis que l'arsenic entrait alors dans la composition du pigment destiné à donner la couleur verte, et était cause d'empoisonnements violents par l'épiderme.

En dépit de cette couleur, superstition ou pas, nous devons y passer ! Le cérémonial de présentation et de traduction en cinq langues recommence.

La première concurrente est à peine montée sur scène que les clameurs du public nous parviennent jusque dans les loges. Affolé, le régisseur vient nous prévenir que la danseuse tchécoslovaque vient de glisser et de tomber. Tout porte à penser qu'elle a la cheville brisée... Le lendemain, le diagnostic sera confirmé : non seulement la cheville, mais aussi le genou ! Fin d'une carrière pour l'infortunée petite danseuse.

Suite du concours : le scénario se répète. Le deuxième concurrent chute. Puis le troisième. Cela devient ridicule. La scène est une vraie patinoire : il est carrément impossible, dangereux même d'y poser le pied.

Mon tour venu, je n'en mène pas large : car l'entrée en scène du solo d'*Études* doit se faire en courant à vive allure. La perspective de m'élancer sur un parquet où plusieurs concurrents se sont déjà retrouvés cul par-dessus tête ne m'enchante guère. J'y vais ! Comme l'exige la chorégraphie, en courant. Après quatre enjambées arrive ce qui devait arriver. Je dois amorcer un virage à gauche, mais, emporté par ma vitesse et aidé par la surface de lancement, je décolle littéralement du sol, mes jambes passent au-dessus de ma tête, et j'accomplis sans aucun doute le gadin le plus brillant de toute l'histoire de la danse ! Je retombe lourdement sur le flanc gauche, hébété, assommé ! Pour le public et le jury, c'en est trop : le « chouchou » du concours a failli se tuer, c'est inacceptable !

La suite des événements est un peu floue : je revois vaguement la civière, le visage anxieux de Max, ma mère en colère, Iouri Grigorovitch baragouinant des excuses en russe et me caressant gentiment la tête. On me ramène à l'hôtel où je m'effondre dans un sommeil réparateur.

Le lendemain, le soleil brille. Le deuxième tour se déroulera dans le théâtre de verdure prévu initialement et aucune pénalité ne sera retenue contre les concurrents malheureux. Enfin, j'apprends que John Gilpin, le créateur du rôle dans *Études*, vient d'arriver à Varna et souhaite me dispenser quelques conseils avant que je ne m'élance dans le solo.

C'est clair : on s'occupe de moi, on me choie, une équipe de télévision de *CBS* est arrivée de New York pour me filmer avec John Gilpin et Anton Dolin. Car ce dernier, pourtant membre du jury, me fait travailler *Gisèle* qu'il a lui-même dansée quelque quarante ans auparavant sous le regard protecteur de son professeur de l'époque, la célèbre Carlotta Zambelli, héritière des grandes danseuses romantiques italiennes.

Ces chamboulements de dernière minute sont une aubaine pour moi. Je deviens le centre d'intérêt de tout ce microcosme pendant qu'à l'autre bout du monde débutent les Jeux olympiques de Montréal...

Je ne serai jamais satisfait de mon passage dans *Études*, et je me souviens d'être sorti de scène en pestant contre moi, contre le mauvais sort, contre *CBS*, contre tous ces gens qui, voulant m'aider, n'avaient réussi qu'à me déconcentrer. Ce qui était plus probablement en cause, c'étaient les conditions inattendues auxquelles se trouvent parfois aussi confrontés, du fait de la météo ou de circonstances diverses, les champions sportifs. Pour ne pas se laisser déstabiliser, il faut toujours garder la victoire en ligne de mire.

Lors du deuxième passage et dès les premières mesures de la symphonie de Beethoven, je sus que je maîtrisais à nouveau mon corps. Cette chorégraphie était « héroïque », j'avais voulu qu'elle fût comme une « mort du cygne » au masculin, mobilisant beaucoup d'énergie. Car le cygne, contrairement à ce qu'enseigne la tradition classique, est un animal fort et courageux. À l'époque, ma conception de sa mort impliquait obligatoirement une tempête, tant musicale que physique.

Ce solo impressionna durablement le jury et le public qui, d'un coup, découvraient que le jeune Français au charisme incontestable, le roi des cabrioles et des pirouettes, était aussi – et peut-être avant tout – un interprète de talent. Je venais d'abattre l'un de mes atouts. Mon message était clair : j'étais à la fois un technicien de la danse, mais surtout – ce deuxième tour le démontrait – un acteur. Le message fut reçu cinq sur cinq.

Le surlendemain, nouvelles scènes d'hystérie pour la proclamation des résultats. Comme je m'y attendais, j'étais admis au troisième tour.

Des rumeurs abracadabrantes se mirent alors à circuler. Entre autres, celle qui laissait entendre que la somme des points que j'avais acquis était si élevée qu'il était question de créer un prix spécial, un prix « Patrick Dupond »...

Max, à mes côtés, était toujours lucide, et la petite faiblesse que j'avais manifestée dans *Études* ne m'avait pas échappé. Je ne prêtai donc guère d'attention à tous ces bruits. Bien au contraire, je doublai le temps passé à travailler au studio.

C'est là que je rencontrai pour la première fois la danseuse américaine Lynn Charles, qui concourait dans la catégorie senior et qui était installée à Hambourg, chez John Neumeier. Rencontre capitale, qui devait se révéler pour moi déterminante à l'avenir.

J'étais seul dans le grand studio de répétition, peaufinant mon solo du *Corsaire*, concentré sur la performance technique, les pirouettes, les sauts et les manèges. À trois jours du dernier tour, fortifié par mon succès, j'avais tendance à ne pas prêter attention aux autres concurrents, surtout aux filles, puisque, après tout, c'était chacun pour soi et Dieu (celui de la danse...) pour tous ! J'étais face au miroir, pirouettant, sautillant, ébauchant toute la panoplie de difficultés dont j'allais éblouir le jury, quand Lynn, qui m'observait depuis un bon bout de temps, s'approcha et m'adressa timidement la parole.

Je pensais qu'elle allait solliciter un autographe ou me féliciter pour mes prestations précédentes. Je me trompais :

« Je t'ai vu répéter ton *Corsaire* : est-ce que je peux te dire quelque chose ?

– Bien sûr, Lynn... comment, déjà ?

– Lynn Charles... Ton *Corsaire*, c'est de la merde !

– Quoi ! ! !

– Oui, c'est de la merde ! Tu sautes, tu tournes, c'est sûr, mais *ça ne veut rien dire.* Voilà ! »

J'étais furieux, évidemment : pour qui se prenait-elle en me parlant ainsi ? Et quelle indélicatesse tout américaine la poussait à me provoquer de la sorte ?

« Ne sois pas fâché, je t'en supplie ! Mais je t'aime trop pour te voir gâcher un si beau talent. »

Ça allait mieux. Elle cherchait à se racheter...

« Ah oui ?

– Mais bien sûr, Patrick ! Ce que tu ne comprends pas, c'est que l'"âme" que tu as mise hier dans ton solo *Destiny*, tu dois aussi l'utiliser dans *Le Corsaire*, voyons !

– Tiens ! Et comment donc ?

– Tu sais fort bien comment. N'essaie pas de me faire croire que tu n'es qu'une machine à faire des pirouettes ; ça ne prend pas, avec moi ! Je danse avec John Neumeier et je sais encore reconnaître un acteur dès que j'en vois un.

– Bien, qu'est-ce que je dois faire ?

– Tu dois être *complètement* amoureux de ta princesse. Au fait, tu es au courant qu'il y a une princesse, dans *Le Corsaire* ? !

– Vaguement. Ouais...

– Bon, tu vois, chacun de tes mouvements, chacune de tes respirations doit tendre vers cette princesse. Tu es son esclave d'amour, tu dois danser par amour... Allez, vas-y ! »

Fut-ce sa franchise abrupte, les bonnes intentions dont elle était animée, ou la justesse de ses propos ? Nous devînmes instantanément des amis intimes. Je lui accordai ma confiance et nous fûmes inséparables jusqu'à mon retour à Paris. C'était merveilleux : j'avais une amie à qui je pouvais confier mes aspirations, mais aussi mes doutes et appréhensions, sans passer pour une andouille. Du coup, ma danse était en train de se métamorphoser...

En trois jours, mon *Corsaire* prit une ampleur et une force que je n'avais jamais approchées jusque-là. Même Max sentit la différence. Il la mit naturellement au compte d'un coup de cœur, plus préoccupé – comme ma jalouse de mère, d'ailleurs – par l'heure à laquelle je me mettais au lit que par la substance de mon art. Ce qui, dans le contexte, était assez légitime !

25

Champion du monde !

Je caracole en tête de tous les pronostics, ce qui n'empêche pas le jour fatidique du dernier tour d'arriver.

Troisième et ultime épreuve : la bravoure technique avec, au programme, la variation de Basile de *Don Quichotte* et *Le Corsaire*, deux pièces considérées comme les chevrons de l'école soviétique.

... Depuis deux longues minutes maintenant, j'attends que la bande-son se mette en route ; je suis sur le devant de la scène, regardant fixement les coulisses... Je décide alors de tourner la tête vers le jury et le public, fais un large sourire et... sors « tranquillement ». Je n'ai pas encore dansé. En coulisses, dans la petite pièce où se trouve le magnétophone, c'est le branle-bas de combat. Le régisseur court de droite et de gauche, triturant nerveusement ses fiches. Le technicien hurle des mots que je ne comprends pas, quand, brutalement, quelqu'un me pousse sur scène en baragouinant : *« Dance something, please ! »* (« Danse quelque chose, s'il te plaît ! »)

La belle affaire ! Je n'ai pas du tout l'intention de me ridiculiser. Éjecté des coulisses vers la scène, je n'ai qu'une solution : retourner à ma place d'origine en essayant de ne pas trop faire rire le public. Il y va de ma carrière, et tout cela frôle le grotesque !

Je me replace donc dans la position de cinquième, sur demi-pointes, et j'attends. Cette position en léger déséquilibre est très éprouvante pour les mollets. Elle était prévue pour durer seulement quelques secondes, avant mon solo...

J'attends la bonne musique, quoi qu'il arrive. Trente secondes, puis une minute s'écoulent. Autant dire des siècles... La sueur perle à mes tempes, mon sourire se crispe... et toujours pas de musique !

J'entends la clameur du public enfler. La tension monte à chaque nouvelle seconde sans musique. Tout à coup, celle-ci éclate ! Mais ce sont les premières notes d'*Études*, que j'ai interprétées au tour précédent !... Le public, qui connaît l'air de *Don Quichotte* par cœur, est au comble de la fureur. Je reste immobile pendant que s'égrènent les notes de la partition d'*Études*. Je ne cède pas à la panique et demeure complètement figé. Ce qui déchaîne l'hystérie admirative du public qui se met à hurler : *« Musica ! Musica ! »* Fin d'*Études*. Toujours immobile, le visage de profil, fixant les coulisses, je suis bien décidé à ne pas me laisser déconcentrer par les manifestations du public. Je perçois néanmoins un mouvement général, un roulement d'applaudissements qui dévale du haut des gradins jusque vers la scène, une houle immense qui va déferler sur moi.

La rumeur s'interrompt soudain aussi brutalement qu'elle est née. Une petite femme brune aux cheveux courts atterrit sur le devant de la scène, comme propulsée par le public. Dans mon champ de vision restreint, je la vois ouvrir le piano qui sert aux répétitions, relégué dans un coin de la scène. Et elle se met aussitôt à jouer les premières mesures de ma variation. Je n'ai pas le temps de réfléchir : après les trois premiers accords, je suis en position, prêt à danser.

J'ai dansé ce soir-là un de mes meilleurs *Don Quichotte*. En plein milieu du solo, la chorégraphie exige une pirouette multiple. D'ordinaire, j'exécutais cinq ou six rotations sur un pied, ce qui est déjà extraordinaire. Ce jour-là, un dieu de la danse – à moins que ce ne soit tout bêtement ma seule énergie ? – me fit accomplir un exploit plus rare : une pirouette de dix tours ! Le public électrisé se leva comme un seul homme.

Non seulement j'avais débuté ce troisième « round » dans des conditions on ne peut plus pénibles et déstabilisantes, mais je me payais le luxe d'accomplir une pirouette impossible. Le cœur de mes admirateurs chavirait.

J'interprétai ensuite *Le Corsaire* sur une espèce de nuage, porté par une énergie surnaturelle. Dans la joie et la lumière, je ne touchais plus terre. J'étais à cet instant persuadé d'avoir décroché une place sur le podium, ce qui, compte tenu des événements précédents, semblait désespéré l'instant d'avant.

Je n'ai jamais su qui était cette petite femme qui s'était mise au piano et m'avait ainsi permis de danser. Je ne l'ai jamais revue. Pourtant, je ne l'ai pas oubliée ; jusqu'à ma mort, je me rappellerai que ce sont ses notes qui accompagnèrent mes premiers élans vers le firmament des étoiles.

Quarante-huit heures plus tard, l'énoncé des résultats me laissa abasourdi. La cérémonie de remise des récompenses se déroulait au théâtre de verdure, devant un public extatique, en présence de tout le jury réuni autour de son président, Iouri Grigorovitch, en commençant bien sûr par la médaille de bronze dans la catégorie junior, puis senior, et ainsi de suite... Très vite, le temps passant et les récompenses pleuvant, j'eus l'intime conviction d'avoir d'ores et déjà décroché la médaille d'or des juniors ! Je ne tenais plus en place sur mon siège. Et, effectivement, le président déclara alors dans un français marqué d'un très fort accent russe : « Médaille d'or junior 1976 : Patrick Dupond ! »

Tonnerre fracassant d'applaudissements, cris de joie ! Je me lève, titubant, et me dirige vers le président qui tient à la main une médaille et un gros diplôme. Je tends le cou pour recevoir mon « or », mais je n'arrive pas à lui prendre des mains le diplôme qu'il ne semble pas vouloir me remettre. Le public se met à rire devant ce manège, puis se tait soudain, ayant perçu que le président était désireux d'ajouter quelque chose :

« Mais ce n'est pas fini... Le jury, à l'unanimité, a décidé de remettre à Patrick Dupond la médaille exceptionnelle des jeunes de la ville de Varna et... compte tenu du nombre considérable de ses points par rapport aux autres concurrents, toutes catégories confondues, a décidé de ne pas attribuer la médaille d'argent ! »

J'ai cru alors défaillir. Le public était en délire, comme dans les plus grands concerts de rock. Dans un même élan, je courus embrasser tous les autres primés, ce qui ne fit qu'amplifier le délire. Je crois que je serrai longuement Monsieur Grigorovitch dans mes bras en laissant couler des larmes de joie.

Subitement, j'étais reconnu, admiré, convoité, bardé de médailles ! C'était le résultat, la récompense des huits années de travail accomplies avec Max et mes professeurs de l'Opéra. J'avais l'impression que ma tête explosait, qu'on donnait un feu d'artifice à l'intérieur.

Je songeai à Lucien et à ma grand-mère Suzanne, et mes larmes redoublèrent. J'aurais voulu rester seul face au public pour savourer ce succès avec lui. Puis le retour en coulisses fut lui aussi tonitruant. Au milieu des autres concurrents, des parents, des journalistes, des amis, des confidents, ma petite Lynn m'attendait et m'escorta jusqu'à ma loge où se tenaient Max et Maman dans les bras l'un de l'autre. Même si, submergés par l'émotion quand ils m'avaient vu décrocher l'or, ils n'avaient pas bien saisi la fin du discours du président, ils avaient compris que leur « petit » avait gagné sur toute la ligne.

Ce soir-là, nous étions attablés dans la grande salle de réception de l'hôtel de Varna quand un vieux professeur russe venu tout exprès de Saint-Pétersbourg m'offrit, pour me féliciter, deux bouteilles de champagne qu'il gardait précieusement pour une grande occasion :

« Tsarévitch Patrick, me dit-il, voici deux amis, Dom et Pérignon : ils vous seront toujours fidèles si vous savez les apprécier après le spectacle, jamais avant ! »

Puis je sais que la vodka coula à flots, et je ne me souviens plus de rien. Sauf qu'à un moment donné de cette soirée j'eus la très nette impression qu'on avait coupé les fils qui tenaient la marionnette que j'étais, et que mon lit était le seul endroit où je pouvais apprécier à loisir ma toute nouvelle liberté.

Le lendemain matin, après une nuit trop courte, j'étais invité à rencontrer plusieurs membres du jury, autour du président, à l'occasion d'un verre de l'amitié organisé pour tous les concurrents. C'est là que ce cher André-Philippe Hersin, qui faisait partie du jury, se révéla mon véritable allié. Je pus lire dans son regard sa fierté et sa joie de Français, et d'avoir pu, grâce à moi, damer le pion au bloc des artistes soviétiques !

C'est ce jour-là qu'il me raconta comment, au moment des délibérations, une ex-danseuse bulgare avait commenté ma prestation du premier tour en termes très élogieux tels que : « Très, très bien, ce petit Français... » Mais comment, cinq minutes plus tard, au moment du vote, elle m'avait « flanqué » un superbe trois sur vingt qui avait déclenché un tollé au sein du jury. Alicia Alonso, entre autres, s'était exclamée : *« Pero no !* Imbécile !... *Dupond es unico y fantastico... Dupond es numero uno !* Vingt *para el !... »* Et on ne discute pas avec Alicia Alonso !

Le même jour, Monsieur Grigorovitch me prit à part pour m'annoncer deux nouvelles : il allait remonter son ballet *Roméo et Juliette* à l'Opéra de Paris et était bien décidé à me confier le rôle de Mercutio – que je danserais en alternance avec Georges Piletta, danseur étoile ; il voulait en outre que je tienne le rôle de Kourbski, le prince félon d'*Ivan le Terrible*, toujours à l'Opéra de Paris.

Ces nouvelles et ces propositions étaient tout aussi étourdissantes et réjouissantes que les médailles et les titres. Car elles m'imposaient en quelque sorte comme étoile à l'Opéra et entérinaient, pour le public français, la décision prise par un jury international sur les bords de la mer Noire...

C'était aussi la reconnaissance de mon talent par le directeur du Bolchoï de Moscou en personne, et cela, nul ne pouvait le contredire ou le nier de quelque manière que ce soit.

J'allais donc revenir star à Paris. C'était bien plus que je n'avais rêvé. C'était même presque *trop*, un petit mot qui allait désormais qualifier ma vie et me coller définitivement à la peau.

Nous rentrâmes à Paris. Tout auréolé de mes triomphes bulgares, je m'attendais à être accueilli avec tapis rouge et honneurs. Ce ne fut pas du tout le cas...

Cette même année, à Montréal, aux Jeux olympiques, la France n'avait décroché qu'une seule médaille, celle en or de Guy Drut pour le cent dix mètres haies, je crois bien. À Paris, l'ambiance était morose, les raisons de se réjouir limitées. Moi qui pensais devoir affronter une foule en liesse, répondre à des journalistes déchaînés, avoir à gérer un emploi du temps de ministre, j'en fus pour mes frais !

Une fois réintégré l'appartement de la rue des Huissiers, ce fut le calme plat, presque un silence de mort. Hormis la présence de quelques amis comme Jean-Marie, lequel ne prenait pas vraiment la mesure de ce que je venais de vivre, j'étais seul. J'allais tomber aux oubliettes : le

« meilleur danseur du monde » n'existait plus à Paris.

Heureusement, une fois de plus, l'intelligence et le flair de Max allaient faire merveille.

Un matin, le téléphone sonne. C'est lui, plutôt remonté, qui m'interpelle assez violemment :

« Alors, dit-il, bien récupéré, pas trop fatigué ? Bon, tu ne vas pas rester chez toi à te morfondre et à t'endormir sur tes lauriers ! Il faut te montrer, sortir, rencontrer du monde !

– Bien sûr, mais, un 29 juillet, Paris est désert. Tout le monde est à Saint-Tropez ou à La Baule ! Je vais aller dans les cours chanter ma fierté d'être médaillé d'or, peut-être ?

– Mais non, andouille ! Aujourd'hui, nous allons déjeuner chez Lipp. Fais-toi beau ; rendez-vous à midi trente, boulevard Saint-Germain... »

À l'époque, j'étais tellement ignare que j'ai cru qu'il voulait m'emmener déjeuner chez un fabricant de montres !

À ma grande surprise, à la brasserie Lipp, nous fûmes accueillis avec force civilités par le patron qui semblait bien connaître Max et lui donnait du « Monsieur Max » par-ci, du « Maître » par-là... Bref, la star, c'était mon prof, pas moi ! Nous prîmes place au rez-de-chaussée, à une table que je compris être l'une des meilleures. Max m'expliqua en deux mots que nous étions assis à l'endroit où se croisaient les chemins des décideurs, hommes politiques, journalistes, financiers, éditeurs et écrivains venus déjeuner là. Bref, le carrefour stratégique où se rencontraient ceux qui, en France, avaient du pouvoir ou pensaient en avoir. Tous venaient se restaurer là au moins une fois par semaine.

À peine trois minutes plus tard, Yves Mourousi – extrêmement connu à l'époque à cause du Journal télévisé qu'il présentait – fait son entrée et, après avoir jeté un coup d'œil à la ronde, fond sur Max. Je suis éberlué par ce que je vois alors : nous devenons le point de mire de tout le restaurant.

« Alors, Max, vieille branche ! Comment vastu, ça fait un bail... Qu'est-ce qui t'amène ici ? Quel plaisir de te revoir ! »

Je n'en crois pas mes oreilles : ils se connaissent, ils s'embrassent, et moi qui n'étais pas au courant, c'est trop fort !

Max se lève, je l'imite. Il me présente :

« Yves, voici le meilleur danseur du monde : Patrick Dupond, tout juste dix-sept ans. Il vient de remporter la médaille d'or à Varna, ainsi que tous les prix auxiliaires ! C'est un démon, il les a tous écrasés ! »

Je suis aux anges, tout gonflé d'orgueil. Yves Mourousi me dévisage un moment. Je sens qu'il me jauge, m'examine sous toutes les coutures.

Il évalue mon potentiel télévisuel. Loin de me laisser démonter par son attitude inquisitrice, je soutiens son regard presque insolemment. Bientôt, son visage s'éclaire d'un sourire franc et amical. Vivement, il apostrophe son jeune assistant :

« Alors, tu te dépêches ? On n'a pas que ça à faire ! J'ai une réunion de rédaction qui m'attend, moi... Ainsi, il y a une deuxième médaille d'or française et je n'étais pas au courant ? ! »

Le jeune homme bafouille :

« Heu... ben oui... je crois... enfin, j'ai entendu dire qu'il y avait un jeune danseur, en Russie, ou quelque part par là-bas, à l'Est... Je ne suis pas très sûr... »

Yves Mourousi l'interrompt :

« Eh bien, mon garçon, ouvre grands tes yeux, car il est assis là, en face de toi. Il a dix-sept ans et danse mieux que Barychnikov ! Je veux un sujet pour demain midi. Allez, ouste, et que ça saute ! »

Tonitruant, rapide, expéditif, efficace, ne s'arrêtant jamais aux faux problèmes de protocole : c'est tout Yves Mourousi en 1976. Un rendez-vous est calé pour réaliser un sujet le soir même dans le studio de Max. Le lendemain, je figure au sommaire du Journal télévisé de treize heures à côté de l'autre médaillé d'or du moment, Guy Drut. En un rien de temps, grâce au petit écran, je pénètre chez des millions de Français qui découvrent mon existence.

Ce sujet télévisé consacré à mes « prouesses bulgares » a des conséquences immédiates : dans la même semaine, j'ai rendez-vous avec Jacques Chancel, je réponds aux questions de trois ou quatre journalistes de la presse écrite, et accorde un long entretien à un magazine de danse qui compte me mettre en couverture de son numéro de septembre. Bref, c'est le début d'une carrière « médiatique », et j'adore ça !

Aussi à l'aise devant un micro de la radio que face à une caméra de télévision, je suis intarissable sur ma passion de la danse. Cette reconnaissance et cette publicité nouvelles me paraissent au demeurant toutes naturelles, et cela se voit. À l'évidence, le courant passe avec le public. Très vite, je deviens une sorte de « chouchou » des médias, jouant le jeu à fond, me prêtant volontiers à tous leurs caprices.

Je comprends aussi les choses différemment, on prend conscience d'une réalité inédite, ébouriffante : la France aussi « fabrique » de grands danseurs ! Ce n'est plus l'apanage exclusif de Moscou ou de Saint-Pétersbourg...

26

Le retour de l'enfant... prodige

Septembre 1976. Après des vacances bien méritées, je fais ma rentrée à l'Opéra. J'ai en poche un contrat pour Chicago et ses « galas d'étoiles internationales », ainsi que, comme promis par Monsieur Grigorovitch, un rôle d'étoile dans *Roméo et Juliette*, puis dans *Ivan le Terrible*. C'est donc « légèrement » (*très*, aux dires de Jean-Marie !) enfiévré que je traverse la cour Diaghilev pour me rendre sous les toits retrouver mon miroir et ma chaise de quadrille.

À l'époque adjoint de Rolf Liberman, Hugues Gall commenta : « C'est une chose d'exécuter brillamment la variation de *Gisèle*, c'en est une autre de tenir pendant deux heures le rôle du prince Albert ! »

Il avait certes raison, mais on pouvait rétorquer : « C'est une chose d'être quadrille anonyme dans une compagnie prestigieuse, c'en est une autre d'être sacré "meilleur danseur du monde" à dix-sept ans par ses pairs... »

Pourtant, le climat au sein de la « grande boutique » n'était pas trop mauvais pour moi, même si j'eus, un temps, quelques difficultés à passer les portes du fait de ma tête démesurément enflée !... La joie de certains danseurs, la fierté de Claude Bessy et de Raymond Franchetti, l'appui de la presse spécialisée me rassuraient quotidiennement sur mon avenir, même s'il était clair que je n'aurais pas plus droit qu'un autre à un traitement de faveur.

Jacques Chancel m'invita à participer au *Grand Échiquier* de la célèbre harpiste Lily Laskine, et Pierre Combescot vit en moi un « futur grand danseur ». Jones Kennedy, du *Guardian*, titra : *« A ballet Star is born »*, tandis que Jean-Claude Dienis admirait « [ma] candeur, [mon] jeu d'acteur et [ma] brillante technique »... Autant de marques qui, à l'évidence, ne me laissaient pas de marbre et m'encourageaient à mettre les bouchées doubles, au cours de Max comme à l'Opéra.

Durant l'année 1977, la compagnie de l'Opéra doit notamment se produire à Moscou, au théâtre du Bolchoï. Ce sera mon premier contact avec le public russe. Rencontre mémorable ! Je considérais comme un cadeau le rôle que la direction m'avait offert, le court pas de deux du premier acte de *La Sylphide*, qui déchaîna des tonnerres d'applaudissements « à la russe ». Ma partenaire s'appelait Yannick Stéphant, c'était un très joli sujet de l'Opéra. Aujourd'hui professeur, elle fait des merveilles à Dreux.

Il reste de cette soirée une photo que j'aime par-dessus tout, où l'on nous voit, Yannick et moi, suspendus dans les airs. Je suis légèrement au-dessus d'elle, et on peut lire sur mon visage l'indescriptible plaisir de danser. Nous incarnons les rôles de deux fiancés qui s'arrachent à la terre pour se donner au bonheur de danser leur amour. C'est un très beau souvenir ; je le chéris tout particulièrement.

J'arrête ici l'énumération de mes rôles, car, après Varna, ma carrière « explosa » littéralement. Très vite, je pris goût à danser des rôles titres distribués çà et là, au gré de leurs envies, par des chorégraphes comme Roland Petit, Kenneth MacMillan, l'Anglais Oscar Araiz ou l'Américain Moses Pendleton ; ou bien « gérés » par l'administration de l'Opéra. Des rôles qui contribuaient à ma formation de soliste sans pour autant me valoir de privilèges.

De cette période bouillonnante et de ces prestations en soliste je retiens que j'étais un brillant technicien, mais je pressentais déjà qu'il me faudrait être aussi un acteur inspiré et profond. Très vite, j'avais su distinguer entre les émerveillements et les bravos dus à mes sauts et à mes pirouettes, et l'incroyable qualité de silence que me valait une prestation d'artiste profondément habité par son personnage.

Je commençais à donner du sens à ma danse. Grâce à mon corps, mais aussi grâce à mon âme, j'avais la faculté de « parler » aux gens, de les entraîner avec moi, le temps d'une apparition sur scène, vers un ailleurs où le corps peut tout ce qu'il veut, où, pour lui, les lois de la physique n'ont plus cours.

Plutôt que de raconter chaque ballet que j'ai dansé, je préfère donner en annexe[1] la liste des créations auxquelles j'ai participé pendant vingt ans, de 1976 à 1996. Bien sûr, ce n'est pas une recension exhaustive, elle se limite même strictement aux ballets qui furent créés pour moi. Mais, déjà, l'incorrigible fainéant que je suis en a le vertige ! Cette liste, établie par Axel Schmitt, mon agent et impresario depuis de nombreuses années, représente en somme mon *curriculum vitae.* Je remercie du fond du cœur Axel de l'avoir dressée. C'est grâce à lui que le

1. Voir p. 369.

lecteur pourra parcourir en fin de volume le bilan de tant d'années de travail.

De son métier, Axel Schmitt est agent, impresario d'artiste, et le mien depuis nombre d'années. Sa fidélité, son attachement font qu'il est pour moi un soutien et un ami très cher. Il faut préciser que c'est grâce à lui que j'ai réussi à concrétiser plusieurs rêves, dont l'un était d'aller danser à la cérémonie de remise des Oscars, à Hollywood – je reviendrai sur cet épisode. C'est aussi grâce à Axel que j'ai pu récemment mener à bien l'opération « Patrick Dupond danse à Bercy avec le Cadre noir de Saumur » devant trente-cinq mille spectateurs, ce qui n'est pas rien dans la carrière d'un danseur de l'Opéra !

Axel a aussi été le lien entre la société Céline, avec laquelle j'ai signé un joli contrat de fidélité et de représentation, et surtout avec Monsieur Patrick Alès, de la société Caron. En somme, Axel remplit auprès de moi le rôle qu'ont tenu certains grands impresarii comme Hurok, mais qui, malheureusement, n'existent aujourd'hui pratiquement plus en France : une espèce en voie de disparition... Rien ne se fait sans que l'on en ait discuté ensemble et qu'il m'éclaire sur les décisions à prendre. À tous ces titres, c'est un collaborateur éminemment précieux.

Avant de poursuivre le récit de ma carrière internationale, il me faut dire un mot sur ma vocation et ma position d'« acteur ».

J'ai déjà dit que je me qualifiais comme un « acteur qui danse », et c'est donc sans me poser de questions existentielles particulières que j'acceptai toutes les propositions de tournage qui me furent faites. À l'évidence, après ma victoire retentissante à Varna, j'eus une énorme étiquette clignotante collée au front, indiquant : « DANSEUR », et quand je tournai mon premier téléfilm sous la direction de Roger Hanin dans une série consacrée aux grands compositeurs, ce fut pour incarner Nijinski aux côtés d'un Gérard Darmon transfiguré en Stravinsky.

Puis vint un épisode américain où, pour cause de complète liberté, puisque j'étais viré de l'Opéra, j'acceptai d'interpréter à nouveau le grand Nijinski, mais cette fois dans le cadre d'une grosse production hollywoodienne où j'avais pour partenaires Bud Cort, l'acteur de *Harold et Maud*, et... Kyra, la propre fille de Nijinski ! Expérience passionnante : le réalisateur d'origine autrichienne, Robert Dornhelm, fut tout à fait séduit par ma capacité de comprendre en un rien de temps ses intentions et surtout de les reproduire, sans jamais en dévier, pendant des journées entières de tournage. Il devint vite évident que la danse m'avait en quelque sorte « préparé » au cinéma, puisqu'un tournage de film est en fait une chorégraphie bien réglée où les acteurs doivent fournir une prestation quasi millimétrée.

Enfin, la grande aventure arriva de France, *via* Gilles Behat et Didier Decoin qui me proposèrent le rôle de Chico dans *Dancing Machine.* Après lecture du scénario, j'acceptai immédiatement ce rôle qui était quasiment un contre-emploi, puisque, au début, je ne devais presque pas danser ; j'étais surtout une sorte de loubard, de dealer de drogue dévoué corps et âme à son maître, en l'occurrence Alain Delon.

La rencontre avec Alain fut extraordinaire. Dès le premier jour, il me prit à part dans sa loge et me dit :

« Monsieur Dupond, je vais être franc avec vous : je sais que c'est votre premier long métrage avec beaucoup de texte, et je sais que vous allez avoir besoin d'aide, tout comme moi lorsque j'ai débuté dans le cinéma. Aussi vais-je faire avec vous ce que le grand Jean Gabin a fait avec moi : je vais vous épauler, vous protéger, et aussi vous corriger. Acceptez-vous ? »

Tu parles, si j'acceptais ! Delon me proposait d'être mon « coach », mon parrain... J'aurais été inconscient de refuser ! D'ailleurs, on ne dit jamais non à Delon et, en règle générale, on se doit d'accepter toutes les suggestions lorsqu'on est le modeste débutant que j'étais et suis encore dans un domaine qu'on ne maîtrise pas. Ce qu'Alain ignorait, c'est qu'un ou deux mois auparavant, j'avais contacté Raymond Acquaviva, de la Comédie-Française, et lui avais demandé s'il voudrait bien me faire répéter mon rôle à raison d'une heure par jour, tout comme nous faisions pour les ballets, ce qu'il avait tout de suite accepté avec gentillesse. C'est donc fin prêt, sachant mon texte sur le bout des doigts, que je débarquai aux studios de Boulogne – qui, depuis lors, ont brûlé – pour le premier jour de tournage.

Bien sûr, comme dit la chanson de Brel, « il y eut des orages », surtout entre Gilles, le réalisateur, et Alain, interprète principal mais aussi producteur du film, double casquette bien lourde à porter... Mais je garde de ce long tournage de cinq mois de précieux souvenirs ; surtout, grâce à Gilles et à « Monsieur Delon », j'ai appris, beaucoup appris sur le métier d'acteur. Comme j'étais bien réglé, et tout ouïe, je buvais littéralement les recommandations de l'un et de l'autre. On avait fini par me surnommer « Monsieur une-prise » : chance ou hasard, j'étais toujours « dans mes marques ». Il n'y eut presque jamais de ces poussières dans le

« diaph » qui obligent à retourner intégralement une scène...

Ce fut initiatique et merveilleux. Les mots me manquent pour décrire la patience, la gentillesse et la disponibilité dont Alain Delon fit preuve à mon égard. Alors qu'il avait une foule de problèmes techniques à résoudre, son rôle à travailler, un petit bébé à venir – Julie, sa compagne, était venue lui annoncer sur le tournage l'heureux événement –, il trouvait toujours un quart d'heure pour me préparer, me faire répéter un peu, me réconforter et me stimuler. Il avait le don de faire disparaître toutes mes inhibitions, car, bien sûr, jouer au cinéma requiert une technique particulière : parler à une caméra n'a rien à voir avec l'interprétation d'un personnage sur scène devant deux mille personnes. Cette technique, Alain Delon me l'a transmise, naturellement, gentiment, sans forfanterie ni mégalomanie, en me traitant en confrère. De même pour Claude Brasseur qui, dès le premier jour, me glissa des petits mots à l'oreille, et m'apprit notamment à me « relâcher » entre les prises, car j'étais évidemment une pile électrique – au bout d'une semaine de tournage, j'étais déjà bon pour la maison de repos ! C'est donc lui qui me montra comment faire le vide en soi, comment s'abstraire du brouhaha des techniciens changeant les lumières, etc., afin de garder intacte toute son énergie pour les « prises » proprement dites. Bref, je baignais dans une atmosphère très « pro », rassurante, et quand j'ai revu récemment *Dancing Machine*, pour une fois, je me suis trouvé « pas mal ».

À propos de cinéma, voici une anecdote à laquelle j'ai déjà fait allusion et que je ne puis passer sous silence. Il y a trois ou quatre ans de cela, je lance dans une conversation avec Axel Schmitt :

« Tiens, j'aimerais bien, rien qu'une fois, danser pour les Oscars, à Hollywood, histoire de me "payer" le milliard de téléspectateurs, et surtout de rencontrer la crème de la crème du cinéma américain ! »

Un mois plus tard, coup de téléphone :

« Allô, ici Axel, c'est très important !

– Je t'écoute.

– Devine où tu vas danser avec Pietra, dans deux mois.

– Je ne sais pas : Moscou, New York, Londres, l'Élysée... ? C'est qu'il y en a, des théâtres, tu sais !

– Il y en a, mais pas avec un milliard de spectateurs dans la salle ! Vous allez danser aux Oscars, à Hollywood, et c'est Whoopi Goldberg qui présentera la cérémonie ! »

J'en suis resté baba, sans voix. En moins de trois semaines, Axel avait « manigancé » notre invitation, et Pietra et moi étions officiellement engagés par l'« Académie » pour nous produire lors de la remise des fameux prix. Pour une nouvelle, c'en était une ! Ce fut un vrai séjour de rêve, avec limousine blanche à huit roues, répétitions avec Tom Hanks, Whoopi, Billie Cristal, etc. Rencontre inopportune aux toilettes hommes avec Harrison Ford, bousculade dans les couloirs avec une belle blonde : Sharon Stone (« Oh pardon, Mademoiselle... – Mais non, ce n'est rien. Vous allez danser ; moi, je ne ferai que parler ! »), longues conversations avec Goldie Hawn sur le corps du danseur, etc. Jusqu'à Patrick Swayze dont on m'apprend que, quelques années auparavant, il était danseur à l'American Ballet et m'avait « adoré » dans *La Bayadère*... Un jour vous êtes idolâtré et, le lendemain, ceux-là mêmes qui vous admiraient sont devenus vos propres idoles : de cela aussi est faite la magie du spectacle...

De retour en France, je tourne pour la troisième chaîne de télévision un film intitulé *Danse avec la vie*, et me voilà nominé comme meilleur acteur pour les « Sept d'or ». Là, c'était trop : je fis savoir que je n'irais pas, car on ne consacre pas de la sorte un débutant. Pour le cinéma, je n'étais qu'un apprenti qui promettait, certes, mais qui avait encore beaucoup à apprendre. Surtout, ne pas s'emballer !

Je reçus bien d'autres propositions mais, devenu directeur de la Danse à l'Opéra à raison de quatorze heures de présence par jour, je devais désormais toutes les décliner. Dans le très beau portrait qu'Axel et Olivier Picasso m'ont consacré et qui a requis une année entière de tournage et de montage, Alain Delon l'explique fort bien, disant : « Patrick, lui, a plusieurs casquettes à porter. Il est danseur, directeur et acteur. Cela fait beaucoup pour un si jeune homme, aussi doué soit-il... »

Mais, à présent que je suis redevenu libre, je tourne un nouveau téléfilm intitulé *La Part de l'Ange*, d'Alexis Tikovoï, et me tiens disponible pour toute autre aventure cinématographique, car il va de soi que la carrière d'acteur qui m'attend est la suite logique de l'itinéraire que j'ai parcouru dans la danse. J'ai pris récemment pour habitude de dire qu'en matière de ballets, je me range dans la catégorie « Jurassic Park », mais, pour le cinéma, plutôt dans celle du « baby-boom » !

Voilà où j'en suis : je débute à nouveau et j'adore ça.

27

Le rebelle

Depuis ma petite enfance, j'ai cherché à cultiver ma « différence ». J'ai toujours eu le désir de m'élever. Pas forcément au-dessus des autres, plutôt au-dessus de moi-même afin de battre en brèche la fatalité, les événements, des règles que je n'ai jamais prises pour argent comptant. Il n'y a pas de pente inéluctable pour ceux qui veulent et essaient de s'en sortir, éperdument.

À l'âge de huit ans, j'ai décidé, sans prendre l'avis de personne, de m'engager dans une voie différente de celle des autres enfants. Je ne le regrette pas.

Le problème, c'est qu'en France, en règle générale, la différence, surtout quand elle est couronnée de succès, est plutôt mal vue. Elle dérange. Je me souviendrai longtemps, à mon retour de Varna, encore tout auréolé de mes titres de gloire, du chèque ridicule de quatre cents et quelques francs émanant de je ne sais quel ministère – la Culture, je crois – et de la lettre qui l'accompagnait, me « remerciant » de ma contribution au rayonnement national... Pathétique !

Je me rappelle aussi comment la direction de l'Opéra de l'époque insista bien sur le fait que ma gloire toute récente ne changerait rien à ma position hiérarchique au sein de la « grande boutique ». Jamais je n'avais envisagé de bénéficier d'une quelconque faveur, mais j'avoue qu'un « Merci, Monsieur » ou un « Bravo pour votre courage et votre ténacité », émanant de cette institution que je respecte et dont je revendique l'héritage, auraient eu à mes yeux le même prix que tous les titres et tous les honneurs.

C'est un autre des paradoxes du danseur étoile de l'Opéra. Depuis sa plus tendre enfance, il se bat pour affirmer sa singularité et son talent. Quand, finalement, il accède au sommet, après les concours, les embûches, les accidents, les brimades, la douleur, la jalousie, les rejets, on lui demande de se tenir tranquille et de ne surtout pas la ramener ! Surtout ne pas penser, ne pas juger par soi-même : simplement être planté là, au centre de la scène... Voilà qui est pour le moins contradictoire et stupide.

Cet état d'esprit n'aide pas la danse à devenir, comme ailleurs, un pôle médiatique fort. Les danseurs existent, ils sont très doués ; pourtant, ils n'apparaissent qu'en de trop rares occasions dans la presse. En France, la danse n'intéresse pas beaucoup les médias. Alors même que la culture française imprègne et irrigue partout ailleurs le monde de la danse – en quelque pays qu'on se trouve, bien des termes techniques n'existent qu'en français –, ce même art, chez nous, est étonnamment absent de la vie publique. À l'opposé du sport, dont les protagonistes sont de véritables stars auxquelles les journaux consacrent des pages entières et qui font la une des magazines. C'est comme ça : la danse passe après tout le reste, et l'on ne peut que s'en désoler.

J'ai donc obéi à la hiérarchie, j'ai gravi les échelons un à un. Mais je suis toujours resté attentif à ce qui se passait au-dehors.

Lorsque je regagne l'Opéra en 1976, j'ai dans la poche un contrat qui me lie au grand impresario Hurok – il s'occupe, entre autres, de Rudolf Noureev et de Maria Callas, excusez du peu ! Grâce à ce contrat, je participe à toute une série de spectacles où sont aussi présents Barychnikov, Makarova, Bujones, etc. La crème des crèmes de la danse mondiale : désormais, j'en fais partie !

Très tôt, j'ai ainsi joué dans la cour des « grands ». Noëlla Pontois, ma talentueuse partenaire, et moi faisions partie des Étoiles internationales de la Danse. Le plus drôle, c'était que, grâce à ce contrat, je gagnais en une seule représentation autant que ce que me rapportaient trois mois de salaire à l'Opéra. Tout était disproportionné : l'argent comme le prestige et la publicité dont me firent bénéficier ces succès. À ce tournant de ma vie, je compris qu'un fossé était en train de se creuser entre la direction de l'Opéra et moi-même. Pourtant, j'ai tenu bon. On voulait me la jouer dure ? Très bien, je la jouerais dure... On m'avait dit : « Pas de passe-droit » ? J'ai répondu : « OK, pas de passe-droit ! »

Heureusement, quelques chorégraphes « insolents » comme Roland Petit, Iouri Grigorovitch, Alvin Ailey, John Neumeier ou Maurice Béjart ont daigné ne pas regarder ma date de naissance ni mon statut exact à l'Opéra. Ils sont passés outre et, misant sur mon ardeur, mon jeune sang bouillonnant, m'ont donné toutes mes chances.

Bizarrement, le succès marginalise plutôt qu'il ne rapproche des autres. Subitement, vous vous retrouvez seul, éloigné des amis qui vous trouvent un peu – et de plus en plus – « différent ». Si j'ai parfois pu avoir la « grosse tête », cela n'a jamais duré bien longtemps. Je suis resté profondément le même. J'ai longtemps souffert de cet isolement intellectuel et physique qu'engendre immanquablement une carrière à succès. Souvent, j'ai dû me réfugier dans ma maison de campagne en Basse-Normandie, ou retrouver ma Bretagne natale pour refaire corps avec moi-même, me rassembler et me ressourcer.

Un ami me faisait récemment remarquer que l'Opéra n'avait pas réellement entravé ma carrière. Il n'avait pas tout à fait tort. L'Opéra n'a certes pas cessé de me mettre des bâtons dans les roues, de semer des obstacles sur ma route. En même temps, indirectement et au moins à mes débuts, l'Opéra a aidé à mon ascension. Ce n'était pas si simple de s'opposer à mon passage d'une classe à l'autre, et le public n'aurait d'ailleurs ni compris ni accepté ; il n'est jamais judicieux de vouloir s'opposer à ses décrets. D'autre part, les directions changent souvent. Et il s'est trouvé des dirigeants très contents d'avoir un Dupond à la maison. On peut répartir les responsables de théâtres en deux catégories : l'une considère que les artistes sont des potiches ou des bécasses dépourvues de tout sens des réalités comme des responsabilités ; l'autre estime au contraire que ce sont des personnalités sensibles qui ont davantage de plomb dans la tête, davantage d'instinct et de goût que le commun des mortels, *a fortiori* que maints grands diplômés... Ceux-ci furent mes alliés.

Enfin, les journalistes spécialisés n'ont jamais été très tendres avec moi. Longtemps, on m'a reproché mon côté « star » (à l'inverse de ce qui se passe au Japon où cette inclination est approuvée et donc exacerbée !). Il faut bien avouer qu'un certain type de critiques ne se rend pas au spectacle pour le plaisir du spectacle – et il en va ainsi de la danse comme de l'art lyrique – mais pour le plaisir de pouvoir critiquer. Là réside souvent leur seule jouissance... Juger ! Alors que les artistes ont besoin d'être soutenus et aimés pour donner le meilleur d'eux-mêmes, ces critiques-là les mutilent, leur rognent les ailes. C'est là un phénomène très français, je dirais même très parisien. La province ne réagit pas de la même manière. Le public y est beaucoup plus enthousiaste. Aller au spectacle y reste une fête, quelque chose d'exceptionnel. À Paris, il y a comme une certaine forme de consommation culturelle qui gâche le plaisir, le banalise. Les notions de bonheur et de plaisir n'y ont presque plus cours.

Sans compter que, pour une certaine frange du public, et bien sûr pour une fraction de la critique, le succès populaire est toujours suspect. D'une manière générale – cela vaut pour les dirigeants de théâtres qui m'en firent voir de toutes les couleurs comme pour les critiques qui ne cessèrent de m'éreinter –, le talent gêne, il dérange, fait peur. Car il ne fait pas que donner des ailes à celui qui le possède : il le met hors d'atteinte des « rampants », des rase-mottes de la culture.

28

Premier danseur aux Champs-Élysées

Le 30 décembre 1978 au matin, effervescence dans les coulisses du théâtre des Champs-Élysées : c'est le concours annuel de l'Opéra qui décide des passages dans les catégories supérieures. Pour l'heure, je suis sujet, en passe de devenir premier danseur et de pouvoir, à ce titre, interpréter des rôles de soliste.

Le tirage au sort de l'ordre de passage des concurrents m'octroie la dernière position. Ce qui me donne tout loisir de juger mes « adversaires ». Comme il n'y a qu'un poste de premier danseur à pourvoir, il y a de la fébrilité dans l'air. D'ailleurs, certains de mes adversaires n'ont pas hésité à aller voir Max Bozzoni et à lui demander d'intervenir, d'une manière ou d'une autre, pour que je sois dès à présent nommé étoile et ne brigue pas ainsi cette place de premier danseur. La seule chance pour eux d'y accéder est de m'éliminer de la compétition...

Lorsque j'achève ma prestation, un murmure d'admiration parcourt la salle. Dans les journaux du lendemain, on lit : « Patrick Dupond impose une élévation, une giration et un rayonnement que nombre d'étoiles seraient en droit de lui envier. » Bien sûr, certains puristes continuent à faire la fine bouche, à me refuser ou me mesurer chichement leur admiration, clamant haut et fort que ma technique n'est pas au point, et que c'est bien normal, puisqu'on sait que je ne fréquente pas assidûment mes cours, que je « vais au jazz » et qu'on m'a vu au Casino de Paris, « ce qui veut tout dire » ! Je me moque des ragots, je sais que je suis le meilleur et que, quoi qu'on dise, j'ai préparé avec application ce concours.

Le soir même, je dois danser le rôle du bouffon du *Lac des cygnes* aux côtés de Natalia Makarova et de Rudolf Noureev... Les résultats du concours du matin ne seront donc communiqués qu'à l'issue de la représentation : cette décision de la direction doit assurer, dit-on, un bon déroulement du spectacle... On imagine aisément l'état de nerfs des concurrents qui savent que leur carrière dépend d'une mention sur un papier à en-tête de l'Opéra de Paris et qui, jusqu'au soir, doivent faire comme si de rien n'était !

Devenir premier danseur à l'Opéra, c'est-à-dire « soliste », est un événement très important dans la vie d'un « fonctionnaire » de l'institution. D'abord, le titre confère la faculté de remplacer à n'importe quel moment une étoile : fantastique aiguillon pour les jeunes aspirants que nous sommes ! Ensuite, il vous interdit formellement de danser dans des groupes de plus de trois personnes : officiellement, vous ne faites donc plus partie du « troupeau », vous êtes d'office en première ligne, juste derrière l'étoile dont vous convoitez la place. Ce serait un peu comme si, d'agent technique ou cadre subalterne, vous deveniez cadre supérieur : élévation hiérarchique évidente. Mais le plus intéressant, c'est que le premier danseur fraîchement nommé ne devient pas seulement la proie de ses consœurs premières danseuses, en quête d'un alter ego à leur hauteur, mais aussi celle d'étoiles femmes qui voient en lui un futur partenaire éventuel dans la mesure où, souvent, un vent de jeunesse et de fraîcheur est le bienvenu dans la carrière déjà entamée d'une étoile confirmée. C'est aussi l'occasion, pour les étoiles hommes ou femmes, de commencer à transmettre leur savoir, leur expérience, tout en récoltant le fruit d'enseignements reçus « sur le tas » par de plus jeunes au cours de galas et spectacles extérieurs où l'on peut prendre certains risques avant de se jeter dans la gueule du loup qu'est la « grande boutique » Garnier.

C'est ainsi que Noëlla Pontois, très tôt « sélectionnée » par Rudolf en personne, me demanda si j'accepterais de danser avec elle pour une série de galas d'été en Italie, au sein d'un petit groupe qui comprenait, outre Noëlla et moi, Charles Jude, Jean-Yves Lormeau et Jean-Marie Didière (mon Jean-Marie...). Vous imaginez l'aubaine : j'allais tenir entre mes mains la princesse aux yeux d'émail, la merveilleuse Noëlla, fine comme une plume et solide comme l'acier, bref, une étoile de première grandeur. J'acquiesçai d'emblée.

Avant de danser avec Noëlla, j'avais déjà fait mes premières armes comme partenaire avec notamment Jennifer Goubé, ainsi qu'avec Laurence Debia, élève de Gérard Mulis (« le Cerbère » !) et jolie danseuse très solide sur ses pointes. Je connaissais donc les rudiments du « pas de deux », d'autant plus que Max avait sans doute été le meilleur partenaire de sa génération et m'avait très vite « collé » une fille entre les mains – ce qui n'est pas chose aisée lorsqu'on a quatorze ou quinze ans et qu'insuffisante musculature et inculture vont chez vous de pair ! Nous avions par ailleurs un cours d'« addage »

– c'est-à-dire un cours de pas de deux, filles et garçons mélangés – une fois par semaine, à l'Opéra, avec Attilio Labis, lui aussi danseur étoile, fort bon partenaire au demeurant. Car cela va sans dire : on n'est pas un très grand danseur si l'on n'est pas aussi un merveilleux partenaire ; l'un ne va pas sans l'autre. Un pas de deux interprété par une étoile superbe et un garçon potiche qui la déséquilibre ou la fait carrément tomber, c'est le ratage total : en coulisses, la belle étoile se transformera vite en furie que rien ne pourra calmer ! On a donc tout intérêt, quand on est garçon, à savoir mettre en valeur la frêle beauté que l'on tient du bout des doigts en face de soi...

L'art du pas de deux est tout de finesse et de doigté. La danseuse étoile est une « lady » qu'il convient de manipuler avec une force et une maîtrise hors du commun. En effet, il ne s'agit pas d'envoyer valdinguer la princesse aux quatre coins de la scène ; il faut que les deux protagonistes soient « réglés » comme une horloge de haute précision pour pouvoir donner une impression de légèreté et de facilité désarmantes. Ainsi, après des soirées particulièrement réussies, il est arrivé à certaines de mes amies assises dans le public de se lamenter que mes partenaires étaient trop belles, trop légères, qu'il était injuste, voire déprimant pour elles de voir de si jolies filles virevolter entre mes mains comme si de rien n'était. Or, c'est justement là que réside le secret d'un pas de deux réussi : l'homme est totalement au « service » de sa compagne, et c'est ainsi par exemple que, certains soirs de *Roméo et Juliette*, Monique Loudières et moi ne formions plus qu'un seul être à deux corps, habité par une sensation tout aussi fulgurante que celle qu'inspire un « solo » réussi – une forme d'apothéose à deux, comme l'amour. En fait, c'est bel et bien de l'amour !

Les premiers spectacles donnés en Italie avec Noëlla furent pour le moins explosifs, car nous étions, au début de notre collaboration, aussi différents et même opposés dans notre manière de danser que peuvent l'être le sucre et le sel. Autant Noëlla était réfléchie, calme et posée, autant j'étais fougueux, incontrôlable – un cheval fou ! Il nous fallut donc nous accorder, comme on le dit de deux instruments de musique, car, à cause de ma fougue, je risquais à tout moment de la faire tomber ou, pire, de lui dévisser le cou dans les fameuses pirouettes. Finalement, à force de patience et de mémorables coups de gueule, Noëlla finit par me tempérer, et je garde souvenir de certains *Don Quichotte* ou *Corsaire* où nous formions un couple unique, déclenchant des vivats proches de l'hystérie collective, que ce soit à Trieste, Rome, Bari ou Taormina ; ou encore de ce fameux spectacle qui marqua, je crois, l'apogée de nos deux techniques, un soir au théâtre des Champs-Élysées où, nous galvanisant l'un l'autre, nous eûmes l'impression d'atteindre au sublime.

Malgré ces réussites, il y eut encore quelques anicroches, notamment à l'Opéra lorsque nous dansâmes la fameuse *Bayadère* de Rudolf : dans un élan mal maîtrisé, le premier danseur que j'étais faillit étrangler la belle Noëlla avec la longue écharpe en soie qui nous reliait l'un à l'autre !... Disons-le franchement : si je ne fus pas nommé étoile ce soir-là, ce fut partiellement à cause de cet incident qui suscita un long frémissement dans le public, et Noëlla me fit carrément la gueule pendant plusieurs jours. Après tout, j'avais failli la tuer, tout en la ridiculisant dans un ballet « noble » ! Il me fallait encore apprendre à me pondérer.

Puis, de gala en gala, de capitales en villes de province, je finis par maîtriser tout à fait ce fameux « art » du pas de deux, et je devins un partenaire attentif, contrôlé et – ce qui est primordial – aimant. J'eus ensuite d'autres, beaucoup d'autres danseuses dans les bras, des grosses, des maigres, des teigneuses, des gentilles, des traqueuses à qui je servais aussi de calmant (car moi, le trac, connais pas !).

C'est ainsi que je formai avec Monique Loudières un couple presque idéal, car elle était comme mon double. Puis il y eut Sylvie Guillem, un soir au Metropolitan où nous décidâmes d'un commun accord d'irradier et d'« atomiser » le théâtre, et ce fut une vraie déflagration ! Puis Isabelle Guérin, et Marie-Claude Pietragalla avec qui je refis le chemin parcouru avec Noëlla, ce qui donna quelques spectacles d'anthologie. C'est ainsi qu'une fois nommé étoile, j'étais fin prêt, tant dans ma technique personnelle que dans ma pratique des « demoiselles ». Grâce à Noëlla, qui fut ma « tutrice », et même s'il m'arrive encore parfois d'avoir sur scène des « élans » de folie – on ne change pas si facilement un homme, surtout un astéroïde comme moi ! –, j'étais devenu un danseur accompli, complet.

29

« Étoile je fus, étoile je suis, étoile je resterai »

Le titre d'étoile est inaliénable. Le jour où un directeur de théâtre décide de le remettre à quelqu'un, c'est pour la vie. Personne n'a plus le droit de le lui retirer.

Paradoxalement, j'ai été nommé étoile de l'Opéra parce que j'en avais été exclu quelques mois auparavant !... L'histoire, plutôt pittoresque, mérite d'être racontée.

À l'Opéra, on me demande de danser le rôle de Solore dans *La Bayadère* de Noureev, lequel vient d'en remonter le troisième acte au Palais-Garnier. J'entre donc dans une période de répétitions très intensives. Au même moment, Barychnikov s'éclate le genou gauche, à Rome, en répétant *La Dame de Pique*, de Roland Petit, ballet qui avait récolté de très mauvaises critiques à Paris. À ce moment-là, il semble qu'il n'y ait qu'un danseur au monde capable de remplacer Barychnikov dans un ballet aussi difficile, c'est Patrick Dupond. Donc Roland Petit m'appelle et me demande de venir assurer ce remplacement. Je m'organise avec Noëlla Pontois pour ce qui est des dates de répétitions, et avec Hugues Gall et Rolf Liberman sur le plan administratif. Finalement, ils me laissent partir, je remplace Barychnikov dans *La Dame de Pique* à l'Opéra de Rome, et, le lendemain, ma chambre est transformée en chapelle ardente par des centaines de bouquets de fleurs. À l'époque, mes partenaires sont Jacqueline Rayet et une ex-danseuse de l'Opéra, la femme de Marc Dubouais, qui s'appelle Evelyne de Suterre. Le ballet ayant remporté énormément de succès, c'est tout auréolé de la gloire de cette *Dame de Pique* que je reviens à Paris continuer les répétitions de *La Bayadère* de Rudolf. Évidemment, à cause de ce succès romain, on me tire plutôt la gueule. Résultat des courses : *La Bayadère* remporte à Paris un succès franchement honnête compte tenu du public, mais, les circonstances étant ce qu'elles sont, messieurs Liberman et Gall décident de ne pas me nommer danseur étoile. Comme quoi, si tous les chemins mènent à Rome, le chemin de retour

Rome-Paris ne conduit pas forcément au succès !

Rolf Liberman a cependant organisé une tournée du Ballet de l'Opéra de Paris en Amérique. Rudolf Noureev étant la seule étoile prévue et devant faire toutes les premières, les autres danseurs se mettent en grève, demandent au corps de ballet d'en faire autant, et la tournée est annulée.

Sur ces entrefaites, Barychnikov, nommé directeur de l'American Ballet Theater, et Makarova me demandent de venir danser *La Bayadère* en étoile à New York. Ils invitent par la même occasion Ghislaine Thesmar à venir danser la *Symphonie* au New York City Ballet de Balanchine... Avec Ghislaine Thesmar, nous sollicitons donc de Rolf Liberman la permission exceptionnelle d'aller danser à New York. Liberman nous répond : « Vous me prenez vraiment pour un imbécile ? Je viens d'annuler une tournée entière à New York du fait de la grève, ce n'est certainement pas pour envoyer deux danseurs français y faire la publicité de l'Opéra de Paris ! » Ce à quoi nous rétorquons l'un et l'autre : « Qu'à cela ne tienne : nous allons danser à New York quand même ! »

Ghislaine Thesmar est déjà danseuse étoile ; moi, je ne suis que premier danseur, j'ai dix-neuf ans. Rolf Liberman me convoque et me dit : « Mon cher Patrick, je ne peux pas vous empêcher d'aller danser à New York, ce serait ridicule de ma part ; mais, d'un autre côté, je ne peux pas non plus vous laisser y aller, car ce serait passer aux yeux du monde entier pour un imbécile. Par conséquent, vous prenez vos responsabilités. Sachez simplement que si vous allez danser à New York, vous serez licencié jusqu'à la fin de mon mandat. » Nous sommes au mois d'avril ; son mandat expire en juillet. Cela ferait quatre mois de licenciement.

Je pars bien évidemment danser à New York, et le jour de mon arrivée à l'hôtel Méridien, posé sur mon lit, m'attend un télégramme de Rolf Liberman me confirmant mon licenciement jusqu'au terme de son mandat...

À quelque chose malheur est bon : je décidai d'emblée de privilégier ma carrière internationale. Ayant fait un triomphe à New York avec *La Bayadère*, je m'apprêtais à aller tourner un film à Hollywood en juillet, et on me proposait un contrat d'étoile à l'American Ballet Theater... C'est alors que je reçus un télégramme de Bernard Lefort, le nouveau directeur de l'Opéra de Paris. À peine en place, il s'inquiétait de ma situation, me laissant entendre que la première chose qu'il ferait, une fois en place, serait de me nommer étoile, lors d'un programme conçu exceptionnellement pour moi. Il m'enjoignait donc de ne pas signer avec les Américains et de revenir au plus vite.

Ce titre d'étoile couronne des années de travail, mais peut aussi échoir à un très jeune danseur, comme une heureuse surprise. Extrêmement convoitée, rêvée et but de n'importe quel petit rat, cette distinction est très rare. Sur les cent cinquante danseurs qui composent actuellement le corps de ballet de l'Opéra, il n'y a que douze danseurs étoiles, six filles et six garçons. La nomination se fait par le directeur de l'Opéra sur proposition du directeur de la Danse. Généralement, la nomination s'opère la première fois que le danseur danse le rôle pour lequel il est nommé étoile. Ce n'est qu'à la fin de la représentation que l'annonce en est officiellement faite. Même si, les jours précédents, courent à ce sujet beaucoup de bruits, rien n'est jamais sûr. En outre, le contingent d'étoiles n'est pas immuable. On peut fort bien repousser une nomination pour des raisons aussi bien artistiques qu'administratives. C'est pourquoi une nomination serait-elle à peu près assurée, la superstition veut qu'on ne l'anticipe jamais. Et qu'on ne prépare ni fête ni cocktail : on n'est jamais trop prudent !

Anciennement, la nomination des étoiles se faisait presque en catimini, dans les coulisses. C'est Rudolf Noureev qui, avec son goût du spectacle, décida qu'elle aurait lieu rideau levé et face au public, à l'issue de la représentation. La première étoile que Noureev nomma ainsi fut Sylvie Guillem. J'ai perpétué et voulu rendre encore plus marquante cette nouvelle pratique, et, lorsque j'ai été nommé directeur de la Danse à la suite de Noureev, c'est dans le cadre prestigieux des arènes de Nîmes que j'ai nommé étoile Nicolas Le Riche, après avoir d'emblée procédé à la nomination de Pietragalla. Hélas, depuis mon départ, la nouvelle direction a décidé que les nominations se tiendraient à rideau fermé. Une promotion privée, en somme ! Va-t-on en revenir au temps où la nouvelle étoile découvrait son nom affiché sur le tableau de service ? Dommage pour le rayonnement de l'Opéra !

Quoi qu'il en soit, Bernard Lefort mit les bouchées doubles... Un fameux soir d'octobre 1980, je me retrouvai sur la scène de l'Opéra, dans le fameux défilé du corps de ballet auquel j'avais participé des années auparavant en tant que petit rat. Mais, cette fois, en première position. Je m'avançai seul. Je me souviens précisément des soixante pas qui, du fond du foyer, devaient me conduire jusqu'à l'avant-scène.

Chacun de ces pas était comme une victoire sur le passé, sur les douleurs, les efforts, les contraintes, les malveillances. Oui, ce soir-là, chaque pas m'apparut comme une victoire sur moi-même et sur les autres, tous ceux qui, un jour ou l'autre, avaient cherché à entraver mon ascension. Lorsque, arrivé au bord de l'avant-scène, j'ai ouvert les bras, c'est le public que j'ai accueilli, et c'est à cet instant que je suis né une seconde fois.

Émotionnellement, ce moment très fort m'a marqué à tout jamais. Un moment où l'on se sent accompagné par des milliers de gens, mais au centre desquels on se trouve irrémédiablement et définitivement seul. Le terme d'un long parcours initiatique.

Au cours de cette soirée, le programme voulait que je danse un ballet que John Neumeier avait créé pour moi, *Vaslaw*, à propos de la folie de Nijinski. Dans le même programme, je dansai aussi *Études*, créées en Angleterre par John Gilpin et dont j'avais interprété une variation à Varna. Enfin, je devais finir par un pas de deux du *Corsaire*. Ce programme n'était rien d'autre qu'une série de morceaux de bravoure. Bernard Lefort m'avait offert cette soirée avec la noblesse et la générosité qui le caractérisent. La nomination officielle fut faite devant un parterre d'invités officiels et privés. Ce soir-là, tout le monde de la danse était présent. Sans doute parce que je méritais ce titre tant convoité depuis longtemps déjà, mais aussi parce que Bernard Lefort et la nouvelle direction de l'Opéra avaient souhaité lancer, par ce geste, un message on ne peut plus clair à leurs prédécesseurs : « Vous avez été assez idiots pour le laisser moisir dans un placard, nous le plaçons dans la lumière qu'il mérite, où il brille désormais de tous ses feux. Dommage pour vous qui n'avez pas su déceler son talent ! »

Pour ma part, j'étais bien loin de ces enfantillages, loin de cette « politique » ! Seul m'importait d'occuper le centre de la scène. On me demandait de voler dans les airs ? Je planais. De dévoiler mon âme en incarnant Nijinski ? Je sombrais dans la folie. De briller ? J'étincelais. J'incarnais là tous mes rêves d'enfant, mes désirs d'adolescent, mes espoirs de jeune adulte. L'expression « avoir des ailes » me seyait à ravir. Dès que le rideau se levait, je ne touchais déjà plus terre, j'étais au-dessus, au-delà de tout ce qu'un être humain normalement constitué accomplit d'ordinaire.

Le lendemain, c'est un vrai public « payant » qui me réserva un triomphe. Durant cette soirée, les spectateurs passèrent plus de temps debout à applaudir qu'assis à regarder. J'étais beau, jeune, en pleine possession de mes moyens, et j'étais capable de tout danser : du sublime classique au moderne le plus échevelé, rien ne me faisait peur, j'« avalais » littéralement la scène, je ne vivais que pour ces minutes, j'aimais cela, j'en redemandais sans cesse !

Si je jouissais du bonheur d'être enfin parvenu tout en haut de l'échelle, je savais aussi garder la tête froide ; une lucidité nouvelle m'empêchait de verser dans les débordements affectifs, contrairement à ce qui s'était passé à mon retour de Varna. Plus j'avais de succès à l'Opéra, plus je me rendais compte qu'être étoile n'est jamais qu'un début. Loin d'être l'aboutissement d'une carrière, c'est en réalité un sommet sur l'autre versant duquel commence la vraie vie. Être étoile est un statut qui impose d'être en permanence sous le feu des projecteurs. Soudain, tous les choix que l'on fait – la façon de s'habiller, de se coiffer, de marcher, d'aimer – sont exposés, jugés, analysés, disséqués. L'étoile prend alors la mesure de sa nouvelle condition : elle doit briller sans répit et ne cesser de s'améliorer encore de jour en jour. L'étoile doit être parfaite à chaque instant. Telle est sa règle de vie.

« Être étoile », ce n'est pas « être », c'est « devenir ». Le destin d'une étoile est comparable à une longue trajectoire lumineuse dont tous les rôles interprétés constituent les étapes. Une fascinante leçon de vie, chaque jour recommencée, chaque jour agrémentée de rencontres, de nouveautés et d'imprévus.

Un jour sans apprendre est un jour perdu. C'est dans cette urgence que vivent les étoiles. Elles savent depuis le début de leur existence que, faute de pouvoir se renouveler sans cesse, elles risquent de s'éteindre. Ne plus progresser est pour elles une forme de mort. Car elles sentent dans leur corps se produire des changements imperceptibles. Elles savent que le temps y fait jour après jour ses ravages, et c'est pour les ralentir qu'elles doivent travailler sans relâche !

« Être étoile » est une obligation. C'est un état qui a son prix, qu'il faut quotidiennement payer de son corps, de son temps, de sa vie privée.

Étoile je fus, étoile je suis, étoile je resterai jusqu'à la fin de mes jours. Certaines étoiles réussissent mieux que d'autres, et toutes sont différentes. Quoi qu'il en soit, un danseur soliste se doit en général d'être bien dans sa peau. Il n'a pas le choix : si tel n'est pas le cas, le public le perçoit immédiatement. Un public réceptif devine parfaitement l'état dans lequel se trouve un danseur ; il sait, rien qu'à le regarder, de quoi il est fait ; il ressent à son tour ses vibrations. Sans doute était-ce la raison pour laquelle toute une salle, spontanément, s'était levée à Varna pour m'acclamer ; sans doute est-ce pour la même raison que vingt-cinq mille personnes rassemblées sur la place Saint-Marc, à Venise, nous firent un jour à Vassiliev, Maximova et moi une ovation qui, longtemps après, résonne encore dans mon cœur...

Un jour en effet, on me proposa de danser à Venise. On me dit ce serait place Saint-Marc, qu'il y aurait avec moi de très grands interprètes. Le maire de la Cité des Doges avait décidé de réunir les dix meilleurs danseurs du monde, hommes et femmes, et d'offrir ce spectacle extraordinaire aux habitants de la Sérénissime.

Un public de vingt-cinq mille personnes, voire plus, pour une soirée qui fut magique ! Vassiliev et Maximova dansèrent *Roméo et Juliette* dans la version de Maurice Béjart. Ce qu'il y eut de divin, c'est qu'à l'instant précis où Roméo et Juliette mouraient dans les bras l'un de l'autre, les douze coups de minuit se mirent à sonner sur la place. Cinq minutes plus tard, le « petit Dupond » bondit en scène comme un diable pour danser *Le Corsaire* avec Claude de Vulpian. Le magnétophone s'étant déréglé et tournant un peu trop vite, je ne me dégonflai pas pour autant : j'emboîtai le pas à la musique et dansai à une allure phénoménale ! Les spectateurs se mirent alors à taper dans leurs mains, et ce fut un triomphe inoubliable...

Une partie du public était assis : les VIP's ; l'autre partie était massée, debout, à l'arrière de la place Saint-Marc. Il y avait des gens entassés dans des embarcations jusque sur la lagune. La scène était plantée au centre de la place et il n'y avait pas de coulisses. J'ai eu alors le sentiment de danser non pas sur des « planches » mais à même le sol de cette planète, avec toute une délégation du genre humain qui participait autour de moi à la danse... Le rêve – si rarement réalisé – de tout danseur : danser seul pour tous !

30

Nancy, les années ébouriffantes

Utopiste invétéré, je rêve d'une France où les intelligences et les talents communiqueraient, s'entraideraient, s'entre-nourriraient dans le but de refaire de ce pays un pôle d'attraction culturel planétaire. Et je ne suis pas qu'un doux rêveur : je sais, pour l'avoir vécue au Ballet de Nancy grâce à Rudolf Noureev, Jack Lang et Pierre Bergé, auxquels je rends pour cela hommage, que ce type d'utopie est possible. Il suffit souvent que des hommes comme ceux-là aient le courage d'imposer, envers et contre tout, le pouvoir de l'art et le talent des artistes.

Époustouflantes, ébouriffantes, exténuantes, délirantes, excitantes, productives, infatigables, lumineuses, mes trois « années Nancy » furent, contre toute attente, formidablement importantes pour l'accomplissement de ma vie d'artiste responsable. Oui, utopiste mais *respon-*

sable, c'est bien le mot qui convient. Car c'est à Nancy que j'ai appris le sens des responsabilités.

D'abord vis-à-vis de mes danseurs que je dus faire vivre, artistiquement parlant. Puis vis-à-vis de mes autorités de tutelle – la Ville, la Région, le ministère de la Culture, entité tricéphale qui payait nos salaires et à qui, légitimement, il fallait rendre des comptes. J'ai aussi appris la responsabilité vis-à-vis d'un public qui, spontanément, m'avait accepté comme un des siens, un enfant du pays, et qui attendait donc de moi le meilleur – et davantage encore, si possible !

Durant ces années, je ne ménageai ni ma peine ni ma monture : tournées innombrables et incessantes autour du globe, centaines de danseurs auditionnés, milliers de coups de fil passés aux chorégraphes ou à leurs ayants droit, démarches auprès des entreprises lorraines, visites de chantiers, comptes et bilans d'exploitation de la compagnie, aller-retour à Paris, etc. Tout cela paraît extravagant, insurmontable, et pourtant je l'ai fait. Ce n'était pas un exploit, c'est le lot de tout dirigeant de compagnie, de quiconque conduit une troupe et interprète des rôles sur scène dans le but avoué de continuer coûte que coûte à progresser.

C'est bille en tête que j'avais débarqué à Nancy. J'avais eu envie de relancer cette machine, de mettre sur orbite un groupe de danseurs, une troupe, cet outil de travail de haute précision. Pour tous, ce fut un sacré choc ! D'abord pour mes proches, qui ne me virent plus qu'en coup de vent. Puis pour ceux qui pensaient que je me casserais les dents sur ce trop gros morceau. Ceux qui me prenaient pour un être superficiel, tête en l'air, durent déchanter lorsque je décidai avec l'administrateur, Monsieur Robin, de présenter notre compagnie à Paris, au Palais des Sports. *Pari* tenu, *Paris* gagné grâce à un solide programme, à des partenaires financiers à l'efficacité redoutable, à une phénoménale campagne de promotion et à une énergie à déplacer les montagnes. Trente-deux mille spectateurs : un chiffre que les banquiers adorèrent, tout comme notre conseil d'administration et le maire de la ville. Bien sûr, je jouais le rôle de locomotive, mais je le fis avec d'autant plus de plaisir et d'ardeur que j'étais récompensé par les acclamations et les *bis* d'un public parisien enthousiaste.

Durant cette période, j'ai aussi appris à trembler pour « mes » danseurs. J'ai connu l'excitation collective des levers de rideau, le moment fatidique du début de spectacle où je savais que j'allais être jugé non seulement sur ma propre prestation, mais aussi et surtout – c'était nouveau – sur mes choix.

C'est à Nancy, enfin, que j'ai connu le vrai trac, celui qui vous coupe les jambes, cette peur du vide, le vertige de la fortune face à l'acceptation ou au refus par le public de ce que j'étais, de tout ce à quoi je croyais.

À l'issue de nos représentations à Paris, je me souviens comme si c'était hier du coup de fil de Rudolf Noureev. Même s'il me reprochait certains de mes partis pris (la couleur de mes cheveux, la présence de certains interprètes !), il me demandait explicitement de l'engager, lui, le grand Noureev, comme artiste invité, et à se produire en tournée avec nous... Pour moi, la situation paraissait on ne peut plus surréaliste, ainsi qu'en témoigne notre dialogue :

« Alors... vous heureuse ?

– Oui, Rudy, c'est fantastique, ce succès à Paris !

– Compagnie riche, à présent. Beaucoup succès, beaucoup argent !

– Je n'ai pas encore vu les comptes, mais ça devrait aller.

– Bon : vous engagez moi quand ?

– Comment ça ?

– Vous me prendre pour voyage, quand ? Je parler français, nom d'une pipe !

– Mais quand vous voulez, Rudolf... Qu'est-ce que vous voulez danser ?

– *Chant du compagnon.* Moi, meilleur partenaire que votre... Moi, créateur du rôle !

– Mais ce serait génial ! Vous et moi dans le ballet de Béjart ? Je vais lui en parler. J'adore l'idée ! Mais que diriez-vous aussi d'une pièce nouvelle écrite pour nous deux ?

– Ah-ah, compétition, toujours ?

– Non, non : de l'art, Rudy. De l'Art !

– Envoyez dates, projets, propositions... Je suis d'accord, j'ai envie, je pense... »

Et voilà comment je me retrouvai tout naturellement employeur et partenaire de Rudolf Noureev... Quand je disais que nous nagions en plein rêve !

Quelques années plus tard, alors qu'il se savait déjà malade, Rudolf exigera fermement que je lui tienne lieu de partenaire à l'Opéra pour danser une dernière fois ce *Chant du compagnon errant*, de Maurice Béjart, émouvant pas de deux dans lequel un homme en fin de vie (lui) voit son destin (moi) venir le chercher pour l'ultime voyage...

31

Mes petites amoureuses

Autre difficulté liée à la célébrité : réussir sa vie privée et la faire respecter. Dans le domaine de la sexualité, je suis définitivement un enfant de ma génération, celle des années soixante. Par conséquent, seul pour moi compte le bonheur de la fusion avec autrui. Que cet autre soit femme, homme, blanc, noir, rouge ou bleu avec des points roses, peu m'importe ! L'épanouissement et l'équilibre qu'engendrent la jouissance et la relation amoureuses sont mes seules priorités. Je reste convaincu qu'il n'y a pas de grand artiste – l'Histoire le confirme – sans une vie amoureuse riche et forte.

Je n'entrerai pas dans les détails ni ne révélerai ici de noms. Je crois essentiel pour un artiste de protéger sa vie privée s'il tient à préserver son équilibre moral. Je ne m'étendrai donc pas sur ma vie sexuelle. Chez moi, on ne parlait pas de ça ; ce n'était pas nos oignons de savoir qui couchait avec qui. En revanche, je veux bien parler de ma vie sentimentale, car elle est une composante majeure de ce que je suis. Très tôt, j'ai commencé à tomber amoureux, et je n'ai plus cessé depuis lors. C'est devenu l'une des constantes de mon existence et il est certain que, sans l'amour, je ne serais plus de ce monde.

Je veux d'abord raconter comment, à sept ans, je tombai fou amoureux d'Eva. Elle était brune, sa peau était blanche, presque diaphane, et son visage mangé par d'immenses yeux noirs en amande, ourlés de cils interminables.

Grâce au Crédit foncier de France, nous partions en colonie de vacances dans un endroit de rêve, une très vieille bâtisse – un château, devrais-je dire – entourée d'un parc d'une vingtaine d'hectares avec des bosquets, des ruis eaux, une chapelle privée. C'était à Saint-Illide, près d'Aurillac, dans le Puy-de-Dôme.

Eva était une enfant très particulière, hors normes, presque hors du temps. C'est sans doute pour cette raison que nos regards se croisèrent : tous deux, nous étions « différents ». Elle souffrait d'une sérieuse affection qui provoquait chez elle des rhumatismes articulaires et déclenchait de douloureuses crises. Par conséquent, elle devait subir un traitement médical quotidien assez lourd.

Je ne saurais dire pourquoi, mais mon cœur s'enflamma pour cette jolie petite Eva. Était-ce sa pâleur, sa faiblesse, une gravité que confère la proximité de la mort ? J'aurais voulu la soutenir, l'aider, lui faire oublier ses souffrances. Je la couvrais d'attentions, de caresses furtives : j'étais conquis.

Elle était timide et sans doute flattée que le garçonnet que j'étais s'intéressât à elle. Elle devait avoir un ou deux ans de plus que moi. Notre communion était faite de longs silences, de promenades autour de la chapelle, au coucher du soleil, lorsque les ombres s'allongent et qu'un bras passé autour des épaules semble le plus rassurant des gestes d'amour.

Bien sûr, nous n'étions que des enfants. Les adultes sont souvent incapables d'estimer la profondeur d'un sentiment rapprochant deux enfants, deux âmes à peine écloses. Moi, je savais que j'aurais pu mourir pour Eva. Pour elle, j'étais prêt à tous les sacrifices.

Un jour, pourtant, j'en vins à commettre l'irréparable. Alors que nous étions assis à l'ombre de la chapelle, une irrépressible pulsion me poussa à l'embrasser. Sur les joues, elle se laissa faire sans rechigner. Puis, imperceptiblement, je rapprochai mes lèvres des siennes. Je la sentais frémir, tressaillir comme un petit animal peureux. Elle finit par s'abandonner à ma bouche hardie. C'était l'extase, nous étions en train de faire « comme les grands ». Cela aurait pu s'arrêter là. Mais je suis d'une nature gourmande, insatiable : du haut de mes sept ans, je voulais déjà tout, tout de suite ! J'étais si excité que je ne me rendais pas compte à quel point je lui faisais peur, la choquais. Au terme d'un mini-pugilat entrecoupé de fous rires, je reçus une magistrale paire de claques. Qui me fit l'effet d'une douche glacée. Tout à coup, je me retrouvais en face d'une Eva que je ne reconnaissais pas et qui ne me reconnaissait pas non plus.

Les passions enfantines se font et se défont tout aussi vite. La gifle signa entre nous la fin de quelque chose. Nous sûmes tous deux qu'il n'y aurait plus de promenades silencieuses, main dans la main. Le charme était rompu. Ce n'était pas un drame, mais c'était clair et net. La différence entre nos deux sexes venait de s'imposer de façon implacable à notre complicité enfantine.

Les vacances s'écoulèrent. Moi, avec les garçons, jouant à la balle au prisonnier. Eva, avec les filles, réalisant des ouvrages de pyrogravure ou des bouquets champêtres pour la salle à manger.

L'année suivante, je venais de commencer la danse. En juillet, à Saint-Illide, j'attendis secrètement Eva. Elle ne vint pas. J'en fus si triste que je ne laissai aucune fille s'approcher de moi au cours de ces longues semaines.

L'année d'après, j'avais neuf ans et déjà gagné mes premiers galons de danseur. Je partais en colonie pour la dernière fois de ma vie. Le jour du départ en gare de Lyon, juste devant mon wagon, j'aperçois Eva, sagement assise dans un compartiment, le regard perdu. Mon sang ne fait qu'un tour, et, échappant à la surveillance de ma mère, je monte dans le train et me rue à l'intérieur de son compartiment.

J'ai tellement de choses à lui raconter : la danse, ma nouvelle vie, combien j'ai changé, Max, le studio... Je suis sûr que le nouveau Patrick va lui plaire !

Lorsque je fais irruption dans le compartiment, un homme est assis en face d'elle et lui tient les mains, comme pour la rassurer. On lit sur le visage d'Eva une immense mélancolie. De toute évidence, ce départ ne l'enchante pas, il semble plutôt la désoler. Visiblement, l'homme est son père et essaie de lui faire entendre raison, de la calmer.

Moi, je suis heureux, en pleine forme, débordant d'énergie et, comme à mon habitude, j'arrive là comme un cheveu sur la soupe ! Apparemment, l'heure n'est pas aux réjouissances.

« Bonjour, Eva, tu me reconnais ?

– Non. D'ailleurs, je m'en fous. Allez-vous-en !

– Mais enfin, Eva, Saint-Illide, la chapelle, la claque... tu as déjà oublié ?

– Je ne sais pas de quoi vous voulez parler. Fichez-moi la paix ! Papa, tu peux lui dire de me laisser !

– Tu ne comprends donc pas le français ? Elle te dit de ne pas l'emmerder, fous le camp... énergumène !

– Mais, Eva, insistai-je, on se connaît...

– Oh oui, elle te connaît ! Si tu t'approches d'elle à moins d'un mètre, tu vas avoir affaire à moi ! Compris, salopiot ? »

« Énergumène », « salopiot »... J'en suis pour mes frais ! Moi, tout amour et gentillesse, je viens de me faire rabrouer par une pimbêche et son imbécile de père. Je descends du wagon et, prétextant je ne sais quel malaise dû à une odeur qui me donne envie de vomir, je demande à ma mère, ainsi qu'au moniteur chargé de nous accompagner, de me placer dans un autre wagon...

Avant de gagner l'arrière du train, je jette un dernier regard vers la fenêtre du compartiment que je viens de quitter. J'y vois une autre Eva que celle que je connaissais. Sa peau autrefois si blanche est devenue terne, sa figure est tout enflée – sans doute l'effet de la cortisone –, ses cheveux si brillants sont devenus gras, sans relief. Elle arbore une expression de tristesse, presque de méchanceté, un rictus qui la fait ressembler à une sorcière de Walt Disney. La Blanche-Neige qu'elle avait été s'est évanouie. C'est donc sans remords ni regrets que je tourne les talons.

Ma mère, qui s'est plus ou moins rendu compte de l'incident, me demande le nom de ma dulcinée. Quand je le lui dis, elle s'exclame : « Je connais son père ! C'est un cadre, un briseur de grève, un vrai con ! Ne t'approche pas d'elle, elle va te gâcher les vacances. C'est congénital, dans sa famille ! »

La page étant tournée, je passai un excellent mois de juillet sans l'ombre d'une Eva à l'horizon...

Il y eut un autre épisode où j'aimai d'un même amour un garçon... et un arbre ! Mon arbre près de Saint-Cado...

C'est en août, dans ma chère Bretagne, qu'un garçon tourneboula toute ma « conception » de l'amour. Oui, un garçon beau comme un dieu...

Comme tous les enfants solitaires, j'avais pris l'habitude de me réfugier dans des endroits où je me sentais tranquille. Des jardins secrets, au sens propre, que je m'étais appropriés et dont je connaissais le moindre recoin.

En Bretagne, derrière le jardin de ma grand-mère Suzanne, il y avait un minuscule lopin de terre avec une vieille pancarte rouillée sur laquelle on déchiffrait péniblement : « Site classé ». Un dolmen trônait au centre de ces quelques mètres carrés de verdure. À côté poussait un chêne râblé, de trois mètres au plus, condamné à conserver cette petite taille à cause du vent de nord-ouest qui souffle en permanence dans cette région. C'était « mon » arbre : un confident, un ami.

Je chérissais ce lieu plus que tout, il apaisait mes peines, me redonnait des forces. Bien que classé et répertorié, le dolmen était à l'abandon, car difficile d'accès et fort mal indiqué. J'étais sans doute l'unique être humain à venir fouler cet espace de temps à autre. Tel était donc le royaume exigu de mon enfance, le palais secret où je cachais mes trésors. « L'arbre où je frotte mon dos à l'écorce / pour retrouver des forces... », comme chanterait plus tard Barbara.

Quelle n'est pas ma stupeur, un beau jour, d'y trouver assis un grand gaillard d'à peu près dix-sept ans ! Je suis prêt à aboyer sus à l'intrus qui, par-dessus le marché, écrase négligemment sa cigarette dans la mousse qui tapisse le pied de mon arbre... Sacrilège ! Mais je n'ai que huit ans, et je reste sur mes gardes : l'inconnu mesure bien un mètre de plus que moi. Il va sans dire qu'en cas d'affrontement physique je ne ferais pas le poids.

À ma grande surprise, le garçon est en train de pleurer en silence. De grosses larmes roulent sur ses joues, inondent ses mains, humectent ses genoux. Le tableau me fend le cœur. Je partage déjà sa douleur et ma fureur s'évanouit.

Je ne le connais pas, j'ignore les raisons de son désarroi, mais j'éprouve un sentiment de compassion profonde envers lui. Je m'assieds doucement à son côté. Absorbé par ses pensées, il ne réagit pas. Ses yeux sont d'un vert profond. Je me lance :

« Tu es d'ici ?

– Non, je suis de Rennes.

– Ça ne va pas ? Tu es triste ? Il ne faut pas pleurer, c'est mauvais pour mon arbre ; il est très sensible, lui aussi...

– Je suis désolé, c'est plus fort que moi. »

Ses larmes redoublent.

« Il a dû t'arriver un grand malheur. Moi aussi, je suis désolé... »

À ce moment, je sens mes propres larmes monter.

« Ce n'est pas un malheur ! C'est pire : on m'a plaqué.

– Qui ça ?

– Mon ami. Il a trente-cinq ans, il est prof de gym...

– Pourquoi il t'a plaqué ?

– Parce qu'il en a trouvé un plus jeune, plus beau, c'est tout !

– Plus jeune, peut-être. Plus beau, c'est pas possible !

– T'est gentil... Merci. »

Le silence entre nous se fait douloureux. La nuit tombe. Je m'apprête à rentrer à la maison, conscient qu'il a besoin de rester seul. J'ajoute seulement :

« Tu peux rester ici, c'est chez moi. L'arbre te protégera, je te le promets. »

Ce soir-là, je me sens tenaillé par une douleur que je ne parviens pas à définir. Je touche à peine à mon dîner. Dans mon lit, enfin seul, j'éclate, sans trop savoir pourquoi, en sanglots longs et étouffés. Une seule chose est sûre : je veux revoir ce garçon, je veux prendre les coups à sa place, je suis prêt à me sacrifier pour lui.

Il faut me rendre à l'évidence : je suis pris par une fièvre qui ressemble à de l'amour...

Le lendemain, à peine le petit déjeuner avalé, je file voir mon arbre... Le garçon n'est plus là. Je m'assieds et j'attends patiemment, sûr de moi, répétant silencieusement tous les mots que j'ai prévu de dire. Quand il arrive enfin, vers les cinq heures, je perds tous mes moyens. Il s'installe à côté de moi, les yeux rougis. Visiblement, il vient tout juste de cesser de pleurer.

« Maintenant, c'est vraiment fini. Je suis tout seul.

– Tu n'es pas seul : je suis là, moi.

– T'es mignon, mais tu n'es pas Jean-Pierre, tu comprends ?

– Je comprends surtout que je suis plus gentil que lui !

– Viens là, on dirait que tu as besoin d'un gros câlin, comme moi. »

Il me prend dans ses bras. Il me serre si fort que j'étouffe. Nos regards se croisent, nos larmes jaillissent. Tout naturellement, nos bouches se trouvent et se joignent en un baiser où il y a du dévouement et de l'abandon de ma part, de la rage et de la vengeance de la sienne. Nous restons là enlacés, immobiles, près d'une heure. Le temps passe à contempler les oiseaux. Tout à coup, il relâche son étreinte, se lève et me dit :

« Je te remercie, tu es le dernier cadeau que Dieu m'a envoyé. Je pars, maintenant. Non, ne dis rien, ne me suis pas. Là où je vais, personne ne peut me suivre. Je t'embrasse et... je t'aime... Pense à moi de temps en temps, et fais-toi une belle vie ! »

Le vent caresse ses longs cheveux châtain clair, le soleil se reflète dans ses yeux brillants. Ils sont pleins d'une force nouvelle et témoignent d'une détermination que je ne lui avais pas remarquée jusque-là. Il s'éloigne à reculons comme pour conserver une dernière image du dolmen et du jeune garçon assis au pied de son chêne. Puis il disparaît dans les taillis.

Je ne l'ai jamais revu. Je n'ai même jamais su son nom. Je n'ai pas essayé de le suivre. Peut-être aurais-je dû. Pour empêcher l'irréparable. Quelque chose de fort nous avait réunis. Mais il est toujours là, vivant dans mon cœur, identique à ce qu'il était ce jour-là. C'est ce qu'il voulait. Je l'aime encore et ne l'oublierai jamais.

Lorsque j'entrai à l'école de danse, en 1970, l'amour avec un grand « A » fut relégué aux oubliettes. À l'époque, mes priorités s'appelaient pirouettes, jetés-battus, arabesques, etc. Un nouveau jeu nous occupait aussi, mes camarades et moi, qui consistait à apprendre à *plaire*.

Si cette occupation faisait partie intégrante de notre apprentissage de la danse, à notre âge – treize, quatorze ans, celui de la pleine puberté... –, ce jeu se parait de connotations sexuelles inédites... Plaire à tout prix, en permanence, plaire aux femmes, aux hommes, aux chiens, aux chats, plaire aux passants dans la rue, plaire, plaire, plaire, telle était notre obsession ! Tous les artistes, à un moment donné de leur formation, passent par cette phase qu'est l'apprentissage des artifices et de la séduction, qui n'a plus rien à voir avec le talent proprement dit ni avec le travail et l'effort.

Comme tous les adolescents, nous eûmes donc notre période *surboum*, avec son lot d'amourettes et les concours de « paloches » qui vont avec. À ce petit jeu, nous étions plutôt performants, ma partenaire Isabelle et moi. Même si, sans conteste possible, c'était Jean-Marie le roi...

En revanche, quand il s'agissait de séduire les adultes, je n'avais pas mon pareil. Car j'avais vite compris que, grâce à certains artifices – pantalons moulants, pulls près du corps –, j'arrivais à embobiner toutes celles et tous ceux qui venaient à croiser ma route. Grâce aussi à mes yeux d'un bleu profond et à mon apparence angélique, je faisais gober n'importe quoi à mon entourage.

Il fallait nous voir déambuler dans les rues, les samedis après-midi, avant les cours de danse du soir : des filles et des garçons on ne peut plus sûrs de leur corps, parés comme pour aller au bal. C'était déjà du spectacle, en somme, une sorte de répétition générale avant l'entrée dans la vie active.

Ce n'est que quelques années plus tard que je compris l'importance et le prix de l'amour véritable. Qui n'a rien à voir avec le maquillage, les costumes, les feux des projecteurs, et met en jeu ce qu'il y a de plus profond chez l'individu.

Vers quinze ans, lors d'un stage à Londres à la Royal Upper School – l'École supérieure de danse de Sa Gracieuse Majesté... –, je tombai raide dingue amoureux de Françoise Legrée, qui deviendrait plus tard une splendide étoile. Notre aventure se révéla riche d'enseignements. Le stage avait lieu fin juillet. Très vite, Françoise et moi nous retrouvâmes dans les bras l'un de l'autre. Nous disparaissions de longues heures dans les buissons du grand parc à biches du château qui abritait le stage. Nous passâmes ces moments agréables à découvrir nos deux corps, si semblables et pourtant si différents, nos sensibilités si proches. Nous avions impérieusement besoin l'un de l'autre. Une surveillante nous surprit même plusieurs fois en train de nous embrasser avec fièvre. Si bien qu'au terme du séjour nous avions décidé de nous marier dès notre retour à Paris.

Je mis au courant ma mère qui s'écria : « Mon Dieu ! Elle est enceinte, c'est ça ? », et s'inquiéta aussitôt pour ma carrière. On m'interdit de revoir ma chère et tendre Françoise. Je pris donc la fuite et quittai le foyer familial pour convoler en justes noces avec ma dulcinée.

Un dimanche, au début d'août, nous nous retrouvâmes, Françoise et moi, au sommet de la tour Eiffel. Nous prîmes toutes les décisions, relevâmes tous les défis, comptâmes notre argent... En fin d'après-midi, dans le soleil couchant, nous nous rendîmes compte l'un et l'autre que cette histoire risquait de compromettre à jamais nos carrières respectives. Soudain, l'air se fit plus froid, le ciel moins brillant : nous redescendions vers le monde réel.

Je crois que c'est Françoise qui, la première, retira sa main de la mienne avec la franchise et la spontanéité qui caractériseraient plus tard sa carrière. Elle m'annonça qu'il fallait renoncer à nos rêves fous.

C'est elle qui, en m'embrassant tendrement, me fit comprendre pour la première fois que si nous voulions accomplir notre destin de danseurs, il nous faudrait attendre longtemps encore l'éventuel bonheur d'une vie de couple.

32

Un credo : partager et donner du bonheur

On s'exclame souvent, dans les dîners en ville, quand je raconte ce que fut mon apprentissage de la danse : « Oh, mon Dieu ! Mais c'est abominable, vous n'avez pas eu d'enfance ! Vous avez dû tout sacrifier à la danse ! Et vos parents, quel cauchemar ils ont dû vivre... C'est terrible ! »

Non, jamais ce ne fut terrible. Car une enfance hors normes n'est pas forcément éprouvante ni aliénante. Bien au contraire, ce parcours plutôt bref – quatre ans, pour moi – fut illuminé de joies, d'enthousiasmes, de récompenses, d'espoirs qui méritaient bien quelques renoncements d'ordre matériel.

Aujourd'hui, rétrospectivement, j'ai l'impression de n'avoir commencé à vivre que du jour où j'ai décidé de devenir danseur.

Imaginez le soulagement de mes parents lorsque leur enfant, à neuf ans, trouva sa vocation, son but, un chemin à suivre ! Évidemment, les risques de défaite et d'échec, moi, je ne les voyais pas. Je ne les imaginais même pas. C'était aux parents d'en assumer l'angoisse et la charge. Moi, je voguais au gré d'une partition orchestrée autour des progrès de mon corps. Je n'ai jamais eu le temps de regretter l'absence d'une mobylette ou de cours d'équitation. Je n'ai pas souffert non plus d'apprendre, dès mon plus jeune âge, à me nourrir correctement, à écouter mon corps, à rechercher équilibre et harmonie au plus profond de moi-même. Non, de cet apprentissage, je n'ai rien vécu comme des brimades ou des contraintes, au contraire.

Le premier vrai sacrifice, c'est celui que je fis silencieusement, cet après-midi d'août que j'évoquais, en renonçant à une vie de couple. Un artiste, quel qu'il soit, a des impératifs qui briment plus ou moins sa vie affective. D'autres métiers imposent des sacrifices du même ordre : les chirurgiens, les ecclésiastiques, certains hommes de loi, les sportifs. Des êtres qui tous dédient leur vie aux autres au point d'oublier qu'ils font partie de la même humanité.

Ce que j'ai « offert » à la danse, c'est une partie très intime et secrète de moi-même.

Les couples de danseurs sont légion à l'Opéra et, heureusement, le métier ne rime pas avec chasteté et abstinence. D'ailleurs, ma Françoise, tout comme Monique, Noëlla, etc., n'ont jamais sacrifié leur vie de femmes à leur carrière d'étoiles. Moi, je ne me sentais pas la force d'exister sur tous les fronts. J'ai fait sciemment un choix, celui du danseur. J'ai d'abord voulu l'imposer, lui, et j'ai fait passer l'homme privé au second plan.

Aujourd'hui, à quarante ans, je vois les choses de façon quelque peu différente... Pourtant, je pense pouvoir dire qu'à côté de ma vie de danseur, j'ai également réussi, à ma manière, une vie d'homme. Jusqu'à présent, ceux qui ont partagé mon existence, même s'ils sont peu nombreux, n'ont pas eu à s'en plaindre. En général, ils savent qui je suis, ils savent qu'être danseur est la composante primordiale de mon être, et jamais ils n'ont été surpris ou jaloux d'avoir un courant d'air international pour amant !

Il y eut bien sûr des moments où j'aspirais à poser mes valises, où j'aurais souhaité paresser au fond de mon lit, ou simplement aller marcher le long d'une plage en hiver. Mais je ne suis pas une exception. Pour chacun d'entre nous, la vie est faite de compromis, d'arrangements. Hors l'art, dans la prose des jours ordinaires, le bonheur naît de l'équilibre entre le désir intime et le devoir, le possible et l'irréalisable.

Les stars ne sont pas des êtres spéciaux. Être sous les feux des projecteurs ne rend ni meilleur ni pire qu'un autre. Cela fragilise plutôt : au propre comme au figuré, il faut avoir les reins solides pour concilier vie médiatique bien remplie et vie privée sereine.

Comme n'importe qui, j'aime, je doute, j'hésite, j'ai peur, je désire, j'exulte, je pleure, je souffre... Comme n'importe qui, j'ai eu mon lot de plaisirs, d'amours, de tromperies, de mensonges. N'empêche : je sais qu'un jour j'irai au paradis des grands amoureux de la vie, car je suis avant tout un jouisseur. Aimant prendre du plaisir, je vis dans l'unique but d'en donner. Que ce soit à sept mille personnes rassemblées dans un théâtre ou à l'âme sœur au coin d'une cheminée... C'est l'essence de ma personnalité : partager. Même si je m'accommode fort bien de la solitude dans la compagnie de mes deux chiens, Lola et Newton, j'ai sans cesse besoin de partager une émotion, un regard, un rire. Comme pour vérifier auprès d'autrui que je suis en vie.

33

Mes chers disparus

L'une de mes facultés, qui se révèle un atout sur le plan professionnel mais me fait souffrir sur celui des sentiments, est une mémoire si vive que je n'oublie jamais rien ni personne.

Un coin de cette mémoire sert de cimetière à mes chers disparus et j'y déambule mentalement chaque fois qu'aux yeux des vivants qui m'entourent je *m'absente...*

Il y a vingt ans, lorsque je rencontrai Alain Gallais, il était l'ami de Corinne. Avec Jean-Marie, nous formions un quatuor merveilleux : nous partagions les mêmes goûts, avions les mêmes fous rires. Corinne répétait que nous étions unis comme les doigts de la main, à cette nuance près que nous n'étions que quatre. Mais elle n'avait pas tout à fait tort, vu qu'à l'époque j'étais toujours affublé de mon chien, Moche, qui me suivait partout et qui pouvait compter pour le cinquième !

Alain était comédien. Et breton. Têtu comme moi, donc. Pour vivre et joindre tant bien que mal les deux bouts, il prêtait sa voix à la radio. Certaines fins de mois, je me souviens que nous étions vraiment dans la dèche, et c'était pâtes à tous les repas. C'est à cette époque que j'ai appris à accommoder les restes ! Souvent, nous débarquions à l'improviste chez Corinne, passage de la Main-d'Or, et nous nous jetions sur le réfrigérateur. Hormis une bouteille d'eau minérale solitaire – Corinne était danseuse, donc au régime ! –, il était vide. Engueulades, criailleries... Tout finissait en général par une grande platée de pâtes !

En dépit de cette vie de bohème qui dura bien deux à trois ans, je gravissais allégrement, de mon côté, tous les échelons de la hiérarchie de l'Opéra. Je devins assez vite une star. Toujours dans mon sillage, Alain n'avait pas le même rythme. Un certain malaise s'installa au sein de notre petit groupe : Jean-Marie et moi suivions notre voie avec l'insolence des enfants doués ; Alain et Corinne, eux, peinaient à émerger, piétinaient. Chez eux, je sentais la frustration s'installer. Ne supportant plus ces relations déséquilibrées, je proposai un jour à Alain de devenir mon secrétaire-garde-du-corps-âmedamnée-éminence-grise : en gros, il m'aiderait dans tout ce qui ne relevait pas de la scène – contre rémunération, bien entendu. À l'époque, je commençais à gagner pas mal d'argent et tenais à en faire profiter mes amis.

Nous fîmes un essai de quelques semaines. Si je voyais bien les avantages que je pouvais tirer personnellement de cette nouvelle situation, je ne voulais pas qu'Alain se sentît inférieur ou qu'il acceptât cette proposition comme un pis-aller. Car il était clair que l'accepter impliquait pour lui de renoncer à sa propre carrière. C'est un sacrifice que peu de gens sont disposés à faire, même par amitié. Alain fut merveilleux : pendant plusieurs années, et jusqu'à sa disparition précoce, il n'eut qu'un seul but, préserver ma liberté de créer, de me consacrer à mon art. Je lui en reste infiniment reconnaissant. Il a toujours été parfait, à la fois dans ce rôle et dans celui, ô combien plus important encore, de proche soutien et d'intime confident. Je n'ai, depuis lors, jamais plus rencontré quelqu'un d'équivalent.

Parler de « gentillesse naturelle » à propos d'Alain serait vain et, de toute façon, bien en deçà de la vérité. Tout le monde l'aimait. Il s'accommodait de toutes les vicissitudes et avanies du monde de la danse, tout en faisant preuve de caractère. Il savait en même temps se faire respecter et protéger admirablement mes intérêts et ma vie privée. Notre collaboration fut une réussite. Non seulement elle souda à jamais notre amitié, mais elle contribua aussi à notre épanouissement respectif. Alain et moi étions comme une seule et même personne : parfois redoutables en affaires, parfois totalement inconscients, souvent exténués ensemble. Nous partagions presque tout. Du coup, il avait un ascendant et un pouvoir immenses sur moi. Des bagages à faire pour un voyage au Japon aux impôts payés en temps et en heure, en passant par la gestion de mon emploi du temps, il veillait au moindre détail de ma vie. Certains jours, il passait plus d'une centaine de coups de fil me concernant. Cette association affective et professionnelle ne s'altéra jamais. Ce qui n'empêchait pas les prises de bec et les coups de gueule entre nous. Mais, jusqu'au bout, nous fûmes fidèles l'un à l'autre.

Aujourd'hui qu'il n'est plus là, ma main tremble rien qu'à penser à lui. Je retiens mes larmes avec peine, la douleur de sa disparition est encore vive, la plaie mal refermée saigne encore.

À l'évocation de cet ami si cher, une anecdote me revient à l'esprit. Alain était tout à fait au courant de l'amitié et de la complicité qui me liaient à Rudolf Noureev. Il m'accompagnait dans toutes mes tournées et savait conserver et protéger le moindre secret.

L'histoire se déroula lors des représentations en Allemagne du *Chant du compagnon errant*, le ballet de Maurice Béjart que j'ai déjà cité. Spectacle important pour Noureev, car c'était la première fois qu'il dirigeait un orchestre. Il nous avait choisis, Peter Schaufuss et moi. Bien entendu, la soirée s'acheva au restaurant en compagnie de toute une bande d'amis. Alain et moi encadrions Rudolf : à cette époque, la maladie avait déjà commencé ses ravages dans le corps pourtant puissant et vigoureux de notre tsar adoré. Au milieu du repas, il fut pris de violents vomissements. On se serait cru dans une pièce de Brecht : toute la tablée s'esclaffait, inconsciente de la gravité de la situation ; seuls Alain et moi étions atterrés. D'un commun accord, nous raccompagnâmes aussitôt Rudolf jusqu'à sa chambre. Nous dûmes le porter, car il ne tenait plus sur ses jambes.

Une fois au lit, réconforté par notre présence, il se sentit mieux et souhaita nous garder près de lui. Il ne voulait pas que nous le quittions, et, surtout, il nous fit jurer de ne jamais l'oublier quand il serait mort. J'avais du mal à maîtriser mon émotion. Alain, serein et pragmatique, ne cessait de lui répéter avec cet incroyable accent à couper au couteau qu'adorait Noureev : « *But, Rudolf, it's impossible: you are unforgettable!* » Finalement, il s'endormit en nous tenant par la main, et nous pûmes bientôt sortir de la chambre en silence. Alors Alain me prit par l'épaule et me fit jurer sur ce que j'avais de plus précieux de ne jamais laisser personne rire de lui. Car il se savait lui aussi malade et condamné.

C'en était trop pour une seule soirée. Cette dernière révélation eut raison de ma retenue : j'éclatai en sanglots. Et Alain dut passer le reste de la nuit à me consoler !

On n'oublie pas ces moments-là, d'une intensité qui vaut bien des sacrifices. Je me jurai d'être jusqu'au bout à ses côtés. Je le fus. Arrivant même à le faire rire sur son lit d'hôpital, un soir de Noël, après qu'il eut fait un malaise cardiaque : à cause de tous les tuyaux qui sortaient de son corps, il ressemblait à un sapin enguirlandé.

Nous nous relayâmes à son chevet, Jean-Marie et moi, en Bretagne, dans ses Côtes-d'Armor natales, jusqu'à ce qu'il s'endormît paisiblement. Je ne suis jamais retourné là-bas. Je ne peux toujours pas.

Si Rudolf Noureev m'a profondément marqué par sa forte personnalité, son mépris des contingences, sa façon d'imposer sa souveraineté à tous ceux qui l'approchaient, un autre monstre sacré m'a également impressionné : c'est Arletty. Un jour, Alain me dit :

« Tu le croiras si tu veux, mais Arletty t'a entendu hier sur *Europe 1* et elle t'a adoré ; elle te trouve simple et gentil, et rêve de te rencontrer. »

Sur le coup, je ne l'ai pas pris au sérieux. C'était notre habitude de nous raconter des histoires à peine croyables ! Garance et Dupond, c'était un peu trop gros, je ne mordrais pas à l'hameçon ! J'écoutai cependant distraitement ce qu'il me racontait et notai au passage la date à laquelle Arletty souhaitait prétendument déjeuner avec moi... Le rendez-vous était fixé pour jeudi, nous étions lundi.

Ce jeudi-là, sur le coup de treize heures trente, après avoir pris un cours et répété en vue d'un gala programmé la semaine suivante, je me retrouve sur le trottoir, un peu désœuvré, quand je me rappelle soudain le fameux projet de déjeuner avec Alain. J'enfourche ma mobylette et fonce le retrouver à la brasserie qu'il m'a indiquée. Une serveuse me confirme que je suis bien attendu. Dans un coin du restaurant, je découvre Alain assis à côté d'une dame âgée mais qui se tient étonnamment droite. Je reconnais immédiatement une de mes idoles :

Arletty ! Je me précipite vers eux, le casque de moto m'échappe des mains. Arletty m'agrippe aussitôt le bras d'une main et le visage de l'autre. Et de s'exclamer : « Ah ! te voilà... Légendaire ! » avec cette voix unique, si caractéristique. Je suis assommé, ému aux larmes, gêné d'être en retard et confus de l'avoir bousculée.

Le « légendaire » dont elle me gratifia ce jour-là est resté gravé à jamais dans ma mémoire. Venant lui-même d'une légende vivante du cinéma, il vaut bien toutes les médailles de concours et autres décorations officielles. C'est assurément le plus beau compliment qu'on m'ait jamais fait.

Dès lors, nous nous revîmes régulièrement, Arletty et moi, jusqu'à ce qu'elle disparaisse trop tôt, elle qui n'avait plus d'âge. Deux ou trois fois par mois, je la retrouvais avec Alain dans ce restaurant de l'avenue de Versailles où nous nous étions rencontrés la première fois, ou bien encore chez elle. Pour « causer », comme elle disait.

Un jour qu'elle avait exceptionnellement accepté qu'on la prenne en photo à la condition expresse que je fusse là, elle me dit : « Comment qu'il est, mon galurin ? » Elle parlait d'un joli petit chapeau. Honnêtement, je ne le trouvais pas terrible. Je lui demandai si elle attendait une réponse sincère. « T'as intérêt à être franc, me dit-elle, sinon je t'en retourne une ! » J'avouai donc. Aussitôt, le galurin fut évacué pour laisser place à une radieuse chevelure immaculée à la Louise Brooks, qui lui allait à ravir. Ce fut une jolie séance de photos. En dépit de sa faible vue, elle réussit péniblement à sélectionner un ou deux clichés qui lui plaisaient. Elle m'en offrit un en me disant :

« Tiens, c'est celle-là, ma préférée ; quand je serai partie rejoindre mon petit Papa, tu pourras en faire ce que tu veux. Mais pas avant, s'il te plaît : je me déteste encadrée ! »

J'ai eu ce que je considère aussi comme l'immense privilège d'approcher, de côtoyer, de fréquenter Arthur Rubinstein. C'est sur le plateau d'un *Grand Échiquier* de Jacques Chancel, où j'étais convié à danser, que je croisai pour la première fois le regard bleu limpide d'enfant étonné du plus grand interprète de Frédéric Chopin. Le pianiste qui était en somme à l'origine de ma carrière – c'étaient des notes jouées par lui qui s'échappaient du pick-up familial rouge, bien des années auparavant – était présent devant moi. Je ne touchais plus terre !

Nous nous revîmes souvent par la suite. Peu avant sa mort, nous eûmes une étrange conversation téléphonique :

« Patrick, tu es là ?

– Oui, Arthur, quelle joie ! Comment allez-vous ?

– Bien, bien, mais écoute-moi, je viens de découvrir quelque chose d'ex-tra-or-di-nai-re !

– J'écoute, je brûle d'impatience... »

À cet instant, il approcha le combiné de son lecteur de disques et j'entendis la dernière phrase musicale d'une symphonie de Mozart.

« Alors, ce n'est pas génial ?

– Si, Arthur... mais c'est du Mozart !

– Mais oui, justement ! Voilà qu'à quatre-vingt-dix ans passés, je découvre Mozart... Écoute la merveille de cette dernière note : la perfection incarnée ! On dirait une femme-fleur en train de s'épanouir, on ne peut que jouir de tant de beauté. »

Ce jour-là, je me jurai de rester moi aussi, et jusqu'au dernier souffle, un enfant émerveillé, un écolier de la vie. Grâce à ce coup de fil d'un des plus grands interprètes de tous les temps, je compris combien il faut rester humble devant la beauté. Arthur Rubinstein, immense artiste accompli, trouvait encore à s'émerveiller devant la musique ! Ce pétillant vieillard venait de me donner une des plus belles leçons de jeunesse de toute ma vie.

MES CHERS DISPARUS

Rencontrer des personnages qu'on croyait inaccessibles, hors de sa portée, est l'une des chances que procurent la vie d'artiste, le statut de « star ». Même si, plus jeune, j'avais rêvé de connaître ces « grandes pointures », jamais je n'aurais cru que mon rêve se réaliserait pour de bon. Mener la vie que j'ai vécue est déjà un privilège, j'en suis bien conscient. Avoir pu croiser au cours de cette même vie d'autres destins plus exceptionnels les uns que les autres aura été un privilège plus rare encore.

34

Directeur du Ballet de l'Opéra de Paris

Eh bien, voilà ! J'ai été petit rat, quadrille, coryphée, sujet, premier danseur, jusqu'à accéder au titre suprême de danseur étoile. En huit ans, je suis donc parvenu au bout de mon rêve le plus fou, ce rêve qu'il m'arrivait de faire, enfant, en une fraction de seconde. Cette consécration aurait dû constituer l'aboutissement du voyage, le terme d'une ambition. Logiquement, j'aurais dû m'en tenir là...

Non ! J'ai cherché à aller encore plus loin, ayant retenu que rien n'est jamais figé, qu'un destin n'est jamais accompli, qu'il ne connaît pas d'autre borne qu'une simple tombe. La roue de la vie, elle, tourne inlassablement, emportant sans relâche vers des domaines inconnus, des aventures imprévisibles.

J'ai donc poussé plus loin ma route. À vingt-sept ans, j'étais devenu la directeur de la Danse du Ballet de Nancy ; deux ans et demi plus tard, je devins l'un des plus jeunes directeurs du Ballet de l'Opéra de Paris qu'on eût connus depuis sa création en 1732 !

Je n'en demandais pas tant. Une confortable situation de danseur étoile, presque « tranquille », dirais-je, m'aurait sans doute suffi. Mais les choses tournèrent autrement et j'acceptai, une fois de plus, ce que le destin plaçait sur ma route. Je plongeai tête la première dans ce monde tumultueux, à l'instar du petit garçon de trois, quatre ans qui, en Bretagne, fonçait jadis tête baissée dans les vagues glacées de l'Atlantique, au grand dam de sa grand-mère Suzanne et de sa mère qui avait déjà compris qu'elle avait enfanté un incurable « trompe-la-mort »...

Un faisceau de raisons plaidait en ma faveur pour occuper ce poste prestigieux. Le succès foudroyant du Ballet de Nancy prouvait que j'avais la force, mais aussi le discernement nécessaires pour diriger une compagnie, une troupe, et la hisser sur une orbite semblable à celle de ma propre carrière, mondialement reconnue et appréciée. En outre, j'étais moi-même issu de la « grande boutique » et bien placé pour connaître la définition exacte du poste : diriger une centaine de danseurs merveilleusement qualifiés au sein d'une grosse machine employant plusieurs milliers de personnes, toutes au service de la musique et de la danse.

Je possédais aussi un caractère impétueux, volontiers iconoclaste, j'étais connu pour ma volonté d'ouvrir la danse classique à d'autres horizons, pour mon refus des catégories, des cloisonnements, des rigidités hiérarchiques. À mon sens, un théâtre, si important soit-il, est un seul corps composé de centaines ou de milliers d'entités. S'il doit bien y avoir un patron pour diriger cette gigantesque machine, chaque membre du groupe se doit d'œuvrer dans un seul et même but : donner du bonheur et créer de la beauté. C'est le devoir et la seule raison d'être de cette machine. Les savoirs, les expériences, les intelligences de tout un chacun doivent se conjoindre en vue de cette unique et noble tâche.

Je n'eus pas besoin d'un long discours pour me faire comprendre. Tout le monde me connaissait. L'Opéra m'avait vu grandir, souffrir, briller, râler, rugir et rire. J'étais un de ses enfants. C'était un peu comme ma deuxième maison, et je crois qu'on m'y aimait bien – en tout cas, ce fut vrai jusqu'à l'arrivée de l'équipe nommée en 1994 par le gouvernement d'Alain Juppé et dirigée par Hugues Gall et Brigitte Lefèvre.

Lorsque Pierre Bergé me proposa le fameux poste, je pensai d'abord à décliner l'offre qui me paraissait trop belle, trop lourde à porter. J'étais moi-même un jeune danseur qui dirigeait, à Nancy, une merveilleuse troupe de trente-cinq danseurs que je ne voulais pas abandonner au bout de deux ans et demi, en pleine course. Mon cher ami Rudolf Noureev avait jusque-là présidé aux destinées du prestigieux ballet national. Mieux : il avait imprimé sa marque miraculeuse sur l'Opéra tout entier – un « héritage » qui tenait pour moi davantage de la malédiction que de la félicité. Lui succéder n'était pas chose facile, il fallait que la famille entière se mobilisât derrière moi, du dernier des employés jusqu'aux hauts responsables du ministère de la Culture. Et encore fallait-il pardessus le marché recevoir, en récompense ultime, l'adoubement du public. Sinon, c'était peine perdue !

Pour réfléchir à cette proposition, il fallait que Pierre Bergé et Jack Lang, ses deux auteurs, me laissent un peu de temps. Il me fallait surtout consulter mes amis et maîtres – Max en premier lieu – pour élucider les vraies raisons que j'aurais d'accepter ou de refuser ce cadeau que je pressentais merveilleusement dangereux. Je devais aussi informer celles et ceux qui composaient ma « famille » nancéienne, qui m'avaient fait confiance, m'avaient porté et placé là où j'étais : André Rossinot, le maire, Gérard Benamou, son adjoint à la Culture, Jean-Jacques Robin, l'administrateur du Ballet, Annette Moreau, la secrétaire particulière du maire ; et surtout les danseurs que je devais prioritairement tenir informés des changements possibles...

Max, bien sûr, fut bouleversé par la nouvelle. Jean-Marie, tout en se réjouissant de ma bonne fortune, fut pris de panique. Je consultai Jacqueline et ma mère ; également Jean-Jacques Aillagon, actuel directeur du Centre Georges-Pompidou, dont la culture est immense, le jugement toujours clairvoyant, l'affection à mon endroit infinie, et dont les conseils restent indispensables à mon équilibre.

Bref, je sondai d'abord mes différents mentors. Puis je résolus d'aller discrètement « tâter le pouls » sur place, à l'Opéra même. Il était nécessaire que je sache si le Ballet avait besoin de moi, de mon énergie, de mes goûts, de mon sens de la danse. J'y consacrai une semaine au terme de laquelle je pris le parti de me jeter à l'eau, quoi qu'il pût m'en coûter, et donc de prendre la douloureuse décision de sacrifier le bel enfant qu'était devenu le Ballet de Nancy.

Les impressions que j'avais recueillies au cours de cette semaine d'observation étaient fort disparates. Mes amis d'enfance, habilleuses, machinistes, concierges, régisseurs et autres secrétaires se montrèrent discrets, tout en me témoignant de chaleureuses et sincères marques d'affection. En quelque sorte, j'étais l'enfant prodige, le « chouchou » qui rentrait au bercail. La gentillesse et l'amitié que je sentais m'escorter dans les couloirs du Palais-Garnier étaient presque palpables et particulièrement émouvantes.

Un soir, je me postai dans les coulisses pour regarder le plus important à mes yeux : un spectacle en cours. Les danseurs étaient impeccables, les lignes rigoureuses, la technique infaillible. C'étaient toujours les meilleurs du monde, mais certains détails me troublèrent profondément. D'abord, plus aucun danseur ne se tenait dans les coulisses pour regarder, apprendre, encourager – participer au spectacle des autres, en somme. Je me souvenais que, de mon temps, il y avait toujours foule de jeunes quadrilles ou d'anciens sujets, avides de voir et de juger tel ou tel danseur en pleine maîtrise de son art. Le public des coulisses était souvent un juge bien plus implacable que celui de la salle, mais toujours un aiguillon, un stimulant. Or, ce soir-là, c'était le désert absolu dans les coulisses. J'étais triste pour les danseurs qui évoluaient sur scène. C'est donc sur eux que je concentrai mon attention. Et c'est à cet instant que je me rendis compte, presque avec effroi, assurément avec stupeur, que le spectacle était d'une extrême froideur. Aucune émotion, aucun plaisir, aucune jubilation, aucun souci d'élévation ne transpirait de cette danse. Parfaite mais aseptisée, sans âme. Inutile de dire que le public, par voie de conséquence, était pareillement poli, mais glacé. N'accordant qu'un seul rideau d'ovations mitigées dans une indifférence qui me fit froid dans le dos.

Où étaient passés les fastes de Noureev, la force légendaire du corps de ballet, la lumière des étoiles ? Tout s'était terni, affadi, presque éteint. C'était une soirée anonyme, et je m'enfuis, honteux pour la réputation de ce palais qui, pour d'étranges et incompréhensibles raisons, s'était comme « engourdi », à l'instar du château de la Belle au bois dormant... Cette froideur, cette indifférence me choquèrent d'autant plus que je venais tout juste de quitter l'ambiance des spectacles triomphants du Ballet de Nancy au Palais des Sports, où trente-cinq danseurs exultaient, hurlaient leur bonheur de danser *ensemble*, emportant avec eux le public et lui arrachant d'interminables acclamations. La différence était flagrante et ne laissait pas de me choquer.

Ce soir-là, seul devant un plateau d'huîtres, je compris pourquoi Jack Lang et Pierre Bergé tenaient à ma présence ; je sus que l'âme de Rudolf ne hantait plus l'Opéra, qu'il y manquait une force vive. J'étais celui qui pouvait relever le défi, sauver la compagnie, lui insuffler l'énergie et la vitalité qui feraient à nouveau d'elle le « meilleur ballet du monde ».

J'avais le profil : j'étais un enfant de la maison, j'en connaissais les moindres recoins, tous les rouages, les pièges, les chausse-trappes, l'ensemble des protagonistes ; j'avais, par-dessus tout, la fougue de mes trente ans, intacte, comparable à celle du garçon de dix ans qui y avait trottiné. C'était le carburant qu'il fallait à ce « paquebot » !

35

Réunion de famille

L'annonce de ma nomination au poste très envié de directeur artistique du Ballet de l'Opéra de Paris fut accueillie plutôt chaleureusement par un public parisien bienveillant ; mais elle réveilla le chœur de mes détracteurs. Une psalmodie mi-effrayée, mi-émerveillée s'éleva de tous côtés : « Oh, mais il est trop jeune !... Ah, il va se casser les dents sur les syndicats... C'est trop tôt, c'est trop lourd... Il est fou... Il n'y arrivera jamais... Après Rudy ? Mon Dieu, c'est de la démence... » C'est vrai qu'en acceptant de relever ce nouveau défi, je devenais, quarante ans après Serge Lifar, le plus jeune directeur d'une compagnie séculaire au cœur d'une entreprise de plusieurs milliers de personnes... Et alors ?

De toutes parts fusèrent les recommandations et les conseils, les mises en garde et les félicitations émanant des amis, des ennemis, des curieux, des envieux... avant même que j'aie entamé mon travail ou investi ma charge ! D'où je me tenais, j'observais cette agitation fébrile autour de ma personne d'un œil goguenard et avec une irrésistible envie de rire. Car je considérais ma nouvelle situation comme évidente, naturelle et légitime, et je ne voyais pas l'intérêt de tout ce branle-bas de combat.

Finalement, c'est mon ami Rudolf qui mit fin à ce ramdam en annonçant publiquement la nouvelle, dans son français rugueux et avec son inénarrable accent, le jour où Sylvie Guillem et moi-même recevions des mains de Jack Lang l'insigne de commandeurs dans l'ordre des Arts et Lettres : « Dupond directrice ? C'est la meilleure décision de Lang... Après, moi, départ ! » Ainsi je recevais le sceptre des mains mêmes de mon illustre prédécesseur. Certains avaient redouté une usurpation de ma part ; ils eurent droit à une passation officielle d'artiste à artiste, avec la bénédiction des instances ministérielles. Durant les quelques semaines qui suivirent ces « cérémonies », je croisai plus d'un regard oblique, plus d'un sourire amer...

Premières saisons, premières décisions. C'est une évidence pour tout un chacun : avec

Dupond, ça va bouger ! Je m'installe dans le bureau que me cède Pierre Bergé, au premier entresol, traditionnellement dévolu à la direction générale, cependant que Rudolf va s'installer au sixième, sous les toits... Je me retrouve ainsi dans le fauteuil de Rolf Liberman, celui qui, quelques années plus tôt, a organisé mon premier « départ » de l'Opéra. Dans ce bureau où j'ai été « viré », pour dire les choses clairement, je prends ma première mesure de nouveau patron : pour l'ouverture de la saison, je veux présenter au public la « plus belle compagnie du monde » dans ses plus beaux atours. Autrement dit : tout le corps de ballet et tous les danseurs étoiles nommés à ce jour et encore vivants, ce qui promet de faire sur « ma » scène pas mal de beau linge !... C'est ma manière de dire au public : « Nous sommes les meilleurs danseurs, les plus beaux ! Voici nos étoiles et nos gloires. Voici notre merveilleuse famille ! Bienvenue au panthéon de la danse, et attention les yeux ! » Hommage donc à Serge Lifar, à Rudolf Noureev, à Sylvie, à Noëlla, à Max, à Claude, à tant d'autres... Le premier de mes actes est dédié à mes pairs.

Ce fut une merveilleuse soirée qui débuta par le simple et magnifique défilé du corps de ballet réglé par Serge Lifar après la Seconde Guerre mondiale, sorte de présentation grandiose de tous les danseurs de la compagnie, des petits rats jusqu'aux étoiles, réunion de famille dont l'acmé fut, ce soir-là, l'entrée en scène, derrière moi, en dernière position, de tous les « anciens » : Max, Chauviré, Virobova, Golovine, Bessy, Piletta, Bonnefous, Durand... Ce fut magique ! Des larmes, des rires, de l'émotion, de l'admiration, du respect : rien ne manquait. J'étais fier et heureux, moi, l'artisan de cette réunion de la grande famille des saltimbanques de la danse ! J'avais offert à de nobles étoiles l'occasion de briller encore une fois sur cette scène : l'arène mythique de leurs exploits passés.

Deuxième acte de dirigeant, tout aussi impérieux et fulgurant : je pris conscience le même soir qu'une perle manquait à ce firmament, et demandai à Jean-Albert Cartier, directeur général, de nommer étoile la très belle Marie-Claude Pietragalla. Ayant moi-même été nommé étoile très jeune, j'ai toujours œuvré pour que de jeunes danseurs ou danseuses accèdent le plus tôt possible, lorsque leur talent le méritait, à ce rang prestigieux. Je me suis battu – le mot n'est pas trop fort – pour qu'on reconnaisse le talent de Marie-Claude alors que certains représentants du « gotha puriste » l'avaient déjà remisée au rayon des armoires corses ! Quelques semaines plus tard, sa nomination était chose faite. Elle se déroula de manière somptueuse, à l'issue de la première représentation du *Don Quichotte* chorégraphié par Noureev qui, paradoxalement, avait toujours refusé le titre à Marie-Claude. Il me semblait normal de réparer cette injustice. L'ovation que lui réserva le public, les larmes de joie de « la Pietra » me confirmèrent le bien-fondé de ma décision et suffirent à m'en récompenser.

J'aimais et appréciais Marie-Claude depuis longtemps déjà, pour l'avoir associée au groupe que j'avais fondé quelque dix ans auparavant sous l'appellation « Dupond et ses stars ». Ce groupe figurait le corps de ballet idéal et comptait, à mes côtés, ce qu'il y avait alors de mieux au firmament : Sylvie Guillem, Manuel Legris, Laurent Hilaire, Marie-Claude Pietragalla, Nicolas Le Riche, Fanny Gaïda, Jean-Marie Didière, Monique Loudières – déjà étoile –, Élisabeth Maurin... La plupart sont par la suite devenus à leur tour étoiles – d'ailleurs souvent nommés par moi... Sans doute n'avais-je pas tout à fait mauvais goût !

Après ces deux coups d'éclat, je m'attaquai au gros morceau : la programmation proprement dite. À raison de quatorze heures de présence quotidienne, agrémentée par la gentillesse et la compétence de mes différentes assistantes – Michelle Brochard, que j'avais détournée de la mairie de Paris, Annie Van Hoegarden, Monique Caron, qui devint l'une de mes amies les plus fidèles –, c'est ce travail en profondeur qui m'a laissé les plus riches souvenirs. Je revois les superbes soirées dédiées à Jerome Robbins. C'était un tour de force, car le célèbre chorégraphe n'avait jamais donné un programme entier à l'Opéra. Pour moi, il accepta. *Idem* pour Martha Graham que j'allai voir à New York et qui me fit l'honneur de me céder quelques-uns de ses chefs-d'œuvre, sans doute un peu grâce à l'entremise de mon fidèle agent, Paul Szilard, qui la connaissait bien.

Mais le souvenir le plus émouvant que je garde de cette époque laborieuse, c'est l'immense fierté, mêlée de gratitude, que je ressentais chaque fois que le rideau se levait à l'Opéra. J'étais fier de cette magie qui s'opérait en partie grâce à moi ; j'étais reconnaissant à tous, des danseurs aux machinistes en passant par les costumiers, couturières, habilleuses, ouvreuses, barmen et secrétaires... Chaque fois, je me prenais pour un jeune général qui avait mené sa troupe au combat et en sortait vainqueur. Cette allégresse du combat et de la victoire, je la devais à Jack Lang, à Pierre Bergé, à Rudolf Noureev : grâces leur en soient rendues ! Cette période me laissa certes épuisé, mais, comme disait ma grand-mère Suzanne : « Pas grave : bonne fatigue ! »

Jamais je ne pourrais énumérer tous les événements advenus et tous les ballets présentés durant ces cinq années et demie passées à la tête de la prestigieuse maison. Mais j'ai quelques « bébés » dont je suis particulièrement fier. Pêle-mêle : les nominations de Nicolas Le Riche, Fanny Gaïda et Carole Arbo au titre d'étoiles ; les programmes Robbins, la série mixte classique-moderne de l'anthologique *Gisèle*, avec, en alternance, la version contemporaine de Mats Ek et la version classique ; les pièces de Martha Graham ; *Le Sacre du printemps* de Pina Bausch ; les symphonies de Beethoven par Maurice Béjart...

Ces grands moments, que je considère comme mes enfants, j'en partage la paternité avec tous les intervenants de l'Opéra qui contribuèrent à leur genèse et à leur préparation. Je me souviens, par exemple, de Patrice Bart, le maître de ballet qui fit merveille pour *Le Lac des cygnes* de Vladimir Bourmeister. Car j'avais décidé de monter ce spectacle à la Bastille en utilisant les deux immenses scènes juxtaposées, avec deux fois plus de cygnes que d'ordinaire ! Grâce à lui, les cinquante danseuses que nous voulions impeccablement alignées firent un effet du tonnerre dans ce théâtre d'habitude si froid, comparé à la chaleur du Palais-Garnier, tout en dorures et en rondeurs. Sur le plan technique, le projet était impossible à mettre en œuvre ; Patrice, lui, le mena à bien. Y laissant quelques kilos, je crois bien...

Finalement, j'étais heureux d'avoir accepté ce poste de « décideur ». C'était la suite logique de ma carrière. Durant toute ma vie d'artiste, j'ai relevé des défis impossibles, enfreint bien des codes, mené des combats sur tous les fronts. Je me suis donné à fond, au risque de me disperser et de me perdre physiquement aussi bien que psychologiquement. Jean-Claude Gallotta dit un jour de moi que, dans la vie aussi, je faisais le grand écart, au risque de m'éparpiller aux quatre coins du monde. Je laisse le lecteur juge de ses propos...

Toujours est-il que pendant huit ans, à Nancy comme à l'Opéra, j'ai été « au service » de la danse, des danseurs et de leur public, à la fois acteur et auteur des levers de rideau. Époque radieuse, épuisante mais riche en émotions et en bonheurs.

À l'aube de mes quarante ans, la trentaine glorieuse derrière moi, le temps s'est bientôt couvert, de gros nuages noirs se sont accumulés à l'horizon, annonçant la fin d'un printemps et des heures moins fastes. La mort n'était plus si loin. En tout cas, mauvais génies et sorcières en tout genre s'étaient réveillés et agitaient leurs spectres pour me le signifier.

36

Descente aux enfers et retour à la lumière...

Aborder ce chapitre noir m'est relativement pénible même si je crois être à présent sorti du désert qu'ont été ces dernières années de ma vie. Une astrologue m'avait prévenu, alors que j'étais encore, au faîte de ma gloire, à la tête du Ballet de l'Opéra ; elle avait employé des mots qui résonnent toujours dans ma mémoire et, encore aujourd'hui, me font froid dans le dos :

« Attention, Patrick, tu entres dans le difficile tunnel de la fin de la trentaine. C'est la fin du printemps et je te vois entouré d'ombre, de froid, de malveillance et de mort. À l'opposé de ce qui a été ta vie jusqu'à ce jour, je te vois traverser ce tunnel avec beaucoup de peine, trébucher sur chaque obstacle, glisser vers le gouffre sans rien ni personne pour te retenir. Il faudra que tu sois fort, très fort, que tu ne perdes jamais confiance en toi, en tes proches, en ceux qui t'aiment sincèrement. Car la période qui vient n'est qu'un passage à vide, une épreuve à surmonter pour atteindre à l'été de ta vie. Il y a une lumière au bout du tunnel. Elle est aveuglante, bien plus intense que celle qui a illuminé tes jours jusqu'ici. Nous entrons dans l'ère du Soleil. Cette ère sera la tienne ! »

À l'époque, je n'avais pas accordé beaucoup de crédit à ces prophéties un peu effrayantes, me contentant d'en sourire. Pourtant, tout ce qui avait été prédit s'est réalisé avec une précision diabolique. Les malheurs, les larmes versées, les espoirs auxquels je me suis chaque fois cramponné pour survivre, les miracles qui ont contribué à ma résurrection – à l'avènement du « nouveau Dupond », comme disent mes intimes –, tout avait été prévu !

On a beau être rebelle, on a beau vouloir sans cesse prendre son destin en main, on est parfois contraint de ployer et subir les coups du sort. Avec humilité, patience et courage. Comme n'importe qui. Ce fut une période noire, aux apparences de « commencement de la fin » ; en fait, une transition difficile. *A posteriori*, la chronologie de cette descente aux enfers est on ne peut plus simple à reconstituer. En voici, sous forme de découpage cinématographique, les grandes et les petites étapes, les séquences douloureuses ou drôlatiques, les rebondissements parfois tragiques.

1. 1994 : nomination d'Hugues Gall au poste de directeur général de l'Opéra. Il prendra ses fonctions en 1995.

2. Départ fracassant de Monsieur Chung de son poste de directeur d'orchestre à l'Opéra de Paris.

3. Procès gagné par Monsieur Chung contre l'Opéra.

4. Jacques Toubon, ministre de la Culture, suggère un accord à l'amiable pour régler le problème que pose la définition de mes fonctions par rapport à celles d'Hugues Gall. Car il est inenvisageable que deux personnes différentes puissent exercer le même pouvoir sur le Ballet. Pour ma part, je ne souhaite pas rééditer l'esclandre causé par le départ de Monsieur Chung.

5. Dîner de conciliation avec Hugues Gall.

6. Je remets à disposition mon contrat de directeur de la Danse, moyennant une indemnité de départ. Je pense en effet sincèrement

qu'Hugues Gall doit s'installer le plus tranquillement possible à son poste de « patron » de l'Opéra. Et je me vois mal jouer la mouche du coche en brandissant à tout bout de champ mon contrat de responsable de la Danse.

7. Je signe mon nouveau contrat de danseur étoile.

8. Nomination de Brigitte Lefèvre au poste de directeur de la Danse.

9. Premiers dysfonctionnements : non seulement je danse de moins en moins souvent, mais, contrairement à ce que prévoit mon contrat, Brigitte Lefèvre est incapable de me communiquer des plannings de travail suffisamment à l'avance pour me permettre d'organiser ma carrière « hors les murs ».

10. Catastrophique saison 96-97. Brigitte Lefèvre m'envoie une note de service laconique m'indiquant les quatre ou cinq rôles que je dois danser durant cette saison. Toujours sans aucune date de répétitions ni de représentations. Par voie de conséquence arrive ce qui était prévisible : les dates des quelques contrats que j'ai accepté d'honorer au Japon sont incompatibles avec celles du nouveau planning de l'Opéra. Je

ne danse plus que dans *Le Sacre du printemps* de Pina Bausch. Je sais qu'il n'y a pas de rôle d'étoile dans ce ballet, mais j'accepte tout de même, car ce projet est l'un de mes « bébés » : je veux le défendre coûte que coûte, quitte à me retrouver anonyme dans le corps de ballet. Je m'en moque : pour moi, seul compte le spectacle.

11. Isabelle Adjani me propose d'être membre du jury du 50e Festival du film à Cannes. C'est un honneur insigne. C'est la première fois que le Festival accueille un danseur dans son jury.

12. Pour être à Cannes, je dois manquer trois jours de répétition du *Sacre*. Nous sommes à deux mois de la première. Je demande à Pina l'autorisation de m'absenter pour ces trois jours fatidiques : « Tu es libre, tu choisis ; mais, de toute façon, je ne sais pas si tu participeras au ballet ! » me répond-elle.

13. L'esprit libre et tranquille, mon « autorisation » en poche, j'accepte l'invitation d'Isabelle Adjani. Dès le lendemain, Gilles Jacob, délégué général du Festival de Cannes, annonce officiellement à la presse ma participation au grand événement culturel. Liesse !

14. Drame à l'Opéra : Brigitte Lefèvre « refuse » de me voir partir pour Cannes. Dans la cour Diaghilev, Hugues Gall m'assène : « Si vous croyez que faire partie du jury de Cannes fera de vous un grand acteur, c'est raté... Cannes, ce sont des *gugusseries* ! » Remarque qui témoigne du respect que me porte Hugues Gall... Mais remarque tardive : acteur, je le suis déjà. Et pas si mauvais que ça, selon certains !

15. Arrivée à Cannes à l'hôtel Martinez. J'y trouve une lettre recommandée me signifiant mon licenciement de l'Opéra de Paris pour faute grave.

16. Tout s'emmêle et tout le monde s'en mêle... même le président de la République, Jacques Chirac, présent à Cannes. Mis au courant de l'affaire, il déclare : « C'est impossible ! L'Opéra sans Dupond et Dupond sans l'Opéra, c'est inconcevable ! »

17. D'aucuns me poussent à rendre l'affaire publique et à faire éclater le « scandale ». D'autres préconisent la discrétion et un arrangement à l'amiable. Je choisis la deuxième solution, encore convaincu qu'Hugues Gall doit pouvoir diriger le théâtre comme il l'entend, et

persuadé que la pression médiatique n'arrangerait rien, ne ferait qu'envenimer les choses.

18. Mois de mai : pour l'instant, rien ou presque n'a filtré du pataquès. Des tractations commencent entre mon nouvel avocat (l'ancien vient d'être embauché par l'Opéra !), un médiateur de Matignon, l'Élysée, Hugues Gall... et moi tout au bout de la chaîne... À l'époque, j'attends encore patiemment, persuadé que la décision de licenciement, à mon sens disproportionnée et irrationnelle, va être rapportée dans les meilleurs délais et qu'elle n'aura constitué qu'une manifestation de colère passagère... Je suis vraiment naïf !

19. Mai, juin, juillet : les tractations piétinent. Pour entériner le licenciement, l'Opéra m'a officiellement convoqué à un entretien préalable. C'est une caricature grotesque de tentative de conciliation ; je monologue en face de responsables qui refusent d'entendre le moindre de mes arguments...

20. Proposition. Contre-proposition. Au moment où je finis par accepter de nouvelles conditions de travail à l'Opéra, Hugues Gall part en vacances... Rendez-vous reporté au mois de septembre, autrement dit *sine die* !

21. Juillet, août : été de cauchemar. Je rêve que je me noie, je hurle dans mon sommeil et me réveille en larmes tous les matins. À mon entourage j'essaie de donner une image positive et rassurante. En vain. Je me réfugie de plus en plus souvent dans la solitude.

22. Septembre : rentrée à Paris, constat des dégâts.

Je suis ruiné. En effet, pour ménager le planning de l'Opéra, j'ai refusé depuis janvier tous les contrats qu'on me proposait. Aucune rentrée d'argent depuis mai, toutes mes économies épuisées ; les traites, s'accumulant, me laissent sans le sou.

Je suis malade. Une grosseur suspecte à la base du cou me conduit *illico* à l'hôpital pour dépistage et analyses. On craint le pire.

Je suis désespéré. Les tractations avec l'Opéra reprennent plus mollement que jamais. Rien n'avance, rien ne change, je ne suis toujours pas réintégré. Brigitte Lefèvre, dans une interview radiophonique, ironise : « Mais où es-tu, Patrick, nous t'attendons pour les répétitions ! » Très drôle ! Cela ne fait rire personne...

23. Je suis à bout moralement, physiquement, financièrement. J'appelle au secours. De

tous côtés, la réponse est unanime : « Il faut assigner l'Opéra devant les prud'hommes ! » C'est vrai. Ne serait-ce que pour savoir ce que sont les intentions d'Hugues Gall à mon égard.

24. Assignation. Inscription aux Assedic. À l'ANPE des artistes, je rencontre des gens formidables. Pour la première fois depuis longtemps, on me traite « normalement », avec gentillesse et respect. C'est une bonne surprise. Sursaut d'espoir...

25. Au juge qui lui demande quelles sont les intentions de l'Opéra l'avocat de la direction répond que ma réintégration au sein du Ballet n'a jamais été envisagée ; pis encore : qu'elle n'est pas envisageable... C'est violent, mais voilà qui a au moins le mérite d'être clair. Le divorce est bel et bien prononcé.

26. La nouvelle de l'assignation devant les prud'hommes filtre. De toutes parts on me conseille, à tort ou à raison, d'informer la presse qui s'impatiente et s'offusque. J'accepte de répondre à quelques interviews en me jurant de ne dire que le strict minimum... Peine perdue !

Les réactions sont unanimes. Tout le monde est outré par la décision de l'Opéra. Certains sont si indignés que je trouve moi-même leurs propos excessifs, trop violents. La machine s'emballe, il est trop tard pour la ralentir, c'est un tollé général. Ce qui ne fait qu'envenimer une situation déjà malsaine. Au lieu de m'aider, cette campagne de presse spontanée, qui me dépasse, interdit tout apaisement et donc toutes chances de réintégration.

Ma grand-mère avait l'habitude de remettre les choses à leur juste place. Elle disait souvent, ce qui me faisait hurler de rire : « Bon, si j'ai bien compris, il y a étoile, puis, au-dessus, président de la République, et encore au-dessus, Dieu ! Eh bien, avec ces deux-là au-dessus, j'espère bien que tu n'auras pas trop de réclamations à formuler ! » Non, je n'ai guère de réclamations à faire ; je ne fais que refuser catégoriquement que les longues années que j'ai consacrées à l'Opéra soient balayées d'un revers de main. Des décisions disproportionnées ont été prises à mon encontre, et quelque chose en moi réclame justice. Je ne veux pas être relégué au chapitre des épisodes malheureux, des injustices malencontreuses ou des erreurs involontaires, ni aller vivre ailleurs, dans un pays qui n'est pas le mien mais où l'on me respectera davantage. J'ai le sens du devoir, celui du travail bien fait. Je reconnais le talent des autres et entends bien qu'il en aille de même pour le mien. Me voilà donc bel et bien orphelin après trente ans passés dans ma « maison », éloigné à jamais de mon « berceau », le cordon ombilical irrémédiablement rompu.

Le chœur antique se réveille : « Après tout, il l'a bien cherché... Un caprice de trop ! » Ou : « C'est un véritable scandale, il faut brûler l'Opéra ! » J'en entends des vertes et des pas mûres. À cet instant précis, je comprends que si mon existence en a ravi plus d'un, elle en a aussi fait enrager beaucoup d'autres. S'épanouir, être heureux, avoir du talent, du succès et de la chance provoque autant de haines que de jalousies. Tout à coup, je me rends compte qu'ici ou là, on souhaite ma mort. Cela tombe bien : je suis sur une pente fatale... et comme j'ai pour habitude de toujours aller au bout des choses, je vais essayer de m'appliquer, là aussi !

27. L'hospitalisation devient obligatoire. Le caractère évolutif du ganglion apparu à mon cou nécessite une intervention chirurgicale. Pour combattre l'infection, on m'administre un traitement de choc.

28. Au sortir de l'opération, je vais mal. Je souffre et j'ai peur d'entendre le verdict fatidique : « Vous ne danserez jamais plus. » Je pose néanmoins la question, au réveil, et n'obtiens qu'une réponse mitigée : « Tout dépend de

vous. » Une réponse qui m'encourage et m'effraie à la fois. Au moins, je crois comprendre que j'ai encore des cartes en main.

29. Après quinze jours d'hospitalisation, j'ai perdu huit kilos, mais les résultats des analyses sanguines sont encourageants. À la radio, j'entends le *Boléro* de Ravel et, du fond de mon lit d'hôpital, j'y lis l'annonce de ma mort d'artiste. Sensation horrible.

30. Au bout d'un mois, je peux quitter l'hôpital. Le matin de ma sortie, j'attends le taxi qui doit me ramener chez moi. Mon sac est prêt. Soudain, je m'effondre au pied du lit. Calcul de la vésicule, doublé d'une lipase pancréatique ! On défait mon sac, je rempile ! Décidément, on m'en veut... Qui ? Pourquoi ?

31. Je sors enfin de l'hôpital, faible comme un nourrisson, délesté d'une dizaine de kilos, et le bras droit quasi paralysé. Car le chirurgien a effleuré mon nerf radial, celui qui, entre autres, guide la main. Imaginez un danseur privé de main droite !

Pour rééduquer ce membre devenu « idiot », on me conseille de faire des pages et des pages d'écriture. Dans un ultime sursaut d'orgueil, je recopie : « Je m'appelle Patrick Dupond, je suis né le 14 mars 1959 et je suis vivant ! » Puis suivent vingt pages qui me viennent très facilement, aussi naturellement que si elles attendaient d'être couchées sur le papier depuis longtemps... Mon amie Madeleine, écrivain, l'une des rares personnes, avec ma mère, à venir me voir fidèlement dans ma petite chambre, tombe sur ces pages et s'en empare. Direction les éditions Fayard. Le lendemain, je reçois un coup de fil de leur président, Claude Durand :

« Je veux tout le livre, toute l'histoire.

– Mais non, je ne suis que danseur, je ne sais absolument pas écrire.

– Vous savez faire danser les mots. Écrivez donc comme vous dansez, en vous donnant sans restrictions, généreusement. Allez-y, courage ! De toute façon, je crois savoir que votre situation financière gagnerait à être améliorée... »

Il a fait mouche. J'accepte. Écrire a d'ailleurs l'air de me faire le plus grand bien à l'âme... Donc aussi au corps !

32. Première convalescence-rééducation. Je pars pour l'Éden, à Quiberon. C'est le seul endroit au monde où je puisse récupérer et reprendre des forces, accompagné de mes fidèles compagnons, mes deux chiens, Lola et Newton, qui ne me quittent plus d'une semelle. D'autant plus que Yorma Votinen, ex-danseur

de Carolyn Carlson, désormais directeur du Ballet d'Helsinki, me propose de danser le *Salomé* de Béjart le 31 décembre suivant. Dans trois mois exactement : ce n'est pas beaucoup pour me remettre sur pieds. Trois mois pour retrouver dix kilos de muscles, une forme intacte, une santé de fer, c'est peu, mais c'est le genre d'épreuves qui ont toujours jalonné ma vie. Je comprends maintenant que ces épreuves me sont indispensables, qu'elles sont constitutives de ce que je suis, que je dois sans cesse en vaincre de nouvelles pour continuer d'avancer. Elles sont en même temps ma croix et ma lumière.

Les premières victoires sont remportées grâce à l'attention, la gentillesse, la prévenance, le soutien et la discrétion de tout le personnel de Quiberon dirigé par Marie-José Bobet. Depuis bientôt vingt ans, elle garde un œil bienveillant sur moi. Petit à petit, je retrouve mon énergie à coups de douches, massages, promenades, siestes – puis rebelote : douches, massages, siestes, gymnastique et... gentillesse ! Mon corps semble sortir d'une longue hibernation. Sur la plage, j'esquisse quelques « ports de bras » et quelques « arabesques » qui me tirent des larmes d'espoir. À l'évidence, les chiens, eux, n'y comprennent rien. « Patrick danse... et alors ? Ce n'est pas nouveau, il l'a toujours fait ! »

33. Retour à Paris en bien meilleure forme. J'arrive même à porter mon sac... ce qui tient du miracle !

Là, les choses sérieuses commencent. Je retourne chez Max, rue Rodier ; nous décidons de faire redémarrer la « locomotive » en douceur, à raison d'un cours par jour, avec les tout petits enfants. Nous repartons de zéro. Chaque cheville est lestée de deux kilos de plomb : il faut réveiller les muscles, devenus faibles et mous. C'est une période intense, faite de douleurs, d'acharnement, d'angoisse. Mais aussi une période illuminée par les sourires des petites filles de six à sept ans qui se demandent bien pourquoi le grand danseur hurle de joie quand il réussit à exécuter deux pirouettes, alors qu'il est connu pour en faire aisément dix !

34. 31 décembre. L'Opéra d'Helsinki ressemble à l'Opéra Bastille en plus chaleureux... Dehors, il fait moins quinze degrés, tout est blanc. La nuit tombe dès quatorze heures trente, mais je m'en moque ! Pour moi n'existent que la loge du théâtre, la scène et la chambre d'hôtel où je loge. Ainsi que mes longues conversations

avec Yorma au sujet du courage, du talent, de la force, etc. Bref, je recommence à vivre...

C'est un triomphe : *Salomé*, que Béjart a composé pour moi plus de six ans auparavant, a ce soir-là des résonances tragiques. Grâce aux éclats d'énergie arrachés au tréfonds de mon être et de mon âme, je me « déchire » littéralement pour offrir le meilleur de moi-même. Je me réapproprie le ballet, retrouve l'élégance des arabesques, la puissance des sauts, la force et la folie de *Salomé*. Le spectacle achevé, alors que les applaudissements résonnent encore, j'appelle Max à Paris, puis ma mère. Je veux qu'ils entendent ce que je suis encore capable de provoquer après avoir été laissé pour mort... « Blessé seulement ! » comme dit l'immense Robert Hirsch que j'adore depuis toujours.

35. Le lendemain, à la suite d'une nuit blanche – on ne dort pas, après une résurrection –, un avion doit me ramener vers Paris. Dans la salle d'attente où je suis arrivé avec près de deux heures d'avance – c'est dire si j'ai changé ! – je tombe sur *Le Figaro* où figure un article écrit par Madeleine Chapsal et intitulé : « Un treizième pilier pour Patrick Dupond ? » Elle fait référence à l'accident mortel de la princesse Diana sous le pont de l'Alma et au rôle des *paparazzi*.

Madeleine, c'est mon amie, ma copine, c'est la femme qui a écrit : « Vous avez tué Nijinski, vous avez tué Maria Callas, vous avez tué Lady Di, vous ne tuerez pas Patrick Dupond ! » Elle a pris position pour moi à un moment où personne ne s'en souciait. C'est celle qui s'est écriée : « Arrêtez le massacre ! » C'est celle à qui j'ai téléphoné en pleine nuit quand le chalet de Béjart a brûlé, celle qui m'a piqué mes vingt-cinq pages à l'hôpital pour les transmettre à Claude Durand, puis qui a fait la liaison entre l'éditeur et moi quand il s'est agi d'écrire cette histoire.

Madeleine, qui a été avisée de mes malheurs par l'irremplaçable Axel Schmitt, lui-même au comble de l'inquiétude, Madeleine qui a senti de loin le désarroi, la peine, la douleur où je suis plongé, a compris et hurlé : « Non, pas ça ! pas à lui ! » Elle écrit en substance que les êtres qui ont quelque chose « en plus » sont aussi handicapés que ceux qui sont atteints d'une infirmité. Pour ceux-là aussi, elle réclame amour, indulgence, compassion et protection. Ne serait-ce qu'en échange du bonheur qu'ils procurent à leurs lecteurs ou spectateurs.

Là, seul dans cette pièce feutrée de l'aéroport réservée aux VIP's, je peux enfin laisser couler des pleurs de joie pour la première fois depuis sept mois.

Ne me sentant plus complètement nié, méconnu, j'éprouve aussitôt le bonheur d'être à nouveau vivant, compris, entendu, soutenu. Je me sens transporté sur la table de la salle à manger familiale, quelque trois décennies plus tôt ; j'ai trois ou quatre ans, et souris à la vie. Je possède déjà un langage qui se passe des mots, celui des saltimbanques. Tout recommence !

36. Je suis rescapé, certes, mais, pour autant, je ne suis pas redevenu tout à fait normal. Sur les conseils avisés des médecins, je pars à la montagne avec ma mère. Direction Megève et le Triolet où nous retrouvons mes amis Frossart – ils sont à mes côtés depuis des lustres, attentifs et vigilants. Ils nous attendent de pied ferme, bien décidés à nous requinquer l'un et l'autre. Car ma pauvre Nicole revient elle aussi de loin, elle a « trinqué », comme n'importe quelle mère dans son cas, à entendre des mots tels que « chimiothérapie », « lipase pancréatique », « intervention longue », « cancer de la gorge », tous diagnostics et pronostics concernant son fils.

Une semaine après notre arrivée, je nous inscris aux compétitions de l'école de ski. À l'issue de deux tentatives, nous arborons fièrement nos médailles : elle, à cinquante-sept ans, a décroché la Flèche ; moi, le Chamois de bronze !

La vie reprend ses droits, nous respirons à nouveau, ivres de grand air sur les pentes du mont d'Arbois.

37. Retour à Paris... Nouvel accident : la fatalité m'attend en haut des escaliers !

Nous sommes rentrés de Megève il y a deux ou trois jours. Je viens de faire faire leur promenade matinale à mes chiens, je me sens en pleine forme. Je décide donc de regagner mon appartement, au cinquième étage, de manière sportive. Je dédaigne l'ascenseur et m'engage dans l'escalier, ma chienne Lola dans les bras – elle est sur le point d'accoucher. Mon rythme est soutenu, je gravis les marches quatre à quatre. Au quatrième étage, mon pied retombe sur le tapis qui vient d'être nettoyé et n'a pas encore été refixé aux marches. En une fraction de seconde, je bascule en arrière, mes jambes passent par-dessus ma tête. Le temps de penser à protéger ma chienne, et je dégringole sur tout un étage. J'aperçois le mur qui se précipite à ma rencontre. J'ai à peine le temps de projeter mon pied gauche en avant, protégeant toujours ma chienne, dans l'idée d'amortir le choc, mais, au sinistre craquement que j'entends – je ne sens pas encore la douleur –, je sais d'emblée qu'il y a fracture.

Je me redresse comme je peux, m'assurant que la chienne n'a rien. Toute tremblante, elle a plus de peur que de mal. Péniblement, je rejoins l'appartement ou je m'emploie à dresser un bilan de la casse. Tout a été si rapide que je n'ai pas bien compris ce qui vient de se passer. C'est maintenant que je me rends compte que je viens d'échapper de peu à la mort. Ce que confirment les multiples douleurs qui m'assaillent rapidement d'un peu partout. Je mesure la gravité de la situation : il faut appeler une ambulance et faire l'inventaire des multiples lésions que je viens de subir.

À l'Hôpital américain, après quarante minutes de radiographies, le diagnostic tombe, implacable : « Trois côtes cassées, triple fracture du métatarse droit ! » Me revoilà immobilisé, plâtré, meurtri. Pour au moins deux mois. Une fois de plus stoppé dans ma course. Décidément, le bout du tunnel n'est pas encore en vue !

38. C'est plâtré que je débarque aux prud'hommes, le 1er avril 1997. Cela n'a rien d'un poisson... Pour moi, ce serait plutôt un cauchemar. Tous mes espoirs de réparation s'envolent les uns après les autres au rythme des arguments et contre-vérités qu'énonce l'avocat de l'Opéra. Dans un brouillard, je vois ma mère

s'effondrer à l'annonce du jugement qui me donne tort et me déboute de toutes mes demandes. À l'évidence, c'est le scénario de la star capricieuse que les juges ont décidé d'entériner. Je n'ai plus qu'à m'en remettre à la cour d'appel pour obtenir la révision de ce verdict que je considère comme inique et préjudiciable à mon égard.

Avoir accepté de faire partie du jury du Festival de Cannes, avoir manqué, pour ce faire, trois jours de répétitions avec l'accord de la chorégraphe, à deux mois de la première représentation, c'est donc cela qu'on appelle un « caprice » ? Je suis consterné, abasourdi.

39. Un mois et demi après le jugement des prud'hommes, une nouvelle grosseur vient enfler à la base de mon cou. Je reprends le chemin de l'hôpital et du scanner. Il faut me réopérer, c'est inévitable. Le chirurgien m'en convainc en comparant mon corps à une automobile de formule 1 dont les rouages seraient entravés par quelques grains de sable...

40. Je sors de chirurgie. Il m'est vivement conseillé d'envisager une longue convalescence à la montagne. Maurice Béjart, qui possède un chalet au-dessus de Montreux, propose très gentiment de me le prêter.

Je pars donc m'installer dans un endroit qui ressemble au paradis : un chalet à flanc de montagne, entouré d'arbres immenses, devant une prairie qui surplombe le Léman, sous un soleil radieux. J'ai pris mes deux chiens avec moi, le manuscrit de ce livre entièrement écrit à la main, et tous mes médicaments.

En l'espace de quatre jours, à force de balades en forêt, de longues siestes au soleil, de matinées d'écriture studieuses, je me remets à exister. Avec l'impression que les nuages noirs accumulés au-dessus de ma tête se dissipent enfin et laissent envisager un nouveau départ.

Oui, je commence à espérer, ce qui ne m'est pas arrivé depuis longtemps ! D'autant plus que Maurice m'a promis de remonter *Casta Diva*, ce spectacle au personnage unique qu'il avait successivement écrit pour Maria Callas, puis pour Robert Hirsch, et qu'il a finalement interprété lui-même avec la complicité de Maria Casarès pour la voix et de Pierre Boulez pour la musique. Imaginez l'affiche : « Béjart, Callas, Casarès, Boulez et... Dupond ! » L'avenir me sourit.

41. Le matin du cinquième jour, le téléphone sonne. C'est Maurice, en tournée au Japon, qui appelle pour prendre de mes nouvelles :

« Allô, Patrick ? Ça va ? Tu ne devineras jamais... Nous sommes en juillet et il neige sur Tokyo ! C'est épouvantable !

– Eh bien, ici, en Suisse, je déjeune quasiment nu tous les jours sur la terrasse ! J'ai déjà bronzé et, si ça continue, on va croire que je reviens du Sénégal !

– Fais tout de même attention, Patrick : la montagne est trompeuse. Pense bien à faire du feu, le soir, pour ne pas geler la nuit.

– Je sais, je fais une petite flambée tous les soirs avant dîner... Ça remplace la télé !

– Je suis heureux que tu te retapes. Nous aurons du travail, après les vacances. Je t'embrasse, et pense bien au feu... ne va pas prendre froid !

– Je vous embrasse aussi très fort, vous êtes un ange de m'avoir prêté votre paradis. Bon courage et à bientôt ! »

Le soir même, je fais rituellement une petite flambée pendant qu'un succulent pot-au-feu mijote doucement. Une fois le repas avalé, je monte au premier, mon manuscrit sous le bras, accompagné de mes deux chiens.

Très vite, vers vingt-deux heures, c'est l'extinction des feux ; je sombre dans les bras de Morphée sous le gros duvet douillet.

42. Quatre heures trente du matin. Je me réveille péniblement, en proie à une sourde

angoisse, un malaise indéfinissable. Je me dirige vers la salle de bains pour me rafraîchir le visage quand, tout à coup, je perçois le son d'une voix qui monte de l'extérieur et qui hurle : « Monsieur Patrick !... Monsieur Patrick !... Sortez tout de suite du chalet ! Ça va cramer ! Sortez vite, je vous en prie ! »

C'est la voix du gardien, il habite dans la vallée. Il a été prévenu par un fermier qui habite plus haut. Il s'est précipité chez Maurice : le chalet est en flammes ! Immédiatement, je pense aux chiens et à mon manuscrit.

J'attrape les deux bêtes paralysées de frayeur, le manuscrit qui contient désormais toute ma vie, et je sors hagard, en pyjama, dans la nuit froide où m'attend le gardien affolé. Je m'engouffre dans la voiture, mais prends alors conscience que je n'ai pas les clefs et que je suis à moitié nu. Je fonce à nouveau vers le chalet malgré les avertissements du gardien. Un jean, une paire de baskets, mes papiers, les clefs et je me sauve ! À nouveau dehors, j'aperçois des centaines de flammèches qui courent sur le toit. « Oh, ce n'est pas bien méchant. Nous allons pouvoir éteindre ça en un rien de temps ! » dis-je d'une voix rassurée au gardien. À peine ai-je prononcé cette phrase qu'une colonne de feu haute de quinze mètres s'élève avec un ronflement d'enfer. Nous devons nous éloigner. Puis tout va très vite. Les pompiers sont là, ils dégagent ma voiture, restée trop près du chalet. Sur ce, Lola s'enfuit dans la nuit noire. On la retrouvera six heures plus tard, à cinq kilomètres de là.

Je me souviens aussi d'un âpre dialogue avec le chef des pompiers. Il accepte finalement que je guide son équipe au rez-de-chaussée, qui ne brûle pas encore, pour sauver ce qui peut l'être. Il y a notamment un petit meuble en bois où Maurice conserve précieusement des reliques : les objets ayant appartenu à Jorge Donn, des souvenirs du Japon, une dédicace du Dalaï-Lama... J'enfile un costume de soldat du feu et nous nous engouffrons dans la fumée, au milieu de sinistres crépitements. J'indique là où sont les meubles, les photos, les objets. Les pompiers sont d'une remarquable efficacité. Très vite, ils évacuent tout ce qu'il est possible de sortir du rez-de-chaussée. Quelques instants plus tard, l'eau, qu'il a fallu aller chercher à des kilomètres, jaillit des lances à incendie. Peu à peu, les flammes faiblissent. Je me rends alors compte que l'endroit où je dormais une heure auparavant n'est plus qu'un trou béant donnant sur le vide. Puis je constate la disparition de Lola et fonds en larmes. Épuisé, je hurle : « Pourquoi, pourquoi ? Lola, reviens, je t'en supplie ! »

Un pompier essaie de me calmer, et surtout commence à me débarbouiller. Je suis couvert de suie de la tête aux pieds. Entre deux sanglots, j'entends les paroles de l'homme qui s'évertue à me rassurer : « Ne t'inquiète pas, nous allons la retrouver ! Tout va bien : tu es vivant, personne n'est blessé, nous allons maîtriser ce feu. Quant à toi, tu danseras encore longtemps ! » Puis il me prête un téléphone portable pour que je puisse prévenir mes proches. Il est six heures. J'appelle Madeleine à Paris : « Allô, je te réveille ? Pardon... Le chalet brûle. Lola a disparu... Je vais retourner dans le feu pour la rechercher. Oui, j'ai sauvé le manuscrit... Je serai prudent... Au revoir ! » Finalement, vers neuf heures, tout est fini. J'ai retrouvé Lola et on m'encourage à retourner à Lausanne où je pourrai me doucher et me reposer.

À Lausanne, je prends une chambre d'hôtel et, pour la première fois depuis le début de cette tragédie, encore tremblant de peur et de froid, j'aperçois mon visage dans le miroir de la salle de bains. Je suis dans un état épouvantable : les cheveux hirsutes, le visage noirci, des dégoulinades de larmes sur mes joues noirâtres, les yeux rougis. Et surtout le pire : à la base de mon cou, à l'endroit de ma cicatrice, une nouvelle grosseur de la taille d'une balle de golf. Ça recommence !

43. « Patrick ! me dit le professeur, je vais être très clair avec vous. Nous avons tous compris ici que vous souffrez de votre départ de l'Opéra. Et ce que nous avons aussi compris, c'est que cette situation odieuse vous pousse à une sorte d'autoflagellation qui risque de déboucher sur des actes irréversibles. Au nom du bonheur que vous pouvez encore dispenser autour de vous, au nom de ce potentiel immense qu'il ne faut pas gâcher, arrêtez donc de vous faire du mal ! Je vais être obligé de vous réopérer. Mais, cette fois, je vous laisserai sous perfusion pendant au moins trente jours, pour être sûr d'avoir définitivement éradiqué de votre système les bactéries qui se réactivent chaque fois que vous vivez une émotion trop forte. Compris ? »

Et me voilà derechef au fond du trou. À nouveau la chirurgie, des tuyaux plantés partout. Je ressemble à un arbre de Noël futuriste, comme mon ami Alain quelques années auparavant. Je ne trouve vraiment pas ça drôle !

Je reste donc coincé à l'hôpital pendant tout le mois d'août avec pour seule compagnie mes bouteilles de perfusion montées sur pied à roulettes. Pour couronner le tout, je reçois un coup de téléphone assassin de mon comptable : avant de partir en vacances, il m'annonce que tous mes comptes sont vides. Il me demande si je prévois de danser durant l'été... Je lui réponds qu'à part un pas de deux comique avec perfusion, je n'ai rien en vue pour le moment !

44. Début septembre, on me « débranche » et les bons résultats de mes analyses m'autorisent à rentrer chez moi avec un traitement médicamenteux assez lourd, mais tout à fait « gérable ».

Finalement, ce mois a beau avoir été pénible, j'en ai tiré quelques avantages. D'une part, mon manuscrit a bien avancé ; d'autre part, j'ai aussi eu le temps de rédiger le synopsis d'un ballet dont l'idée a germé durant les longues heures passées à écouter la radio à l'hôpital. Cet été-là, la *world music* a eu la part belle. Pour moi, cette musique est comme une succession de danses du monde. C'est tout excité que j'ai couché sur le papier la trame de ma première création, intitulée : *Ils dansent... le Monde*. L'idée en est fort simple : faire se rencontrer des individus qui, sous leurs vêtements urbains, porteraient les costumes de leurs ancêtres. Du fond de mon lit, j'ai clairement perçu que toutes ces musiques africaines, berbères, espagnoles – et jusqu'au rap – ont un trait commun : la danse comme langage universel. J'ai donc imaginé une rencontre entre danseurs classiques, danseurs espagnols, africains, argentins, tziganes, hip-hop, etc., et des mariages improbables, des métissages plus audacieux les uns que les autres.

Sitôt sorti de l'hôpital, je dépose mon projet à la Sacem, ignorant encore l'avenir qui sera réservé à ce premier « bébé ».

45. Quelques jours plus tard, je reçois un coup de fil d'un producteur de spectacles au Japon, Monsieur Nitta, avec qui j'ai déjà travaillé. Il propose que nous dînions ensemble pour parler de projets de spectacles à Tokyo au mois de janvier prochain.

Ce dîner est la première lueur à apparaître dans le tunnel où je me débats depuis des mois. J'accepte sa proposition avec conviction : oui, je danserai le ballet de Carolyn Carlson à la mémoire de Jorge Donn. J'ai vu Carolyn interpréter elle-même ce magnifique solo au théâtre des Champs-Élysées. Je rêve depuis longtemps de l'interpréter et de rendre ainsi hommage à l'ami que j'ai perdu. Ce sera ma façon de lui dire au revoir et combien je l'aimais.

À la fin du dîner, marché conclu, emporté par une fougue irrésistible, je me mets à raconter à ce cher Monsieur Nitta le long calvaire que je viens de subir et les affres que j'ai endurées : mon licenciement, les interventions chirurgicales, les blessures, l'incendie... Tout, je ne lui épargne rien ! Jusqu'à la conception récente d'*Ils dansent... le Monde*, que je lui explique dans les moindres détails avec un enthousiasme flambant neuf. Monsieur Nitta m'écoute dans un silence religieux. Au terme de mon récit, je vois qu'il a les larmes aux yeux. Son interprète, Yoko, également. Il sort alors de sa poche un stylo et un carnet sur lequel il griffonne quelque chose. Puis il me tend solennellement ce qui ressemble à un chèque. Je reste incrédule, interloqué. L'interprète m'explique que Monsieur Nitta vient d'acheter le spectacle. Ou plutôt de le « réserver » : il veut expressément l'exclusivité du spectacle ! Je n'en reviens pas. Je lui ai raconté mon projet sans aucune arrière-pensée « commerciale », d'autant que je ne me considère pas comme un créateur. Jamais, jusqu'ici, je n'ai envisagé d'écrire un seul pas de danse. Mais il faut bien me rendre à la merveilleuse évidence : je viens d'être « engagé ». La confiance de Monsieur Nitta me touche profondément. Je ne puis pas le décevoir.

46. Le lendemain, je contacte Carolyn et nous mettons au point le planning des répétitions. Puis j'appelle Max pour lui annoncer la bonne nouvelle, et ce qu'elle implique : reprendre des cours, gagner un peu d'argent ! Le fidèle Max offre de me prêter gratuitement son studio pour

que Carolyn et moi puissions y travailler en paix.

Tout à coup, la roue du destin vient encore une fois de tourner. Tout semble devoir me réussir à nouveau : j'ai un contrat en poche pour quatre spectacles à Tokyo au mois de janvier prochain, l'assurance de créer mon propre spectacle, peut-être l'été suivant, et la perspective des répétitions de *Casta Diva* avec Maurice Béjart, en décembre, à Lausanne !

J'appelle Maurice pour lui annoncer toutes ces bonnes nouvelles. À l'instar de Max, Maurice est pour moi comme un deuxième père. Un peu froid, il me répond que, me croyant encore malade, il a préféré annuler cet engagement et le remettre à plus tard. Je comprends que, pour moi, un bonheur doit toujours être payé d'une déception ou d'un nouveau malheur... C'est mon destin, il faut bien que je m'y fasse.

L'« abandon » de Maurice me trouble, j'ai du mal à me l'expliquer. Jusqu'à ce qu'une soi-disant « bonne amie qui m'adore » m'en fasse bientôt comprendre le pourquoi. Maurice aurait aimé qu'après l'incendie de son chalet je me montre plus empressé à lui parler, à lui faire part des circonstances du drame. Ladite « amie » ignorait que j'avais essayé à plusieurs reprises de joindre Maurice au Japon. Je l'avais bombardé de messages entre Tokyo et Yokohama, Osaka et Nagoya. J'avais même parlé plusieurs fois à son assistante personnelle, Marie-Thérèse Jacquard. Je l'avais rassurée sur mon propre état, ainsi que sur celui des objets chers à Maurice. Un journaliste de la radio suisse avait en effet eu la bonne idée d'annoncer l'accident de manière quelque peu abrupte : « Le danseur étoile Patrick Dupond a brûlé cette nuit dans le chalet de Maurice Béjart... » J'avais pu imaginer l'effet produit par ce genre d'information sur quelqu'un qui se trouve au bout du monde, en pleine création mondiale, et qui vous a parlé quelques heures auparavant...

Bref, pour l'instant, exit *Casta Diva* ! Mais qu'à cela ne tienne : de toute façon, j'ai du pain sur la planche. En cette fin de siècle, fin de millénaire, pour moi fin de trentaine, je suis prêt à me retrouver sous les feux des projecteurs. Sans cesse je me répète qu'une fois le fond atteint, il n'y a pas d'autre solution que de donner un grand coup de talon pour remonter à la surface. Je reviendrai à l'air libre, coûte que coûte !

47. Début octobre 1998, coup de fil d'un Axel Schmitt radieux : « Patrick, cette semaine, tu as deux rendez-vous d'une importance capitale. D'abord avec Patrick Alès qui t'attend

dans son usine, près de Paris. Je pense que nous allons signer un beau contrat avec lui ! Puis nous voyons Jean-Claude Darmon : il s'est occupé de l'organisation des manifestations de la Coupe du monde de football. Il a un spectacle génial à te proposer ! »

Patrick Alès est le concepteur de la ligne de produits Phyto, dont je suis un adepte depuis des années. La visite de son usine est un vrai moment de bonheur. Le « boss » qui m'accueille est un bel homme à la crinière argentée, qui respire la joie de vivre. Je suis immédiatement séduit par son affabilité. Tous les membres de son équipe l'entourent, visiblement ravis. Cette visite revêt, je ne saurais dire pourquoi, un air de fête. De son assistante qu'il tutoie aux chercheurs du laboratoire, en passant par les manutentionnaires et jusqu'à son propre fils qui s'occupe de l'image du groupe, tous respirent le bonheur de travailler là. Rapidement, sans difficulté aucune, nous parvenons à un accord. Non pas au sujet des produits Phyto, comme je le croyais initialement, mais à propos du parfum « Pour un homme » de Caron, dont Monsieur Alès vient de faire l'acquisition. Coïncidence : j'utilise cette eau de toilette depuis l'âge de dix-sept ans ! C'est en familier, et pas peu fier de l'être, que je deviens donc

« l'Homme de Caron », auquel je prête mon image.

Dans la foulée, cette même semaine, je rencontre Jean-Claude Darmon qui me déclare sans ambages : « Patrick, ce que l'on vous a fait ces derniers temps me choque et m'exaspère. C'est injuste non seulement pour vous, mais pour le public français qui vous aime. Moi-même, j'ai envie de vous voir danser à Paris. Par conséquent, je vous offre le Palais omnisport de Bercy et le prestigieux Cadre noir de Saumur pour créer un spectacle magique. Je suis persuadé que vous y ferez merveille ; les représentations sont prévues début mai ! Est-ce que cela vous va ? »

Comment refuser ? En l'espace de quelques jours, je rencontre des hommes et des femmes qui ont confiance en mon talent, qui ne me prennent pas pour un « gugusse », et, surtout, qui veulent me faire travailler !

Une fois réglés les derniers détails indispensables, comme le nombre et le rythme des répétitions, sur lesquelles j'insiste beaucoup, j'accepte cette magnifique proposition. L'affaire est entendue et Axel chargé de finaliser les termes du contrat. Ce n'est que justice : n'est-ce pas lui qui a entrepris toutes les démarches préalables, noué les premiers contacts, et n'est-ce pas grâce à lui que nous en sommes là, à voir le soleil réapparaître ?...

48. Début novembre, le réalisateur Bernie Bonvoisin, pour qui j'ai joué le rôle d'un commissaire de police qui se fait passer pour danseur étoile dans son film *Les Grandes Bouches*, m'appelle : « Je suis très content de toi, Patrick. Tu as été superbe, durant ces trois jours de tournage. On remettra ça ! »

Puis commencent, rue Rodier, les répétitions avec Carolyn Carlson. Mais, très vite, nous devons déménager : la police nous expulse pour cause de « bruit » pendant l'heure de la sieste des voisins du dessus ! Or l'école est installée là depuis plus de trente-cinq ans. Voilà qui laisse songeur... Grâce à la gentillesse de Nicole Chirpaz et de toute l'équipe de l'école AID, nous atterrissons dans le très beau studio de la rue Boissière. C'est là que, pendant une douzaine de jours, à raison de dix à onze heures de répétitions quotidiennes, le « nouveau Patrick Dupond » va naître avec le sublime solo intitulé *The Floating World*.

Carolyn a très vite décidé que je ne danserais pas la pièce telle qu'elle l'a d'abord écrite. Elle comprend que, de mon point de vue, ce doit être bien plus qu'un hommage. Elle veut créer quelque chose d'inédit pour moi. Extrêmement intuitive, elle pressent nettement que ce ballet est pour moi l'occasion d'une véritable renaissance, tant physique que psychologique. L'affaire est grave et mérite autant d'attention que de talent.

Au début, ce n'est pas brillant. Rien ne va. Trop tendu, trop impatient, je veux tout, tout de suite. Carolyn accomplit alors un travail extraordinaire avec moi. Elle me réapprend à respirer : car j'ai tout oublié, mon physique n'est plus en phase avec mon mental. À l'occasion, elle m'initie au tai-chi-chuan, art martial chinois vieux de plusieurs millénaires, dont les effets sur moi sont immédiatement perceptibles et spectaculaires. Au bout de dix heures de répétitions, quoique sur les genoux, je sens revenir en moi énergie et enthousiasme. Petit à petit, un nouveau moi se forme, un être neuf que je sais prêt à éclore à la vie. Cette sensation, j'essaie de la partager avec Max, Maman, Jean-Marie et Madeleine, mes quatre « anges gardiens ».

Lorsque nous abordons le problème du costume de scène, Issey Miyaké s'impose comme une évidence : c'était un ami intime de Donn, c'est aussi l'un des miens. J'ai pour lui et son travail une admiration sans borne. Place des Vosges où m'accompagnent Carolyn et Madeleine – qui en profite pour s'acheter un superbe manteau rouge –, nous sommes accueillis par une équipe formidable. Aussitôt contacté par téléphone au Japon, Issey, en dépit de la présentation imminente de sa nouvelle collection, accepte de créer mon costume pour les quatre représentations prévues. De retour au studio, nous réalisons quelques cassettes vidéo des répétitions, que j'expédie au Japon afin qu'Issey puisse se mettre au travail. C'est lui qui trouvera l'image du nouveau Dupond 99 : « Je te vois comme un ange et un aigle à la fois. 1999 sera l'année de l'Ange ! »

49. C'était prémonitoire : l'année nouvelle sera en effet marquée par la figure de l'Ange. Peu après, je suis contacté par le réalisateur Alexis Tikovoï. Il veut que j'interprète le rôle principal de son film qui sera bientôt tourné à Cognac, dans la magnifique lumière des Charentes, et qui s'intitule... *La Part de l'Ange*. Madeleine, qui a une maison de famille dans la région, à Saintes, m'accompagne.

Puis, lors d'une séance de travail avec l'équipe du Cadre noir de Saumur, nous décidons que ma première apparition se fera sous la forme d'un homme volant tout habillé de blanc par Gianfranco Ferré... l'ange Pégase ! En outre, lors des essais pour ce fameux « vol », dans la banlieue de Londres, je loge dans un hôtel en rase campagne où on m'a attribué la chambre...

Michel-Ange. Au-dessus du lit, il y a une reproduction de l'*Ange Gabriel* par le maître italien...

D'aucuns veulent ignorer les signes... Durant cette période de ma vie, j'y vois des encouragements à déployer toute l'énergie nécessaire à la réalisation de mes projets et à l'épanouissement de mon art.

Pendant le mois de décembre, je continue à prendre des cours avec Max. C'est alors que débarque l'équipe d'un magazine japonais comparable à notre *Paris-Match*, pour faire des photos. Le journal a décidé de me consacrer sa couverture et vingt-six pages intérieures, fait rarissime pour un *gaigin* (étranger). Je n'y peux rien, les Japonais m'adorent !...

La première fois que je me suis produit au Japon, c'était il y a vingt ans, dans le rôle de Mercutio du *Roméo et Juliette* de Iouri Grigorovitch. Depuis lors, les gens y ont pour moi une admiration et une affection qui ne se sont jamais relâchées. C'est une grande et longue histoire d'amour entre le public japonais et moi. Au début, à l'époque où j'arborais des cheveux blonds décolorés, les jeunes filles se jetaient sur moi, quasi hystériques, déchirant mes vêtements, me griffant. Il y avait une singulière passion dans cet amour-là !... Aussi violente ou plus calme, elle ne s'est jamais démentie. Aujourd'hui encore, chaque fois que je me produis au Japon, nous organisons de longues séances de dédicaces après les spectacles, afin de contenter ce public chéri. Même si ces moments sont très éprouvants physiquement, je ne vois pas comment je pourrais m'y soustraire. Loin d'être une obligation, c'est une question de respect mutuel. J'aime ce public qui me le rend au centuple. Presque considéré là-bas comme une rock-star internationale à l'égal d'un David Bowie, ces gens m'acclament pour les raisons mêmes qui m'ont conduit à faire ce métier, et l'image « déifiée » qu'ils me renvoient de ce que je suis devenu est le plus beau cadeau dont un artiste puisse rêver. C'est aussi pourquoi j'entretiens d'excellentes relations avec la presse nippone, et suis toujours prêt à donner de mon temps pour la satisfaire. Dans le strict respect de ma vie privée, s'entend !... Au reste, comme je parle un peu le japonais, les télés m'invitent spontanément. Ainsi, je n'ai pas besoin de « faire de promo » : elle se fait d'elle-même de manière toute naturelle.

Les fêtes de fin d'année se déroulent tranquillement. Les préparatifs de ma renaissance avancent. Malgré sa phobie de l'avion, Madeleine, qui sait combien l'événement compte pour moi, décide de m'accompagner en Extrême-Orient. Elle sera le témoin privilégié de la création à Tokyo de *The Floating World*.

50. Le voyage à Tokyo est à la fois un miracle en soi et une collection de petits miracles successifs, aussi réconfortants et chaleureux qu'étranges. En raison des essayages à effectuer avec Issey Miyaké, Madeleine et moi arrivons une bonne semaine avant les autres artistes. Nous nous rendons au studio Miyaké, lieu béni et surprotégé, saint des saints où le « maître » crée ses œuvres. À notre arrivée, c'est le branle-bas de combat. Tout commence par le choix du tissu, le matériau de base. Dans ses usines situées au nord de la capitale, le maître en fait fabriquer de toutes sortes. Parfois même, il en crée lui-même de toutes pièces, il cherche, expérimente. Dans ses usines, on tisse, on file, on assemble la soie, le lin, le chanvre et bien d'autres matières végétales ou pas, naturelles ou synthétiques. On effiloche, on triture, on malaxe, on destructure pour reconstruire, on décompose pour recomposer quelque chose d'inédit. La matière qui naît au terme de toutes ces opérations peut être impalpable, translucide, cartonnée, pelucheuse, poilue, souple, rigide, indéfinissable... C'est le fameux *plissé* Miyaké que l'on retrouve aujourd'hui partout.

Issey est débordé par la préparation de sa prochaine collection. En outre, il s'est fixé une règle à laquelle il entend ne pas déroger : ne jamais faire de costumes de scène. Il n'a nul besoin d'en créer pour exister. Il veut se produire sur la scène du monde, c'est-à-dire partout et nulle part... Pourtant, il va faire une exception pour moi. C'est peu dire que j'en suis flatté.

Dans ses bureaux, tout a été conçu par le créateur dans une simplicité extrême, un dépouillement tout oriental. Il arrive que le minimalisme et l'élémentaire deviennent somptueux : question de choix rigoureux et d'équilibre. Encore une notion qui nous est commune et nous rapproche.

Nous visionnons encore et encore les vidéos des répétitions ; des dizaines de petites mains s'affairent autour de moi. Miyaké s'imprègne des images. Je n'ai rien à dire ni à expliquer. « Il faut que j'habille cette danse, et non cet homme », se répète-t-il. Durant trois jours et trois nuits, toute son équipe se relaie sans relâche sur mon costume. Rien n'est laissé au hasard ; on fait, défait puis refait des dizaines de fois le même ouvrage. Je suis très impressionné.

J'essaie. D'abord une sorte de « peau » en stretch où il y a du rouge et de l'or. Minutieux, l'essayage est en même temps incroyablement rapide et naturel. Le couturier fait procéder à des modifications et ajustements par ses assistants, puis exige qu'on aille chercher une autre matière dans les ateliers ; il coupe, arrache, à la manière d'un enfant qui mettrait à mal tous ses cubes pour les assembler différemment dans un nouvel élan de génie. On abandonne le rouge au profit du blanc. Finalement, l'or sera décliné sur trois tons, la jupe superposée à une autre, ce qui devait tenir lieu de veste jeté aux oubliettes... Du papier blanc, collé et mélangé à de la soie, amplifiera ma carrure, telle une carapace articulée pourvue d'embryons d'ailes. Enfin, Issey spécifie bien que ce costume ne saurait être utilisé que pour les quatre représentations prévues au Japon. Après quoi il sera brûlé...

Dernier détail, ô combien symbolique et révélateur : quasi invisible, un fil de soie rouge court tout au long de l'échine, dans le dos du costume... comme pour signifier la goutte de sang versée par l'artiste au travail, sa douleur et sa joie mêlées de créateur.

Le soir, épuisés par les essayages, nous nous retrouvons dans un minuscule restaurant végétarien. C'est une sorte de petite maison japonaise où tout ramène aux plaisirs simples de la vie. C'est là que je revois mon grand ami Tomio Mohri, qui avait créé les costumes du *Lac des cygnes* à Paris et est devenu entre-temps le bras droit d'Issey. Nous sommes tous assis autour d'une bouilloire qui chuchote doucement, et partageons un moment de vie rare.

Après trois autres longs essayages, ce n'est qu'une demi-heure à peine avant le lever du rideau qu'on me livre la parure achevée. Mais un costume, si magnifique soit-il, reste un accessoire. Même s'il apporte un supplément d'âme, il ne remplace jamais celle du danseur. Ce qui compte, c'est de pouvoir danser *avec*. Or ce couturier-là n'est pas qu'un habilleur, il a exactement perçu ce qu'entendent exprimer mes gestes. Il a intégré au costume la chorégraphie de Carolyn Carlson. Le costume qu'il a conçu doit servir de caisse de résonance : chaque pas, chaque mouvement sera souligné, amplifié, prolongé par son admirable et éphémère architecture de coton et de papier en noir, blanc et or. Jamais, avant cette collaboration avec Issey, je n'ai eu autant conscience que le ballet peut être la quintessence du travail de création, l'union intime entre un danseur, un chorégraphe, un couturier, une musique, une lumière, etc. Un corps multiple doué d'une âme unique – le public ne devant voir qu'elle.

Une fois sa tâche accomplie, Issey nous invite, Madeleine et moi, dans un *ryokan*, une auberge typiquement japonaise. Nous nous retrouvons logés dans un lieu paradisiaque. Ma chambre, recouverte de tatamis, est décorée d'objets rares. Elle donne sur un lac au bout duquel est posé à flanc de montagne un très joli théâtre nô. Après la folle agitation de Tokyo, ce séjour est une bénédiction. Il faut dire que je suis tombé amoureux du Japon il y a plus de vingt ans, et que ce coup de foudre fut réciproque, ce qui n'est pas banal. Tout de suite, j'ai adopté la façon de vivre des Japonais, j'ai cherché à comprendre leur culture, à connaître et épouser leurs coutumes. Tout comme j'ai su rapidement intégrer leur présent, leur façon de vivre rapide et brutale, leur incroyable aptitude à la modernité. Cette perception globale d'un pays et d'une société dans leur complexité m'a permis d'être vite admis et reconnu par les Japonais. Et c'est pourquoi je suis devenu à mon tour un adepte de la vie « à la japonaise » : sources d'eau chaude *(onsens)*, restaurants de poisson cru *(sushi)*, bains dans la neige... Tout ce qui a trait à la culture de ce pays me fascine et je trouve admirable la façon qu'on a d'y faire coexister les traditions les plus anciennes et la modernité la plus échevelée.

Après ce repos inespéré, retour en train à Tokyo pour la première répétition. Au théâtre, une surprise de taille m'attend : en entrant sur scène, je « tombe » littéralement sur Monique Loudières – ma Monique ! –, sur Pietra, Isabelle Guérin, Laurent Hilaire, Charles Jude... Soudain, c'est une réunion de famille : tous ces danseurs étoiles de l'Opéra de Paris ne sont-ils pas mes amis ? J'en reste bouche bée. Nous nous embrassons, nous éclatons de rire, nous nous racontons nos vies en accéléré. L'évidente affection que tous me témoignent me touche et me transporte, me donnant des ailes pour le spectacle.

Il y a aussi Maïa Plissetskaïa en compagnie de qui j'ai beaucoup « tourné », notamment avec *Kurozuka*, la pièce de Maurice Béjart, ainsi que les danseurs étoiles du Bolchoï et du Marinsky de Saint-Pétersbourg. Tous présentent des pas de deux classiques alors que les Français n'interprètent que des pièces contemporaines. À ce titre, *The Floating World* est en soi un exploit : bien qu'il dure vingt-cinq minutes, il ne comporte pas un seul mouvement « classique ». Pas d'arabesques, pas de pirouettes, pas un seul saut ! Carolyn Carlson a « revisité » ma danse. Elle a pensé à juste titre que, même immobile, mon corps véhiculerait un message. Une expérience proche de celle que j'ai vécue avec Bob Wilson pour *Le Martyre de saint Sébastien*, en 1988.

Le jour de la répétition générale, l'angoisse monte d'un cran. François Saint-Cyr, un ami de longue date, ex-danseur de Roland Petit et de Maurice Béjart, est en charge des lumières.

C'est lui qui a créé celles de *Don't Look Back*, de Carolyn Carlson, un magnifique solo dansé par la Pietra. Comme Carolyn, il me connaît par cœur. Durant les derniers réglages, la tension monte encore, la nervosité me gagne. Je ne cesse de répéter à Madeleine que je « sens » une présence à mes côtés, à en être parfois gênante, comme si quelqu'un m'épiait, là, dans mon dos. Est-ce Donn à qui j'ai dédié ce solo ? Nijinski, Callas, Piaf, Signoret, tous les grands de ce siècle auxquels je pense quand j'interprète cet hommage ? Pendant la générale, Madeleine fait des photos. Toutes sont floues ou ratées – sauf une. Et c'est là que se produit une sorte de miracle : alors que je suis seul sur scène, sur le cliché apparaît juste derrière moi une forme étrange, une ombre lumineuse, toute striée. « Un ange ! s'exclame Madeleine. J'ai photographié ton ange !... »

... Le rideau se lève, je suis assis sur scène dos au public, dans un silence absolu. Très lentement, je lève le bras gauche, comme si j'évoluais dans une autre dimension, presque en apesanteur. Puis, au son des *kodos*, les tambours japonais, je m'anime. Au terme de ces vingt-cinq minutes du solo, je suis devenu un samouraï cosmique qui, face au miroir, salue solennellement la divinité qu'il est devenu.

Fin du solo. Pendant cinq secondes plane un silence médusé. Avant qu'explose un tonnerre d'applaudissements aussi bien dans la salle que dans les coulisses où se tiennent Monique, Pietra et les autres. Maïa me félicite : « Grand ! Grand ! Dupond est bien plus grand que *before* ! Faisons échauffement ensemble demain, vous et moi... J'aime être avec vous ! » J'en pleure de joie, silencieusement. Je renais enfin ! La flamme vient d'être ravivée en moi : je suis vivant !

Le lendemain, un journaliste de l'*Asahi Shinbun*, le plus grand quotidien nippon, titre son compte rendu : « Patrick Dupond réinvente la danse. Nous attendons vivement le mois de juillet pour voir sa "nouvelle orthodoxie", sa première création : *Ils dansent... le Monde.* »

Il est temps de rentrer à Paris où m'attendent d'autres défis.

51. Sitôt rentré, je contacte mon ami Jean-Hugues Tanto, danseur à l'Opéra, mais surtout chorégraphe de talent. D'abord au théâtre impérial de Compiègne, puis dans les arènes d'Arles, j'ai interprété pour lui *Bouge de là*, un ballet ludique et poétique où se côtoient deux danseurs hip-hop et un danseur classique. Je sais que je serai incapable d'assurer seul le travail de chorégraphie avec chevaux pour le spectacle prévu

avec le Cadre noir de Saumur. La complicité et la confiance qui nous unissent seront garantes de beaux moments à Bercy. Sur la route de Saumur, nous décidons de présenter un petit morceau de danse sur la *Méditation* de Fauré aux écuyers afin qu'ils nous donnent leur avis. Car je n'entends pas passer pour une star qui impose ses choix. Dans cette aventure périlleuse, je privilégie le contact humain, l'explication, la complicité.

Un petit miracle se produit une fois de plus. Dans le froid matinal, j'évolue à l'intérieur du manège. Visiblement, ma prestation laisse tout un chacun passablement ému. mais voici que, pendant que je discute avec le colonel de La Porte du Theil, grand patron du Cadre noir, son cheval vient délicatement poser sa tête sur mon épaule...

Plus tard, alors qu'agenouillé dans la sciure je réfléchis à diverses combinaisons possibles homme-cheval, une bête magnifique s'approche de moi. Doucement, elle fait mine de vouloir me relever. C'est Beau de L'Île, un champion du monde. Son geste est si gracieux qu'avec son écuyer nous convenons que c'est l'animal qui décidera ainsi en partie de la chorégraphie.

Avec Jean-Hugues, il n'est pas question de chômer. Outre les répétitions avec les chevaux et les écuyers qui nous occupent actuellement, nous avons aussi décidé de monter ensemble *Ils dansent... le Monde.* Retour au studio de la Boissière où nous attendent de nouvelles aventures : auditions de danseurs, rencontres, autres miracles en perspective !

Un soir que je dîne tranquillement au restaurant avec Éric-Emmanuel Schmitt auquel j'expose avec flamme la trame de mon ballet, une jeune femme, à la table d'à côté, m'interpelle : « Excusez-moi de vous interrompre, je n'ai pas pu m'empêcher d'entendre ce que vous disiez. C'est fantastique ! Je suis moi-même danseuse de flamenco et je connais très bien la danseuse argentine qui travaille avec Alfredo Arias. Nous préparons d'ailleurs une pièce ensemble. D'autre part, mon professeur, elle aussi danseuse, travaille actuellement avec un très grand danseur africain... Voilà qui s'inscrit tout à fait, me semble-t-il, dans la démarche de votre ballet, non ? »

Nouveau miracle : celle qui me parle est Ana Yerno, grande danseuse de flamenco. Son amie s'appelle Adriana Peguerolès : c'est l'égérie d'Alfredo ! Enfin, sa prof n'est autre que Maria-Carmen Garcia, qui danse avec le grand Koffi Koko. En cinq minutes, Ana vient de composer la distribution de base de mon ballet ! Nous échangeons nos numéros de téléphone. Une semaine plus tard, nous avons rendez-vous chez moi pour une séance de travail.

Cette même semaine, je rencontre aussi deux danseurs de hip-hop, dont Imane, le demi-frère de Jean-Marie, qui, aux dires de tous, est un danseur camerounais exceptionnel. Au studio Boissière, Nicole Chirpaz me conseille aussi de rencontrer Georgette, interprète fameuse d'origine camerounaise, rompue à toutes les techniques de danse existantes, que je connais bien pour avoir dansé avec elle la très fameuse *Neuvième Symphonie* de Beethoven-Béjart...

Autour de mon projet, nous sommes donc douze danseurs d'exception, venus d'horizons diamétralement opposés. Monique Loudières sera la cerise sur le gâteau : après m'avoir entendu parler du projet, elle me propose sur-le-champ d'être ma muse dans cette aventure !

52. Réunion chez moi. Encore un petit miracle... Tout le monde est là : les danseurs, ma mère, Jean-Hugues et sa compagne Sandrine, elle aussi danseuse exceptionnelle à l'Opéra. Quasiment en transes, j'expose à nouveau la trame de mon ballet. Jean-Hugues a sélectionné des extraits de musique du monde entier et nous les fait écouter. Puis c'est mon tour de proposer les musiques que j'ai choisies parmi des centaines de disques. Nous travail-

lons, écartons, retenons. Au bout de trois ou quatre heures, l'ambiance est à la fête : tout le monde parle en même temps, chacun se découvre des envies, des rêves, des points communs avec les autres. Je contemple le tableau avec fierté, moi qui suis à l'origine de cette merveilleuse pagaille, l'étincelle qui a mis le feu à l'avenir avec la naissance de ce ballet ! Ce soir-là, nous nous séparons tard dans la nuit en jurant de nous revoir dès la fin des spectacles à Bercy.

53. Pendant deux semaines, je fais la promotion du spectacle à Bercy. J'ai un réel plaisir à raconter partout, sur toutes les radios et chaînes de télévision, la magie du contact avec les chevaux, la gentillesse et l'ouverture d'esprit des écuyers du Cadre noir.

Jusqu'aux représentations.

J'avais beau crâner, prétendre qu'il n'y avait aucune différence pour moi entre une salle de deux cents personnes et une de quinze mille, je suis franchement estomaqué devant la salle comble de Bercy, le premier soir, puis le deuxième, enfin le dimanche après-midi !

Notre spectacle connut un succès flamboyant. L'osmose fut totale entre la musique dirigée par Mélanie Thiebault, la belle voix de Gérard Darmon, la noblesse du colonel, les somptueux costumes créés par Gianfranco Ferré, la figure monumentale de Max en train de me faire travailler, projetée sur un écran géant pour le tableau intitulé « Le maître et l'élève »... Tout, jusqu'aux soupers dans le foyer, ma loge débordante de fleurs, tout fut organisé et réalisé avec délicatesse et maestria par Jean-Claude et Léa Darmon qui mirent un point d'honneur à faire que notre rêve commun, en devenant réalité, ne perde aucune de ses couleurs.

Sans doute aurions-nous pu faire encore *mieux.* Il en va toujours ainsi. Mais, après le Japon, après Carolyn Carlson, c'était encore la découverte d'un nouvel univers, d'une nouvelle façon d'appréhender la danse. L'essentiel était de continuer d'avancer, de fuir le surplace, d'explorer sans relâche le continent de la danse, riche de promesses et d'aventures.

54. Sitôt la fièvre des spectacles de Bercy retombée, je me lance avec Jean-Hugues Tanto dans la mise au point finale d'*Ils dansent... le Monde.* En dépit de la fatigue consécutive à mon expérience équine, je m'y attelle avec une énergie communicative. Cette frénésie a tôt fait de s'emparer de chacun de nous. Monique Loudières répète simultanément plusieurs créations. Ana Yerno et Adriana Peguerolès inventent un subtil mariage entre flamenco et

boleadores argentines. Georgette et Imane travaillent dans l'idée d'établir un lien entre danse classique et danse africaine. Maria-Carmen Garcia et José Castro s'emploient à mettre en place avec les deux danseurs hip-hop un passage où tous pourront s'exprimer sur ce dernier style... Nous travaillons des heures et des heures ensemble rue Boissière, dans le grand studio de l'école Chirpaz. Nos trajectoires, nos expériences, nos vécus respectifs se conjuguent, se complètent, se fécondent pour élaborer un hymne universel à la danse.

Chaque jour qui passe, la tension monte d'un cran. Il y a des disputes mémorables où chacun se met à hurler dans sa propre langue. Même dans ces moments de crise, je me réjouis intérieurement, convaincu que ces conflits, bien plus qu'un tiède consensus, témoignent que le courant passe à merveille entre les membres de l'équipe. Chacun est pleinement conscient de l'enjeu idéologique qui sous-tend notre commun projet. La veille du départ pour le Japon, nous réglons les derniers pas du ballet. Vingt-quatre heures plus tard, nous sommes à l'hôtel Keio Plaza de Tokyo.

Premier jour, premier drame : Imane se perd dans le métro nippon ! Au théâtre, tout le monde l'attend dans un état de fébrilité et d'hystérie mêlées. Avec Jean-Hugues, nous essayons d'imaginer le spectacle sans lui : impensable ! Car le ballet est conçu comme un puzzle aux pièces savamment imbriquées les unes dans les autres. Chacune est indispensable à toutes. Chaque danseur y tient le rôle d'une étoile ; une seule absence mettrait notre constellation en péril. Vers dix-sept heures trente, Imane réapparaît enfin, impavide, tel le prince camerounais qu'il est. Il avait oublié le nom du théâtre et celui de l'hôtel, mais tout va bien ! Une heure plus tard, c'est la générale. François Saint-Cyr compose les lumières au pif, de manière plutôt aléatoire... À vingt-trois heures trente, tout est fini. Chacun rentre se coucher, terrassé par la tension nerveuse et éreinté par le décalage horaire.

Cette nuit-là, je ne dors pas beaucoup, trois heures au plus. Je suis trop conscient de l'importance de cette « première » pour pouvoir fermer l'œil. Une page essentielle de ma vie est en train de se tourner : j'ai quarante ans, je n'« appartiens » plus à l'Opéra, je ne suis plus un interprète ; je deviens un « créateur ». Pour la première fois de ma carrière, dans la solitude de la nuit japonaise, je connais le fameux trac, celui qui tord les boyaux jusqu'à la nausée.

... Fin du premier acte d'*Ils dansent... le Monde*. Le public, debout dans la salle, frappe dans ses mains au rythme des *zappateados* endiablés de la troupe.

... Fin du deuxième acte : des spectateurs se mettent à danser dans la salle, les autres crient et font la fête. Je n'ai jamais vu le public japonais aussi démonstratif !

... Après le dixième salut, une fois le rideau définitivement retombé, tous les danseurs nous encerclent, Jean-Hugues et moi. Chacun à tour de rôle nous embrasse, manière de dire : « Patrick et Jean-Hugues, merci pour ce merveilleux cadeau que vous nous avez fait, merci du fond de nos cœurs d'artistes ! »

Je suis rejoins dans ma loge par un vieux critique spécialisé. Il a les larmes aux yeux et me remercie lui aussi de ce que j'ai accompli, qu'aucun autre n'avait jusqu'à présent osé de cette façon : plonger aux racines mêmes de la danse, puiser à ses multiples sources pour y retrouver une énergie originelle, s'y retremper, et, grâce à cette jouvence, remettre sans cesse en question des années d'efforts, de travail et de douleurs. Il est à la fois bouleversé et radieux, et sa compréhension m'émeut profondément.

Ce soir-là, dans le restaurant où notre farandole continue jusque tard dans la nuit, je prends la parole de manière un peu solennelle pour remercier à mon tour les membres de la troupe :

« Chers amis danseurs, vous devez connaître la genèse de ce ballet. Ce “bébé” est né dans une chambre d'hôpital. Un jour que j'étais au seuil de la mort, dans un sursaut de volonté, j'ai décidé de continuer à vivre, à exister et m'exprimer coûte que coûte avec le seul langage que je connaisse : la danse. La danse unique et plurielle à la fois : la mienne, la vôtre, celle de Monique, celle de Jean-Hugues, celle d'Imane, celle de Carmen, celle de Koffi, la danse qui nous a réunis aujourd'hui, la même qui réunit les hommes depuis des millénaires. Je crois que, plus que jamais, son message est clair : *Fuck la mort !* »

EN GUISE D'ÉPILOGUE

Au terme de ce récit, je n'écrirai pas le mot « Fin ». Car il est évident que ma route continue. Elle est certes moins rectiligne, moins sûre que lorsque j'étais « fonctionnaire » de l'Opéra, mais, à travers les multiples épreuves qui tour à tour m'ont laissé pour mort, ruiné, accidenté, meurtri, blessé, abattu, désespéré, je pense avoir accompli quelque chose comme un *rite de passage*, pour parler comme Madame Prudhommeau, notre professeur d'histoire de la danse, il y a quelque trente ans.

Aujourd'hui, je suis devenu un artiste « polytalent », aux vocations aussi nombreuses que les fenêtres d'une maison donnant à la fois sur la mer et sur la campagne, et qui ne cesse d'habiter au fil des heures et des jours des paysages différents.

Il m'arrive parfois de revoir le petit garçon blond qui grimpait sur la table de la salle à manger familiale pour s'y donner en spectacle. Je n'ai guère changé. Un regard, une mélodie, un rythme et, d'une seconde à l'autre, je me retrouve débordant d'énergie dansante. Je sais d'où je viens et pourquoi j'existe.

Au moment où ces pages étaient en passe d'être imprimées, après avoir traversé cette fin de siècle cataclysmique sur les rivages de l'île de Ré où, pendant quinze jours, j'ai passé mon temps à essayer de redresser des arbres, sauver des oiseaux de mer mazoutés, nettoyer des plages souillées, je me suis dirigé vers ma petite maison de campagne pour « souffler » un peu et dresser l'inventaire des dégâts qu'y avait causés la tempête. J'ai « fait » alors mon entrée dans le troisième millénaire de façon fracassante – comme d'habitude, allez-vous penser ! – en passant par le pare-brise du véhicule à bord duquel je m'étais endormi d'épuisement. Après une série de tonneaux impressionnants, la carcasse de la voiture ne mesurait plus que quelques dizaines de centimètres de hauteur !

J'ai donc passé les trois premiers mois de cette nouvelle ère à demi inconscient sur un lit d'hôpital, secoué de crises de douleur qui me laissaient pantelant, à demi mort, ayant perdu tous mes repères physiques et psychologiques. À l'heure qu'il est, après quatre ou cinq opérations chirurgicales, moyennant une trentaine de fractures, certaines très graves, d'autres presque bénignes, je vis dans un centre de rééducation fonctionnelle où (trop lentement à mon goût) je réapprends mon corps de A à Z. Je suis entouré de gens comme vous et moi, qui, à des degrés divers, ont été atteints eux aussi au plus profond de leur chair et en souffrent quotidiennement.

La seule chose positive que je retienne de cet effroyable épisode, c'est que j'ai enfin compris pourquoi je suis vivant sur cette terre : pour vous aimer ! Ce qui est d'autant plus douloureux qu'à l'heure où je dicte ces lignes, je ne peux presque plus faire ce pour quoi je suis né : distribuer du bonheur autour de moi, sans lésiner et sans répit. J'essaie chaque jour, avec mes compagnons d'infortune, de tenir quand même un peu mon rôle, et je parviens parfois à les faire rire, ce qui n'est pas pour moi une mince victoire ! Mais je souffre et je sais qu'il me faut être encore patient ! Ce qui n'est pas, vous le savez maintenant, la principale de mes qualités !

Cependant, de ce dernier flirt avec la mort, j'ai bien saisi le message : mon voyage ne s'arrête pas ici... Donc, que la fête continue !

Printemps 2000

Annexe

Liste des créations à l'Opéra national de Paris et au Ballet français de Nancy[1]

1976	*Nana* (Roland Petit)
	Mahler Lieder (Oscar Araiz)
1977	*Les Quatre Saisons* (Kenneth MacMillan)
	Le Chant de la terre (Kenneth MacMillan)
1978	*Métaboles* (Kenneth MacMillan)
1979	*Relâche* (Moses Pendleton)
	Parade (d'après Leonid Massine)
	Variations (Violette Verdy)
	Diachronies (Janine Charrat)
1980	*Le Fantôme de l'Opéra* (Roland Petit)
	Vaslaw (John Neumeier)
	Schéma (Alwin Nikolais)
1981	*Le Bal masqué* (Gigi Capiuleanu)
	La Fille mal gardée (version Heinz Spoerli)
	Le Songe d'une nuit d'été (John Neumeier)
	Roméo et Juliette (John Cranko)
1983	*Au bord du précipice* (Alvin Ailey)
1985	*Arlequin magicien par amour* (Ivo Cramer)
	Carnaval (Michol Kovine)

1. Entre parenthèses figure le nom du chorégraphe.

	Le Bourgeois Gentilhomme (George Balanchine)
	No Man's Land (Rudi Van Dantzig)
	Roméo et Juliette (Rudolf Noureev)
	Angel Food (Michael Clark)
1986	*Salomé* (Maurice Béjart)
1987	*Soon* (Daniel Esralow)
1988	*Le Martyre de saint Sébastien* (Robert Wilson)
	Demago Megalo (Patrick Dupond)
	Faits et gestes (Ulysse Doves)
	Les Illuminations (Thierry Malandain)
1989	*Vespers* (Ulysse Doves)
	Bad Blood (Ulysse Doves)
	White Silence (Ulysse Doves)
	Rouge Poisson (Pierre Darde)
	Petrouchka (d'après Michel Fokine)
	Idmen (Daniel Larrieu)
1992	*Push Comes to Shove* (Twyla Tharp)
	Grand Pas (Twyla Tharp)
	Dance at the Gathering (Jerome Robbins)
	Le Tricorne (Leonid Massine)
	Retours de scène (Odile Duboc)
1993/94	*Gisèle* (Mats Ek)
	Casse-noisette (John Neumeier)
	Déjà Vu (Murray Louis)
	Till Eulenspiegel (Vaslav Nijinski)
	Camera obscura (Roland Petit)
1995	*Les Variations d'Ulysse* (Jean-Claude Gallotta)
	Kurozuka (Maurice Béjart)
1996	*The Four Seasons* (Jerome Robbins)
	A Suite of Dances (Jerome Robbins)
	Neuvième Symphonie (Maurice Béjart)

REMERCIEMENTS

Ils sauront pourquoi !

Guillaume Shouker – Francine et Bernard – Jean-Yves Thalasso – Faby et Chris – la famille Denefle – Julie et Yves – Manon – Simone Didière – Richard Perron – Nitta San – Les Portes-en-Ré – Patrick Alès – Frédérique de Bellesize – Carmen – Nan Legeai – Monsieur Goux et son équipe – Lize Lebrun – Dominique Renaud – Raymond Labro – Philippe Druelle – la dame du Gam Vert – Pr Saillant – Dr Belin – ma Loulou – et toutes mes infirmières...

Table

ÉTOILE

Composé par
PARIS PHOTOCOMPOSITION

36, avenue des Ternes
75017 PARIS

Impression réalisée sur CAMERON par
BRODARD ET TAUPIN
La Flèche

pour le compte des Éditions Fayard
en avril 2000

Imprimé en France
Dépôt légal : avril 2000
N° d'édition : 2599 – N° d'impression : 2093
ISBN : 2-213-60391-X
35-57-0591-01/4